魏天作 ◎ 著

线装书局

图书在版编目（CIP）数据

围困 / 魏天作著 . -- 北京：线装书局，2016.9

ISBN 978-7-5120-2437-3

Ⅰ.①围… Ⅱ.①魏… Ⅲ.①中篇小说—小说集—中国—当代Ⅳ.① I247.5

中国版本图书馆 CIP 数据核字 (2016) 第 237260 号

围　困

作　　者：魏天作
责任编辑：李津红
出版发行：线裝書局
　　　　　地　址：北京市西城区鼓楼西大街 41 号（100009）
　　　　　电　话：010-64045283（发行部）64045583（总编室）
　　　　　网　址：www.zgxzsj.com
经　　销：新华书店
印　　制：北京市通州兴龙印刷厂
开　　本：787mm×1092mm　　1/16
印　　张：13.25
字　　数：157 千字
版　　次：2016 年 9 月第 1 版第 1 次印刷
印　　数：0001-3000 册

定　　价：38.00 元

更多资讯请访问官网

目　录

围　困

一

村支书田土改一九四九年出生，现在刚好中年，正是人生的鼎盛时期，却食欲减退、疲惫无力起来。他把这一苦恼给一位头发银白而面色红润的主治医生讲了。医生倒也尽职，很仔细地检查完毕，用手指抵住他胃部，问："疼不？"他说："疼。"又问："多长时间啦？"他认真地回想了一下，说："有些日子啦。记得过年那天喝酒，喝着喝着就疼起来……"

医生便不说话，很沉稳地伏在桌前，用蘸水笔填写一份诊断书。字体龙飞凤舞，还夹杂着一些洋文。田土改本来初小的学问，在瓜菜代的年月又被"代"走一些，看那些字简直如看天书，才想问个明白，医生忽然说："叫你陪人来一下。""陪人？"他一时没有转过弯子来。医生提醒说："谁陪你来的？"

田土改恍然，一边掩饰地笑，一边说："我一个大男人还用人陪，自己骑车子来的。"心里却不由一沉，医生找陪人干啥？我病得很重吗？有啥话要瞒着我吗？于是定定地看着医生，说："我啥病你尽管说，好赖咱在村里也是二三十年的干部，大事小事肚里都能装得下。"

医生不慌不忙地说："胃病，需要马上住院治疗。"田土改轻轻舒出一口气，说："胃病还用住院？我这草命人，身子没那么金贵，开点药回去吃就行。"医生说："最好明天让人陪着复查一下，如果需要住院治疗还是住院好。"同时把药给开了。

出于礼貌，田土改点头说："好，好。"心里却想，十人九胃，要是得了胃病都住院，医院还能住得下？取了药，推着车子在街上闲逛一会儿，忽然想起已

经好久没有见过老马书记了。老马书记在乡里当书记七八年，人缘很好，今年春天进了城，在一个小局任局长。

转过一个街口，迎面遇上一帮做槐米生意的，都是本村人。田土改讨好地看着一个叫大寨的小伙子。小伙子根本不理他。他脸上讪讪的，转而问一个三十来岁的人，说："石头兄弟，生意发财不？"田石头古怪地笑一下，说："托田支书的福，今天总算开张了。这不，刚做成一桩大买卖，收了一块一毛一分钱的货！"

仿佛给突然刮来的寒风噎住了，田土改大嘴张了又张，却没有说出一句话。心里恨恨的，才想骂一句，一群人早已有说有笑地走远了。顿时，串门的兴致一扫而光，一个人木了一会儿，便掉转车头，往家走。

路过乡政府门口时，田土改看见里面有人端着碗吃饭，赶紧低下头，下劲蹬车子，生怕给人看见。他此时不想跟人说话，更不想跟人一起吃饭。可是，到底还是给人看见了，一个声音急急地喊："老田！老田！老田！"

喊声是从乡政府办的水浒酒家传来的。他只好下了车，看见乡司法助理员老张，人称张司法，已经招着手跑过来了。

张司法拦在面前，热情洋溢地说："你上哪去了？我派人到处找，都说不知道。这巧了，你的村民田有禾正摆场，吃着饭就把他的宅基纠纷解决了。"田土改知道田有禾建房占了邻居家宅基，邻居找田有禾讲理，田有禾不但不讲理，反仗着人多势众打邻居，邻居一气之下告到乡政府。

这时候，田有禾走过来，满脸堆笑地说："田支书，你让我找得好苦啊。这不，光等你一个人了，快进来入座吧！"张司法看他还犹豫，笑着递过来一支烟，介绍说："他是我小孩儿姨夫。"田土改"哦"一声，依然站着没有动。

饭店里已经有人等急了，咋咋呼呼地喊："田支书你好大架子，你的村民就请不动你了？"

是乡里第三副乡长。田土改冲第三副乡长一扬手，算是打过招呼了。回头对张司法说："张司法，今天还真不行呢。"张司法顿时严肃了脸，说："咋？怕喝了被告的酒，这官司就没法打了？照实给你说，我老张端共产党的饭碗也端了二十多年，虽说这几年革命小酒天天醉，可也没有喝坏肠子喝坏胃，大原则咱还懂一些，工作离不开大梗儿！"

田土改在心里骂，屌"原则"！面上却笑着说："张司法，你说准了，我这胃真是喝坏了！这不，刚从医院检查回来。"说着，把药和诊断书拿出来给张司法看，以此增加说服力。

张司法把药和诊断书一把抓过去，看也不看装进口袋里，说："这点小把戏，我老张见多了。"见田土改要分辩，赶紧摆手说，"好好！就算你有病，今天给我个面子，进去坐一会儿。酒不叫你多喝，简单意思意思，消消毒，咋样？"

二

田土改进村的时候，街上静悄悄的。庄稼人吃饭晚，此时正是午饭时间。一只小黑猪和一只大白猪不顾饭时，在一堆草垛前憨态十足地作亲昵状。他也不下车，用一条腿支着地，点燃一支烟慢慢吸。眼睛看着两只猪，心里却在想独院里的女人。

这时，西北方有万马奔腾似的喧嚣逼过来，抬头看时，一片黑烟似的乌云已经压到头顶了。刚才还是晴朗朗的天，转眼间就换成一个如烟的黑暗，空气中充斥着呛人的焦煳味和难耐的腐臭味。这是怎么了？突如其来的巨变令田土改特别惊慌，灾难即将来临的预感袭上心头。村民们也被惊动了，整个村庄慌乱起来。喊叫声、器物碰撞声和愈来愈烈的喧嚣声混合在一起，形成一股强大的惊心动魄的声浪，在半空滚动。

小黑猪和大白猪挨刀似的，突然发出一声惨叫，飞也似的遁逃而去。田土改不敢怠慢，丢掉刚吸半截的烟，才想蹬车子赶路，狂风挟带着暴雨，已劈面砸来。

这哪里是风，简直就是成千上万双力大无穷的巨手，从四面八方伸过来，撕扯大地和大地上的一切！这哪里是雨，无疑就是天河决口、四海倒翻，茫茫洪水自天倾泻而下！霎时间，风声吞没了一切，雨幕遮掩了一切，整个世界全是声的喧嚣，上下左右皆是水的激流。

　　田土改仿佛被人在背后猛推一把，高大的身躯跌跌撞撞地绕过草垛，迅速向那个独院奔跑。突然，一棵碗口粗的幼树断为两截，一截正好摔在他面前，挡住了去路。他怔了一下，绕过断树继续往前跑。

　　他家住在村庄那头，每次进城和去乡政府开会都要经过独院，每次都会条件反射地想到她，并且去幽会。这太容易了，只要他乐意，把车把轻轻一拧，眨眼之间便可如愿以偿。

　　独院小门关着，但没有闩，一推便开了。田土改把车子丢在门旁，水淋淋一个人闯进屋里。黑暗中，突然看见屋里有一堵"白墙"好炫目。"白墙"在他闯入的瞬间抖动了一下，然后不动了，接着传来一个嗔怪的声音："死人，就不会叫一声，吓我一跳。"田土改干笑着，不说话，已沉浸于"白墙"的诱惑之中了。

　　她在身上擦两把，把毛巾丢给田土改，到里边换一身干衣裳，随手找来一身男衣，搭在椅背上，等他换下来，拾了地上的湿衣裳去门后的水盆里洗。她做这些很熟练，不难看出是一个勤快而又持家有方的人。

　　男人的衣裳小一点，田土改穿上有点不合体，但还是穿上了。他站在她旁边，一言不发地看着她洗衣裳。等她洗完一件，接过去替她拧水。她说："拧狠点，干了好穿。"他便用力拧，拧得没水了，搭在一根横着的绳子上。洗完衣裳，二人默默地站在屋门口，看着外面的风和雨，不说一句话。

　　雨水从门口溅进来，地上湿汪汪一片。田土改想去关门，她忽然喊："哎！"回头看时，她却说："这雨，真邪！"

　　田土改关门回来，一边坐下吸烟，一边讪讪地说："我看见大寨了。"她倒一碗水递给他，迟疑着说："他不想见你。"田土改说："要是他自己，我就把话给他挑明。"她说："你说他也不相信。"

　　水里加了糖，喝下去从里往外暖。田土改抬头再看她时，眸子里便有了一道灼人的光芒。她避开那目光，关切地问："医生咋说？"田土改说："胃病，看样子不轻，医生叫我住院，还找陪人说话。"她古怪地一笑，说："你叫她去跟医生说话呀。"顿一顿又说，"你得听医生的。"田土改挥手说："大不了胃穿孔，割一块去！"说着捉住她一只手，轻轻一牵便过来了。让她坐在大腿上，一手揽住她的腰，一手撩开衣裳往上摸，摸到乳房，抓住不动了。

她说："比不得从前了，瘪得像个土袋子。"田土改不说话，体内有了冲动。中午喝的酒，刚才被雨水淋下去了，这会儿又上来了。

那天中午，他也是喝了酒，进家时，院里知了聒噪着，屋里静得出奇，还有宜人的凉意。他想在床上歇会儿，谁知脱了衣裳掀开蚊帐上床时，一个白光光的身子已经在床上躺着了。

她与妻子是姨表姊妹，同住一个村，结婚半年，丈夫死了。那天，妻子走娘家，托表妹在家带孩子。孩子睡着了，她也睡着了，小背心掀开一个角，一只鲜亮的丰乳半遮半掩，随着均匀的呼吸上下起伏。它真是太美了，简直不似五谷所养，纯粹脂膏凝成！不知不觉中，他把一只手按上去。

她激灵醒来，睡眼幽幽地看着他，半娇半嗔地说："你还是支书呢。"他一怔，慌忙缩了手，如梦方醒地说："对，我是支书……"转身想走，她却嘤嘤地哭起来，哭着说："你摸了我，你不能走！"他懊悔至极，赶紧道歉说："都怨我。"她依然不依不饶地说："你摸了我，你不能走！"他只好说："你骂我吧，骂啥都行。"她说："我不骂你，我罚你。"他答应说："行，咋罚都行，你说吧。"她说："我罚你给死鬼生个孩子。要不，我无牵无挂地走了，就再也见不到你了。"

不知过了多久，田土改放开她，开始脱衣裳。刚脱一半儿，忽然看见有水漫到屋里了，不禁惊叫一声："啊，不好！"她惊慌地说："一定是阳沟堵了。"他换上刚才的湿衣裳往外走，她也不阻拦，找一块塑料纸顶在他头上，开了门，不禁吃惊地喊："大寨来过了！"

田土改看时，门旁多出一辆自行车。二人面面相觑，脸上布满惶惶之色。片刻之后，他试探地说："找个机会，干脆给他挑明吧。"她声音颤抖着说："他心里只有死鬼……"

三

很显然，阳沟是故意堵上的。田土改把一个草团掏出来，心里却被无数个草团塞上了，塞得结结实实，一点缝隙都没有。他不敢想象，一个羽毛未丰的年轻人，怎么如此毒辣，连生他养他的母亲都不肯放过？

不远处传来一声轰响，大概是谁家的屋子或院墙倒塌了。田土改悚然一惊，顺着响声想过去，那里有军属三叔和五保户二奶奶，他们的屋子都已经"老病"了。还有田石头的屋子也"老病"了，那小子想生儿子却一连生出四个闺女，计划生育拉大网，每网都逮他，拼死拼活挣点钱不够罚款的，一家六口住着两间破土屋。还有后街，地势低洼，而且破屋多……田土改抬头看看天，已经没有天，六合之间全是水的激流，风的狂舞，他不知道还要持续多久，也不知道等待他的是什么……

女人在门口喊："快回来！"田土改没回答，找一张铁锨，急匆匆往外走。刚才倒塌的是一段旧墙，军属三叔看见田土改冒雨赶来，十分感动，让了座又拿烟。烟是旱烟叶，拿来了又觉得拿不出手，迟疑着不肯递过去。田土改口袋里本来有一盒田有禾送的烟，换衣裳时忘拿了便伸手接了，装一锅吸起来。这一来，军属三叔更感亲切，往前凑一些，说："二宝上次来信，问支书好来呢。"田土改嘴上应着，心里却想：骗谁呢，他不骂我就算好了。

二宝是军属三叔的二儿子。去年验兵时，二宝和大寨都合格，可是带兵的只要一个。征求村里意见时，田土改想叫大寨去，一是大寨高考落榜，特别苦闷，整天在街上闲逛，怕他闲出事来；二是也算给点照顾，大寨爹毕竟是因公而死，这样对死者、生者都是一个安慰。可是二宝坚决不让，先是到征兵办告发田土改与大寨娘通奸，所以田土改庇护大寨去当兵，然后与大宝联手，骂大寨当兵不要脸，想给他娘偷野汉腾地方。直骂得大寨抱头痛哭，发誓不去当兵。从此，复仇的怒火越烧越旺，只待时间和机会了……

军属三叔见田土改无话，脸色不甚好，往后退一些，不敢贸然说话。一袋烟没有吸透，田土改在地上磕了，把烟袋随手扔在桌上，用不容置疑的口吻说："这屋子不保险，收拾收拾搬家吧。"不等对方回话，田土改又说："搬大宝家去，他新盖的三间大瓦房，保险得很。"

军属三叔支吾着说："好，一会我儿就搬。"田土改说："别一会儿，马上搬！"用塑料纸盖住小老头，背起来就走。到了雨中，军属三叔喊："屋里有东西呢！"田土改说："叫大宝来拿。"

门挨着门，就是大宝家。大宝两口子正逗着牙牙学语的儿子玩，忽然看见老爹给人背进来，顿时阴了脸。老头儿解释说："田支书怕我那屋子不保险，叫我过来避一避。"大宝说："行。"媳妇却抱起孩子走进套间屋，"咣"一声关上门。

田土改觉得场面有些冷，没好气地说："刚才墙倒声，你没听见啊？"大宝说："听见了。"田土改说："听见了也不去看看，要是屋子塌了呢？"大宝说："不是没塌吗？"田土改知道多说无用，从军属三叔身上扯下塑料纸，顶在头上走了。

五保户二奶奶的屋子开始漏雨了，床上、粮囤上用瓦盆和饭碗接着水，乒乒乓乓，响得好凄凉。老人家看见来人便扯起衣襟拭眼角。田土改说："屋子不行了，快搬吧。"二奶奶愣愣的，好半天才说："往哪儿搬？"

是啊，往哪搬？田石头是她五服内的孙子，可是那小子泥菩萨过河自身难保，怎么还能顾得别人呢？田土改沉吟一会儿，说："先搬到大寨娘那里避一避，回头想办法。"

安顿好二奶奶，再回到街上时，已是积水齐膝了，而且水流也不甚明显。田土改警觉起来，心想这是村内的水与村外的水持平了，流不出去了。天哪，恐怕要不了多久，田家庄就被围困于汪洋之中了！

也不知道现在是几点，离天黑还有多长时间，从天色判断，快黑了。田土改想在天黑之前，把危房中的村民转移出去，把村内的排水处理好。

他走进村委办公室，想用高音喇叭做个紧急动员，把村民组织起来。村长与人合伙外出做买卖，挣钱奔小康去了，会计在市里学习外国记账法，民兵连长、团支部书记每人买了一辆泰山拖拉机常年在外跑运输。他自己想怎么干就怎么干，不用跟人商量。

高压电断了，田土改拿着话筒喊不出一句话。这几年，村里除了响应上级计划生育号召，突击和催交提留款，平时无事干，学习什么的早已不兴了，办公室用得少，常年失修，现在已经漏遍，油烟似的黄水汪了一地。

田土改在办公室躲躲闪闪地待了一会儿，看见老鼠和他一样蹿来蹿去到处躲闪，"吱吱"地与他诉苦，胸中油然升起一股莫名的气恼和悲哀，把门重重一摔，走出去。走到大街上，他一边声嘶力竭地喊，一边举着铁锨对着人家的门板砸："集合，快集合！集合，快集合！"

喊了半天，才有几个人披戴着雨具出现在家门口，缩头缩脑地观望，但没有人肯率先走到街上来。田土改禁不住骂："还傻愣着干啥？砸死人发丧啊？"

这骂有些不明不白，也没有道理，本来人们就不想出来，被这一骂干脆都扭头回去了。你村支书有什么了不起，村民只要按时交提留，计划生育不撞到网里去，谁都奈何不得！倒是现在的村干部常常为多收一点提留少、生一个孩子磨破嘴皮，绞尽脑汁，一旦被哪个愣头青诘问粮款去向，盘查孩子是否生得均等，还张口结舌十分狼狈。

现在不是大一统的天下了，发号施令的年代已经过去。田土改顶在头上的那块塑料纸，不知什么时候已经滑落，凉而凶猛的雨水醍醐灌顶一般清醒了头脑。他不再呼喊，决定走进建新房的人家，劝他们发扬风格，让危房中的邻居搬来避难。这样不但邻里之间增加了和睦，他田土改也算尽心尽职了。危房中的人搬完之后，再带人去挖沟排水……

这时候，低洼人家的院子已经进水了，年久失修的院墙和房屋经不住浸泡和冲击，不时从这里那里传出惊心动魄的倒塌声、呼救声，揪心。因此，这一号召响应者甚众。唯田石头坚持不搬，夫妻俩并肩坐在床头，头顶一块席片，每人怀里抱着两位千金，脚下是半尺深的水，大有同归于尽之势。

田土改看见田石头这样，气便不打一处来，但还是尽力控制着，轻声说："你这是给谁示威呀？天是一块天，地是一块地，为啥不砸死人家偏偏砸死你？你屋子不好怨谁，要不是你违反政策超生……"

不等田土改把话说完，田石头忽一下掀掉破席片，跳下床跪在水里了。四个孩子见状吓得"哇哇"乱哭。田石头也哭，嗓子直溜溜的，一边哭一边喊："田支书大恩人哎，你这话可把我冤枉死啦！我田石头狗胆包天也不敢给你老人家脸上抹黑呀？我不搬是我无脸往邻居家搬，'天是一块天，地是一块地'，人家都奔小康了，我还没有走出地狱，我好悔啊！"

田土改还惦着排水的事，没有工夫听田石头瞎白话，挥手打断他说："你搬还是不搬，给句痛快话！"田石头羞羞怯怯的样子，越发显得可怜了，说："田支书哎，我往哪儿搬呀？你看这几个孩子吱吱哇哇，又脏又乱，谁肯收留啊？若是你老人家发善心，可怜穷苦人，我就搬到你家避一避，要不，砸死我也不搬了！"

为罚超生，田土改带人抄过他的家，下令收过他的责任田，后来又亲自抓住他送到医院做绝育术，很显然，这小子把账都记在他田土改头上了，在变着法子报复哩！可是孩子哭得可怜，屋子已经挡不住风雨……田土改心里虽生气，最后还是说："快起来！搬吧。"

四

把排水沟疏浚之后，天已经完全黑下来。一群人溃兵似的回到村里，很快便散尽了。田土改本来还有话要跟大家说，可是在路上走着走着胃就疼起来，仿佛无数把刀子在胃里又绞又刮，疼得直不起腰，迈不动步，落在了后边。

雨依然不知疲倦地倾泻着，建筑物倒塌的声音在黑暗中越发显得恐怖。受惊的牛羊哞咩，猪狗低吟，夹杂着孩子的哭声……

胃疼令人难以忍受，没膝深的水紧紧绊住双腿，走一步只往前挪一点。渐渐地，田土改被激怒了，心里恨恨地骂："狗日的，一个五尺汉子咋就能成这样，胃疼碍你走路了？"他拿开按在胃部的手，直起腰，大步大步地往前走，还真走动了。刚走两步，双腿颤抖起来，眼前有流萤似的火星乱迸。

田土改知道不好，看见不远处有一座高大门楼，赶紧走过去。离门楼只两三步远时，突然划过一道闪电，门楼下有个人影一闪。才想喊那人扶一把，不料脚下一滑，断木一样栽倒下去。与此同时，有个东西飞过来，"砰！"一声，砸在他手中的锨把上。田土改趴在泥水里，不敢出声，也不敢动，吃惊地注视着门楼。

凭感觉，他知道那人是谁，知道自己不是他的对手。此时此刻，他甚至不是一只鸡的对手，一只鸡扇动翅膀都能将他击倒。假若那个人扑上来，将他按在水里，不消几分钟，便可轻而易举地结束他的性命，而且不留一点痕迹，成为百分百的溺水而死。至于如何溺水，可随便凭兴趣凭想象，光彩的和不光彩的对一个死去的人来说都无所谓了。世间的诸多事情，不都是这样传说下来的吗？可是他不能死在这个人手里，尤其不能这样死在这个人手里！

片刻之后，熟悉的身影沿着墙根溜走了。田土改不知道这是为什么，一个人既然产生了杀机，缘何会半途而废呢？难道看他样子可怜，顿生恻隐之心？还是出于自信，断定那一砖已经成功？他慢慢支起身子，向门楼爬过去，在刚才那个人隐身的地方坐下，呼呼喘息。

他觉得嘴里又苦又涩，有一股浓重的腥臭味。嗓子干得仿佛结了痂。胃里如烟熏火燎一般。他渴极了，也不管地上的泥水有多脏，用手捧着喝了两口，然后干脆趴在水里，汩汩喝个饱。

靠着门板喘息一会儿，觉得肚子饿了，这才想起中午喝了酒，没吃饭，晚上也没有吃饭。药和诊断书还在张司法口袋里。张司法简直是个酒鳖，喝酒尽用水杯，一气一杯，都不敢跟他喝。喝到高兴时，张司法把酒杯对着你举起来，说："感情深一口闷，感情浅舔一舔。"你敢感情浅？有事的休想办事，无事的摔了酒杯，当场下不来台。尽管田土改拿出药和诊断书，也没免了和张司法"感情深"，而且一深再深。

他慢慢走两步，觉得不那么疼了，便拿起铁锨，准备回家吃饭。铁锨把上有个地方少了一块，是刚才砸掉的。用手摸时，缺口上还嵌着一块砖渣子。那一砖好猛，若不是脚下一滑和铁锨把一挡，说不定真是魂归冥府了。

家里一下子多出田石头六口人，又脏又乱。三间堂屋，本来他自己住一间，长脸老婆和女儿连连住在一间，中间一间客厅。此时客厅里铺了箔和席，田石头夫妇和四个孩子横七竖八躺在那里，散发着浓烈奶腥味和汗酸味的湿衣裳，散散乱乱，或堆或搭在沙发上。沾满泥水的鞋袜，一字儿排在茶几下。田石头脱得只剩一条短裤，仰面八叉睡在他床上。女儿连连坐在娘的床边，勾着头不住地抹眼泪……

看见这些，刚才的食欲顿时一扫而光。他想安慰女儿，一时又找不出合适的话。他手里擎着一截蜡烛头，在套间门口迟疑一会儿，返身回到躺着田石头的房间，把蜡烛放到桌上，去枕边想找一件替换衣裳。衣裳没有了，回头看时，在椅背上搭着，湿漉漉的，还有水往下滴。一根竹竿上却晾着一身，显然是田石头的。

田土改心里有怒火升起来，想把田石头从床上扯下来，呵斥到一边去，结果还是忍住了。人到中年，已经学会了忍耐，尤其村干部，无论施仁政还是铁手腕，都离不开忍耐。小不忍则乱大谋，一忍万事休。他的体会，忍乃立于不败之本！

他在枕下找出一条短裤，换下身上的湿衣裳。换短裤时，田土改看见田石头的眼皮动了一下。好小子，在装睡。他心里这样骂着，假装戏闹，捏住田石头的鼻子，直把他憋得双眼瞪圆，挣扎求饶，才松开手，笑着说："人家都去挖沟排水，你在家睡大觉？"又说，"刚才分了工，凡是没有去挖沟排水的，今天夜里打更，村里水降了没事，水涨了马上喊人集合！"

田石头赖在床上不肯起，翻着眼皮问："集合干啥？"田土改说："放水啊！"田石头磨蹭着说："这么重大的责任，我一个人担当不起！"田土改不想与赖皮耗时间，况且胃里疼痛难忍，伸手将田石头拨到一边，一歪身躺在床上了。田石头在地上站了一会儿，自觉没趣，还是走了。

外面风急雨骤，不时有建筑物倒塌的声音。田土改无意入睡，一边从抽屉找烟吸，一边把该搬的村民像过电影一样过一遍，直到确认都安全了，才放心下来。不知过了多久，忽然觉得外面安静下来，起身细听，原来风雨停了，不由轻轻舒出一口气，随之一个温柔的浪头打来，进入了梦乡。

一觉醒来，天已经大亮。喧嚣之后的村庄显得异常寂静。田土改想出去看看，一翻身，胃又疼起来。桌上有个保温瓶，是女儿平时为他准备的。他在外面喝了酒，无论什么时候回来都有热水喝。昨天晚上给田石头闹得忘喝了。他从保温瓶里倒了半碗水，不热不凉，正好。胃疼还是没有减轻，只好忍着下了床。从窗口看天，天蓝湛湛的，仿佛一片幕幔刚刚洗过，洁净得叫人心跳。有一抹霞光，从东边泼溅过来，十分鲜艳！

雨过天晴！田土改一阵喜悦，这样可以马上把东西晒干，把田里的水排出去，把倒塌的院墙、屋子修起来……他拉开房门往外看时，不禁一下子惊呆了——院里积了很深的水！

房子是去年新建的，建房时垫高了宅基，凡是新建的房子都垫高了宅基，可是院子里却积了很深的水。那些没垫宅基的，尤其是低洼的后街上，此时还不陷入汪洋了？田土改再也顾不得胃疼，拿了那把曾经救过他性命的铁锨急匆匆往外走。一边惶惑地想，雨停了这么久，水怎么还没有退走呢？

经过厨房门口时，他看见田石头躺在灶间柴草上，蜷曲着身子，"呼呼"睡得像个大醉虾，气便不打一处来，倒抢着锨把对着田石头的后腔砸下去。谁知田石头骨碌一滚，躲开了。待锨把落地，又骨碌滚回来，压在锨把上。田土改忍不住骂："狗日的，几辈子没睡觉？给你点任务完不成，看我怎么收拾你！"

田石头看见田土改神色不对，先自怯了几分，支吾着说："雨不是停了吗？"田土改向外指一下，大声吼："你自己看！"田石头看时，顿时惊得目瞪口呆。片刻之后，突然哀鸣一声："我的屋子！"把水踩得飞溅，一路趔趄而去。

田土改走到街上，看见有人在门口垒起土堰，往外擂水，也有人正从倒塌的废墟上扒找粮物。所有人的神情都木木的，脸色灰灰的。见了面，只对视一眼，却不说话，显出一脸的无奈和凄楚。

从村口看去，浑黄的洪水无边无际，唯余一行歪歪斜斜的树木，和若隐若现露着叶尖的高秆作物，仿佛还在诉说着那里曾经有过一条路，也曾经有过一方田。那田、那路、那远处的村庄，依稀如梦，恍若隔世。田土改感到了一种力的渗透，强大得令人惶恐，无法抗拒……

五

吃早饭时，田有禾与邻居再度发生争执。田土改听到叫骂声，顾不得吃饭，匆匆赶去。

原来，田有禾强占了邻居家宅基，落成新居，打官司又有后台，心中正自得意，谁知强占的地基不牢，建房时只顾了占有而忽略了夯实，现在经水一泡，齐斩斩从多占的地方塌陷下去，墙体断裂，山头栽倒。田有禾哑巴吃黄连，有苦说不出，一早便叫三个儿子从门口垒堰擢水，可是久擢不涸，细查才知道那水从断裂的墙缝中汩汩涌入。再看邻居，爷孙俩不但没有擢水反而在院中置了板凳，爷爷端坐其上，孙子服侍一边，正看着毁坏的新屋痛快淋漓地笑呢！老者还神神道道，一会儿合掌作揖，一会儿念念有词，就连上次打斗时留在老者额角的一块伤疤，此时也在阳光的照耀下闪闪烁烁，做出无声的嘲笑。

田有禾又气又恼，恨不得扑上去将老者推倒在水中，将额角的伤疤揭下来喂狗。可是一想到新屋正在受损，咬牙忍住了，觍着脸走上去，搭讪着说："大哥……"老者不理。田有禾又说："大哥……"

老者把眼睛一翻，怒冲冲地说："大哥是兔子！"田有禾尴尬地往后退一步，讨好地说："你看这雨下得多邪乎。"老者说："这雨下得好啊！依我说下个七七四十九天，下个天塌地陷，穷人富人好人恶人一起过三年才好呢！"

田有禾语塞片刻，又说："屋子泡着总不是办法，还是把水擢出去吧。"老者说："我那屋子不怕泡！"田有禾说："可你院里的水泡着我家屋子哩！"老者说："我院里的水咋会泡你家屋子？"田有禾知道多说无用，便叫来三个儿子，在邻居门口打堰擢水。老者执意不让，于是打起来。

此时，田有禾三个儿子已经把邻居爷孙俩打翻在泥水里。老头儿一边以死抗争，一边护卫孙子。围观者虽众，却都慑于田家父子的威力，不敢近前阻止。田有禾那老狐狸不知躲到哪里去了，任凭三个儿子为所欲为。

田土改走到近前，也不说话，冷冷地看着田家儿子施暴。三个如狼似虎的打手正打得顺手，忽然发现身边站立个铁塔似的汉子，赶紧停住手。田家老大脸上弄出一丝笑意，说："田支书，我们好意打堰擢水，他不让，这是有意破坏我家的房子！"

被打趴在地的孙子乘机跃起，疯子似的急急转着圈子，寻找复仇的武器。看见板凳倒在水里，跑上去便拿起来，高高举过头，直对田家老大砸下去。爷爷看见了，赶紧扑上去阻拦。恰在这时，板凳砸下来，正好砸在爷爷肩上。老者应声倒地。孙子见状，慌忙丢下板凳，抱住爷爷"哇哇"大哭。好半天，老者支起身子，也不向田土改申冤，却面朝南跪倒，凄切地呼喊："苍天哪苍天，你睁开眼睛看看吧，天理何在啊！"喊声悲怆而凄凉，仿佛凛冽朔风从泱泱水面飞掠，在洪水围困的村庄上空凝结，沉重而寒冷地压迫下来，令人喘不出气。

田土改经过了长久的窒息之后，突然张开大嘴，扯开嗓子吼："田有禾，你个孬种，给我出来！"田有禾慌慌张张地从家里跑出来。不等他站稳，田土改又吼："有种你别躲，在这里看着三个儿子打人才算威风啊！"

田有禾自知理亏，却也不甘心在众人面前服输。他一双小眼睛骨碌骨碌转动着，语气软中有硬地说："田支书，你这话可没有调查啊！我的房子被水泡毁了，眼看就要泡塌了。我找他商量，把院里的水擢出去，好话说尽都不行。田支书哎，我求人都不行，还有啥威风？我没有脸面站在街上，躲到家里还不行吗？"

田土改不耐烦地挥一下手，打断田有禾的话，说："好啦！这会儿我没工夫听你瞎白话，你儿子打人，大伙都看见啦，如何处理，等大水下去汇报给乡里再做决定。眼下你要做的，一是当众向老邻居赔礼道歉，二是他们的伤如果需要治疗，你负责全部医药费！"

话音未落，田有禾三个儿子跳起来，一个个叫苦连天，申冤不止，并把伤处示人。田土改气得大骂："狗日的，还轮不到你们说话！"

三个儿子越发跳得高了，大声说："为啥不叫我们说话？共产党的政策是人人平等，你当支书压人是不？你厚此薄彼不讲公道是不？我们提留款一分一厘不少拿，一年三百六十五天养着你，你不给办事还反过来咬我们是不？"

一声连一声，一声比一声高，并且越逼越近，手指一伸一伸，就要指到田土改额头上。田土改倒退一步，看准闹得最凶的田家老大，一挥手打过去。"啪！"一声脆响，田老大腮上顿时鼓起一道鲜红的指印，人趔趄着倒退两步，站定下来，仿佛一只被激怒的野兽，胆怯而凶猛地盯视着对方。

这耳光犹如在围观者中炸开一声响雷，顿时引起一阵骚动，喊喳唏嘘，不知是叫绝还是幸灾乐祸，担心事态扩大还是唯恐天下不乱。倒是田有禾怕儿子再度吃亏，迅速从横里插过来，面对田土改声嘶力竭地喊："你当支书的还打人？"

田土改嗤鼻一笑，大声说："难道我当支书就该挨打吗？"一语即出，他觉得痛快极了，仿佛久积胸中的块垒随之倾泻而出。难道我当支书就该挨打吗？多年前他就在心里这样呐喊过。那是学大寨的年月，大平原上无梯田可造，便百亩打一眼旱井。谁知，就在捷报频传、锣鼓喧天庆祝胜利的大好日子里，一眼旱井决顶了，三个淘井人救出俩，偏偏砸死一个独生子。

那家人悲痛欲绝，疯子似的揪住田土改呼喊："还我儿子！都是你瞎折腾害死了我儿子！"又撕又打，恨不能一口将他吞吃了。他不分辩，也不动，像一截木头，任人厮打个够。当然，后来上级把这些都归结为政策的偏差和失误。可是村民们不管这些，依然把账记在他头上，设若哪个人肚里气不顺，便可着嗓子跟他吵，或偷空在暗里给他一家伙。他不敢恼，生怕树敌太多，漫漫二三十年，他都是这样过来的。有时憋急了，便在心里骂一句，奶奶的！难道当支书就该受这份窝囊气吗？

一时间，得以发泄的快感刺激得他如同注射了兴奋剂，高大的身躯一挺一挺，连连挥舞着双臂，用挑衅的口吻一遍又一遍地喊："难道我当支书就该挨打吗？难道我当支书就该挨打吗？"

这时候，村头上传来一个声音："田支书，你在召开抗灾自救动员会吗？人到齐了吗？一定要把党团员、青壮男女劳力，全部集合起来！"

田土改看时，原来是第三副乡长带领农技站小关挽裤涉水而至。第三副乡长拿一根竹竿在前面探路，小关背一只鼓鼓的小包，可能是食物，尾随其后。

　　离三五步远，第三副乡长开始讲话了。他说："由于时间紧迫，我简单说两句。刚才市里召开了各乡镇党委、政府主要负责人紧急电话会议，号召各乡镇紧急动员起来，一定要把这次抗灾自救工作作为压倒一切的中心任务来抓。乡镇党委、政府主要负责人一定要亲自挂帅，乡镇全体干部一定要包村包队。市里马上组织人包乡镇，一定要力争把这次特大暴风雨造成的损失降到最低限度！"

　　"一定"完之后，第三副乡长转向田支书，说："伙计，你工作很主动，市里正要树立这样的典型，我一定把你报上去！""慢！"田有禾喊一声，苦着脸走上去，说："乡长哎，你先别树立典型了，快看看我家房子吧，我刚盖的房子就要塌啦！"第三副乡长听到"塌"字，赶紧关切地问："砸着人没有？"田有禾说："房子倒是没有砸着人，田支书可是打人啦！这不，我从院里往外擓水……"

　　不等田有禾说完，第三副乡长正色说："从院里擓水顶屁用！刚才我来时，看见村头的河堤决口啦，河水正汩汩地往村里灌，还不快去堵口子，从院里擓水管屁用！"

　　众人听了，仿佛大梦初醒，无不吃惊地说：难怪雨停了这么久，水不但不退，还越来越多。田有禾更是火上浇油，大声抱怨说："哪是河堤决口？是田支书带人扒开的！雨下得正紧，把我们赶出去，可把我们折腾苦啦！还说带领我们奔小康哪，这回吃大糠都难啦！"

　　田土改心里虽恨，却也不便反驳，只好说："事到如今，都别埋怨了，赶快回家拿锨，一家兑三个化肥袋子，跟我堵口子去！"

六

　　临近中午，田土改才去看大寨娘。她已经把院里的水擓净了，此时，正与五保户二奶奶并肩跪在天井里，面北点燃一炷香，一起一落地叩拜。从前不迷信的人，这会儿却敬起神来了。他在门口悄悄站住，一时不知是进好还是退好。

　　大寨娘叩拜完毕，起身看见田土改，脸上红红的，颇有些不好意思。等他走近了，解释说："二奶奶听说你有病，就拉着我烧香求神保佑你。"二奶奶看着他，心疼地说："看，又黑又瘦。"顿一顿又说，"一年到头，吃饭热一顿凉一顿，啥胃不生病？"

仿佛条件反射似的，说到胃，胃马上疼起来。他用手按住，依然不能止，豆大的汗珠从黑瘦的脸上滚下来。大寨娘急忙扶他到屋里，叫他躺在床上，他不躺，说："喝点水歇一会儿就好了。"二奶奶嗔怪说："这孩子，快二十年了，大寨娘啥事不跟我说，还怕我嚼你舌根子？"见他躺下来，又絮叨说，"连连娘也真是的，要早离了婚，也不会害得三个人都苦。退一万步说，她要是忍一忍，不把这事闹出去，大寨娘带着大寨和公公一起过，也没事。你看这事闹的……"大寨娘在一旁说："都是些陈芝麻烂谷子的事，二奶奶还提它干啥！"二奶奶说："不提就不提吧，再熬几年，像我一样眼一闭腿一蹬，啥事都没啦！"

喝下大寨娘倒的半碗红糖水，田土改感觉好了许多，便起身说："刚才乡里来人说，天气预报这两天还有雨，乡里叫我们都搬到村前堤上去，过响午就派人送来搭窝棚的竹竿、塑料纸，你把成用的东西收拾收拾，到时候好搬。特别是粮食，一定要搬，千万别瞎了！"

她迟疑着说："还用都搬，不搬不行吗？"他说："不行，凡是洼地都得搬。屋基都给水泡软了，万一再有大雨下，砸了人，这责任谁也担不起。"她点点头，听话地说："我搬就是。"

田土改笑了，趁二奶奶不注意，抓一下她的手，然后说："我得走了，石头在我家又吃又住，气得连连一夜没睡，早饭也没吃。"

她愤愤地说："他凭啥跟你怄气？计划生育是上级的号召，又不是你兴的，他受罚也怨着你了？"

二奶奶禁不住骂："他个婊子儿，越来越不是人东西。生不出儿子，就像这些人碍着他了。眼下见了我，也是横鼻子竖眼！"

回到家时，田石头、田有禾父子，还有一些人，不知是起哄还是凑热闹，满满堵了一院子。田石头、田有禾一唱一和地说："庄稼毁了，屋子也坏了，粮食烂了，

17

柴火也湿了，从昨天到现在，还饿着肚子呢，大人咬咬牙能忍，小孩子懂啥呀，饿得哇哇直哭，听说田支书家有人送的酒肉罐头、点心饼干，吃都吃不完，街坊爷儿们都讨口吃的来了！"说着，田石头还真在昨天睡觉的屋里翻出两瓶白酒和一个五香鱼罐头。他高举着胜利果实，大声说："老少爷儿们，都来尝一口吧！"连连不依，两眼噙着泪，紧紧追着抢。

田土改看了一会儿，气得浑身抖抖的，大声喊："连连，别要了！"连连放开田石头，扑进他怀里，一边哭一边说："因为柴火湿了，没做午饭，石头哥就说故意饿他们，叫人来闹。"然后哀求说，"爹，你别当这个支书啦！你看你都累成啥样了，人家还抱怨你，恨你，你到底图啥啊？"

他被女儿的哭喊声震撼着，身子摇摇晃晃的，眼看就要瘫倒了。胃疼使他不能支持，心疼更使他难以忍受。他的心仿佛被人撕成碎片，撒上细盐，填进一个巨大而布满利齿的嘴里咀嚼着……

田石头举着酒和罐头走过来，样子活像影视剧中的黑社会小头目，既蛮横又得意。他说："田支书，这酒和鱼肉罐头还给你，我们穷苦百姓没有这口福。不过，饭还是要吃，房子还是要住，庄稼还是要种。可是，这一眼望不到边的洪水，都是你逼着大家从河里放出来的，到哪里说你也没有理。你说，这村里村外的损失，你咋赔吧？"田有禾在一旁帮腔说："咋赔？砸锅卖铁再搭上他这百十斤也赔不起！依我说，赶快找上级要救济去吧！"

上午堵河口子时，田有禾问过第三副乡长，这次受灾，上级会不会给救济。第三副乡长答得很肯定，说："一方有难八方支援，是社会主义的优越性，上级肯定给救济！"这些人，就是来鼓动村支书找上级要救济的。

田土改假装没听见，回头对女儿说："你把咱家那袋长生果（花生）拿出来。"连连迟疑着不肯拿。田土改催促说："快去啊！"拿来花生，他对众人说："这酒和罐头是连连订婚时婆家送的订婚礼，大伙儿凑合着吃点喝点，垫垫肚子，准备往堤上搬家吧。上级叫搬是为咱们好，怕咱们的生命财产遭受损失。一会儿乡里就派人送来搭窝棚的东西，按人口多少，一家领一份。"

看热闹的人见田支书这样，有些不好意思，悄悄溜走了。田石头、田有禾打开酒瓶，也没好意思喝。田支书说："想喝就喝，不想喝就拿走，我胃不好，戒了！"田石头、田有禾果然各得一瓶。临出门，田有禾回头说："你的药张司法叫我捎来了，在家放着呢。"田支书说："你先替我保管着，搭完窝棚找你要。"

下午，第三副乡长乘坐汽艇送来搭建窝棚用的竹竿塑料纸和临时充饥的饼干面包矿泉水，说是兄弟地区捐献的。随汽艇来的还有十几名解放军战士。子弟兵闻讯赶来救援，落脚未稳便奔赴灾区，汽艇也是他们带来的。

蜗居在乡村的庄稼人，没有见过大世面，不少人聚在河堤上看热闹。尤其是孩子，他们本来不知愁，此时吃着饼干面包看汽艇，好不开心！看着看着便不由发出欢笑声。田土改怕影响不好，暗里派二奶奶、大寨娘去驱赶。

临村的村民也往河堤上搬，对岸遥遥相望。

有部队战士鼎力相助，搬家顺利许多。河堤上有树，可以凭借树干的支撑搭建窝棚。夜幕降临时分，各家的窝棚差不多搭完了，粮食和贵重物品也差不多搬完了。部队战士在河堤上搭建起帐篷，与灾民同吃同住。

田土改和几家住宅高的没搬。一下午，他忍着胃疼，组织搬家，分配搭建窝棚的材料。看看基本就绪了，便抽空回到家，一头倒在床上，觉得不但胃疼，五脏六腑都疼，甚至四肢也疼，直疼得大汗淋漓，呻吟不止。

连连又急又怕，找母亲商量，母亲说："庄上又没医生。"连连说："我到外村去请。"母亲说："遍地是水，天又黑，你找不到路，人家也不会来！"田土改听见了，说："不用请医生，我有药，在田有禾那里，连连找他要去。"连连找到田有禾。田有禾挠着头皮说："搬家前还有，谁知这会儿压哪里了？"连连说："只要没丢，就能找到。"

田有禾搬家累了，不想找，胡乱搪塞地说："八成丢了，那点东西，谁还放在心上。"连连有些急："你咋随便丢人家的东西？"田有禾说："我又不是田支书的勤务兵，没有义务替他保管东西。"连连说："你还讲理不？"田有禾说："我不讲理你还找我？"

这一吵，便有两个战士走过来，听说村支书有病，马上叫卫生员去治疗。原来他们还带着卫生员！卫生员给田支书检查后，打一针，再留些药，便走了。

田土改吃了药，在床上躺一会儿，又吃了女儿做的一碗鸡蛋面，觉得好一些，便起身往外走。女儿劝："你在家歇会儿吧。"他说："我到堤上看看，没事了好好睡一觉。"

白天晴天，晚上又阴了，黑得伸手不见五指。常言说夜雨三场。真下三场雨，这陆地就彻底变成泽国了。

忙碌一天，村民们都累了，躺在窝棚里话都不想说，甚至连蜡烛也懒得点。整个河堤上，沉寂而凝重。

田土改不说话，绕窝棚慢慢走。走着走着，突然脚下一绊，连翻带滚摔下河堤。湍急的河水卷住他，直往下游冲。他努力挣扎着，想靠到岸上，可是水深流急，身不由己。他心想，这回完了，别说一个重病在身的旱鸭子，即便水浒英雄浪里白条在世怕也在劫难逃了！

绝望之际，忽然觉得有什么缠了一下，伸手一抓，是一根绳子。河里哪来的绳子？莫非有人搭救来了？顾不得多想，他赶紧顺着绳子往上爬。绳子越来越粗，越来越硬，他终于恍然了，原来是一条树根。那棵树还很年轻，已经歪斜在河面上，或许要不了多久，也会离开泥土，葬身于洪水之中，永远失去绿色的生命。

田土改紧紧抱住幼树的根，稍稍喘息片刻，运足力气往上爬。河堤上的树仿佛都是为他而生的，才往上一伸手，又有一条树根抓到手里了，而且这一根很粗壮，只是脚下的泥土太松软，一蹬便往下掉。有几次，好不容易爬上来，却又滑下去，而他的体力已经耗尽，胃和五脏六腑加之四肢的疼痛，越发猛烈地袭来。

不知是汗水润滑了手掌，还是手掌失去了握力，他已经不能抓紧树根，更不能往上爬了，身子开始往下滑落。不知道被河水冲出多远，自己身在何处，河堤上是否有人，只是被求生的欲望驱使着，他试着呼喊，可声音已变得沙哑而微弱，连喊几声，一点儿反应都没有。他再一次感到了绝望……

他想在沉入水底之前，再看一眼阴沉的天空，是否裂开了缝隙，是否有远星出现。倘若能看着远星死去，也算是一点慰藉。当他仰起头的时候，却看见不远的上方，有一点暗红色的火光，并且借着火光的明灭，看见了一张年轻而模糊的脸。顿时，他全都明白了，那些貌似为搭救他而生的树根，原来都是故意招引他的，让他把一个人的死亡过程一招一式地展现出来。

七

在此之前，他根本不相信，一个现代青年会轻信那古老而荒唐的传说。那传说只有心怀叵测、行将就木的人才能编造出来。可是，那个羽毛未丰的青年人却在第八次或者第九次听到之后，断然相信了，而且执意要扮演一个中国式的哈姆雷特，为父报仇，亲手杀死这个为了得到他母亲而谋害他父亲的村支书。

他万万没有想到，就在即将沉入水底、顺流而下的时刻，会有一只手向他伸过来。而且，那只手，正是一次次要杀死他的手，这是为什么呢？

此时，他就躺在大寨娘的窝棚里。部队卫生员刚刚给他打过针。一个军官模样的年轻人看他醒过来，惊喜地说："是你村一个小子救了你，他发现你巡夜时不慎滑落到河里，就奋不顾身地跳入激流……"

他仿佛没听见，一句话也不说。

大寨娘做了一碗鸡蛋汤，给他端过来。他本来不想吃，一看见那双幽幽的眼，还是勉强吃了点。

外面又下雨了，虽不似昨天的凶猛，但噼里啪啦砸在窝棚上，依然令人心悸。大寨娘、二奶奶、年轻军官和卫生员闷闷不乐地坐了一会儿，二奶奶小心地对年轻军官说："小兄弟，你们劳累了一天，早点歇着去吧。俺娘俩在这里照顾田支书。"年轻军官点头说："可以，有情况马上报告。"然后和卫生员一起走了。

不知什么时候，二奶奶也走了。大寨娘靠近他，抓住他一只手，十分激动地说："真是大寨背你回来的？"他只是笑，不说话。她又说："这么巧，就被他遇上了？天意，真是天意啊！"他依然不说话，只是笑。

大寨娘叹口气，柔柔地望着他，仿佛一位母亲乞求神灵宽恕儿子："我知道，这些年他伤透了你的心，他到底还是个孩子嘛，这不，他已经长大了……"忽然，她把话顿住了，看见他布满皱纹的眼角里，有两颗带血的泪珠在滚动。她不知道这是为什么，在她心目中，他是一位刚强的汉子，无论遇到什么样的艰难和困苦，都能咬牙挺下来，从未叹过一口气，更不曾流过一滴泪，然而今天，他这是怎么了？

夜雨噼啪，敲击着窝棚，敲击着人的心。一股冷风揭开塑料纸，带着浓浓的雨意扑进来，恣意肆扰着人们的安静。一截即将燃尽的蜡烛，仿佛已经不胜风雨的摧残，火苗跳动着，眼看就要熄灭了。她慌忙将它捧住，蜡烛又继续燃烧起来。

他大汗淋漓，牙齿咬得"咯咯"响。

她关切地问："很疼吗？"

他点点头。

她说："我去叫卫生员？"

他摇摇头。

她伏在他身上，哽哽咽咽地哭起来，肩头一耸一耸的，很恸，却不敢高声。他轻轻抱住她，像抱住一个童稚的孩子，语气也是轻轻得，像唱一首童谣引她入梦。他说："往后的路，你还很长……"她挣脱出来，吃惊地看着他，仿佛挣脱出一个遥远的梦境。哭泣也停止了，细碎的泪花噙在眼里，挂在腮上。整个人犹如置身异地他乡，被陌生感压迫得透不出气来。他接着说："下半辈子，你要找一个敢作敢为的人，那样的人，才是真正的男子汉，千万别找像我这样在村里当干部的人，跟着窝囊一辈子！"

她仿佛听出些什么，急急地问："你咋了，为啥说这些？"他并不急于回答，只是仔细地看着她，好久好久才说，"我的病，怕是不行了……"

还真是不行了！

天一亮，他陷入昏迷……

村民们听说田支书病情严重，纷纷跑来探视，但已经晚了。此时，人们似乎才忽然记起田支书许多的好，顿生无限敬意。

部队官兵准备好汽艇，要送田支书去医院抢救。田有禾从窝棚跑出来，大声喊："找到啦找到啦——田支书的药，还有诊断书！"卫生员接过诊断书，看见上面几个英文缩写字母，胃癌晚期。

年轻军官看着正在精心护理田土改的大寨娘，轻声叫着"田大嫂"，把她引到一边，简略说明了田支书的病情，然后说："田大嫂，您不必太难过！田支书是位好支书，病危之际没有离开工作岗位，是我们部队官兵学习的好榜样，您应该为他感到自豪和骄傲！"

果然，她感到了从未有过的自豪和骄傲，不知不觉地把头昂起来了……

难得潇洒

一

一个春天的上午，陆广海来找我，身后跟着一个矮胖子。他说他要创办一家影视文化公司，请我出面做总裁。我说："你是不是弄错了？你办公司，又不是我办，我怎么能出面做总裁？"他说："你是文艺界名人，当然要请你出面做总裁——眼下兴这个，这叫名人效应！"我说："我不懂影视……"陆广海便有些不耐烦了，他说："魏老师，请你就把文人那点臭架子放下吧！都什么年月了，还酸溜溜的？明天赚了钱分你个三百万五百万的，再配个小蜜侍候着，看你还酸不酸！"

我赶紧申辩说："我不是放不下什么臭架子，我也没有臭架子，而是担心我外行干不了。"陆广海便笑了，说："魏老师，你这才真是外行了。咱们办公司，咱就是总裁董事长什么的，咱是领导！君不见那些当领导的，有几个是内行？只要有开拓精神，敢想敢干，没有剧本咱们可以请人写剧本，没有导演咱们可以聘导演，演员更是不用说，到街上随便一划拉就是一大堆。"

一直在一旁坐着一言不发的矮胖子，颇有感触地插话说："言之有理！陆大哥言之有理啊！"陆广海这才想起似的向我介绍说："这位是我朋友——吴政——也喜欢文学。"吴政谦恭地向我欠身一笑，文绉绉地说："久仰魏老师大名，今后请多关照！"

接下来研究公司的运作问题。陆广海胸有成竹地说："先找几个关系厂家拉他个千儿八百万，先拍一部精品电视剧，在社会上狠狠轰动一下子，往后的路就算铺平了！"

我心里还是不能平下来，总觉得这一切就像小孩子玩游戏，或者痴人说梦话。可是我也不好再说什么了，刚才稍一犹豫就被陆广海批了一通，若再说三道四，还不给他打倒了？况且敢想敢干已成为国人的共识，我再缩手缩脚、怕这怕那，岂不是显得迂腐、不合时宜？

第一个被拉赞助的厂家即是本地一家酒厂，陆广海曾经写过该厂长的报告文学，算是老关系了。我在一次文企联姻活动中，也与该厂厂长有过一面之交，握过手，只是不知道他对我还有没有印象。吴政不认识厂长，只是跟在后面，一副跟班随从的架势。

陆广海与厂长寒暄之后，就把我往前推。厂长热情洋溢地上前抓住我的一双手，连声说："欢迎魏总光临！欢迎魏总光临！"我趁热打铁地说："上次文企联姻活动，咱们见过面。"厂长一时没有转过弯子来，想了半天才说："噢！你是说公安局老钱他二小子结婚那次？对对对，咱还碰过杯呢！"我差点没有笑出来。

很快，陆广海把话切入正题。他说："经过一年多的筹备，新世纪影视文化公司正式启动运作了！一部五十集电视连续剧的本子已经审定，导演、演员已经在长城脚下集结待命。不瞒您说，这部电视剧由于有魏总在中宣部工作的大学同学牵头，已被中宣部列入'五个一'精品工程计划，将来必火无疑。要求独家赞助、联合拍摄的大企业、大财团多了，可是咱们魏总不主张独家赞助，他说重在参与，所以我们决定在全国较有影响的企业中优选三十家作为赞助协拍单位，一家赞助一百万……"

一派胡言！我心里一阵阵发虚。吴政倒是听得入了迷，已经完全沉浸于陆广海没边儿的吹嘘之中。

厂长沉吟一会儿，不禁击掌说："好！这件事今天就算说定了，待贵公司的电视剧开拍之际，我保证把一百万如数划过去。"见陆广海还想说什么，厂长急忙起身说，"请各位稍候，我去去就来。"

乍一听这件事是成了，可是仔细一想什么都是空的，而且越想越是空的。陆广海冲着厂长远去的背影狠狠骂了一声："真他妈的滑鬼！"我故意将陆广海一军：

"下一步，就看电视剧什么时候开拍了！"

陆广海不搭我的话，沉默了一会儿，突然问吴政："你表妹还在不了情大酒店？"吴政不解地问："问这干什么？"陆广海说："打电话叫她来，中午陪厂长吃饭。"吴政犹豫着："合适吗？"陆广海说："有什么不合适？"然后郑重宣布："从即日起，你表妹就是本公司公关部主任了，薪水从优！"

说去去就来的厂长一直拖到中午才露面，显然是宁肯中午待饭也不愿意劳神磨牙。陆广海强按着内心的不快把吴政表妹推出来："这位是我们公司公关部主任弥曼小姐。"厂长夸张地"噢"了一声，伸手把弥曼小姐引到自己身边坐下，两眼渐渐生出亮光。弥曼小姐迎着厂长嫣然一笑，说："厂长，您有什么好酒，今天就拿出来吧，我陪您喝！"厂长很慷慨，说："好！我保证你喝个够！"

酒至半酣，陆广海再说赞助的事，厂长便发誓般地说："在电视剧开拍两周前，我保证把钱如数划到贵公司账户上！"

费了半天劲，还是没有把钱拿到手。吴政有些不悦，回去的路上嘟囔："我表妹算是给人白摸了。"陆广海说："不就是拉一下手吗？别那么小家子气！"吴政也不示弱，说："我说的不是拉一下手的事，而是公司的事。就像这样凭空说说，别说没有电视剧拍，就是有电视剧拍，到时候人家不干咱也没办法。"

陆广海释然了："我当你心疼表妹呢，原来是为公司着想。放心吧，我已经想好了，明天咱们兵分两路，魏老师熟人多，找熟人写剧本，五十集，历史题材、现代题材都行，只要写得好就行；我带你和弥曼小姐继续拉赞助，把合同书打印好，拉一家签一家。"

看来陆广海要真干了，我心里稍稍踏实了一些，第二天即去省城找人写剧本。

经朋友介绍，找到一位女编剧。女编剧不到四十的年龄，却有几部电视剧拍成，有的还获了奖，在省内外颇有些小名气，因此，她的润笔费也高。当着我朋友的面，女编剧开门见山地说："我的稿酬是每集税后十万，不过即是朋友介绍来了，就破一次例，权当帮个忙，每集税后九万五。"见我并不感动，她换了脸色，"哟，还不行哪，有两家签约剧组等米下锅呢！"

朋友见女编剧要打退堂鼓，赶紧给我递眼色，样子急急惶惶的，生怕再没有这样的机会了。

我一时拿不定主意，只好借故出来，给陆广海打电话商量。显然，陆广海也被润笔费吓一跳，好半天才牙疼似的"咝咝"吸着凉气说："九万五就九万五吧！不过要给她签个合同……一要按时交本子，二要保证质量，三要开拍前先付一半稿酬，待拍完把片子审定后再付另一半。"

可是人家女编剧早就把合同书印好了，一式三份，甲乙双方各一份，公证处一份。甲乙双方各承担的责任和义务，付款方式和制约办法，等等，合同书上写得清清楚楚，详细周到。其付款方式是：签订合同时每集预付定金两千元，其余待交本子时一次付清。仔细想想也合情合理，我想无须再与陆广海商量了，就是不知十万元定金哪里来。

朋友见我为难，便给女编剧赔着笑脸说："我朋友来得匆忙，没有带足钱，你看能不能……"女编剧浅浅一笑，把合同书收起来，宽厚地说："魏总再来吧，我等您。"

陆广海听我说完事情经过，沉默良久，然后咬牙说："我家有一万元存款，就借给公司里用吧。你们谁有钱拿出来，到时候按存款付利息。差的部分，魏老师负责贷，剧本的事就交给你了。我们负责拉赞助。"

我一月就那么点工资，还要供孩子上学，哪有存款借给公司？吴政没有工作，据说上初二时因打架被学校开除，至今还靠父母养活，连个老婆都没有混上，更没钱。弥曼小姐高深莫测，含而不露，她不说有钱，我也不便多问。无奈，只好自己厚着脸皮贷款了。

然而贷款要拿实物做抵押，银行的人只认实物不认人。起初，陆广海一天几个电话催，并给我出主意，说："贷款实在不行就找熟人借，哪怕把嘴皮磨烂把头皮磕破，也要把钱凑起来，把剧本拿到手。"

我不敢怠慢，天天一早骑着车子去敲熟人的门，敲开了，面红耳赤地赔着笑脸说借钱。好在我找的熟人都热情，都乐意解囊相助，只是他们和我差不多，都是靠吃工资过日子，没有多少钱，不过一千两千，有的一千两千还被亲戚朋友借走了。

如此算来，我纵然跑遍小城每个角落，找遍所有熟人，也难以借够那个十万元。不能再拖下去了，要尽快告诉陆广海，让他另想办法另请高明，以免耽误大事。可是一连几天都找不到他影子，打他手机关机，往他家打电话，他老婆开口就抱怨："谁知他钻哪个窟窿里去了？孩子有病都不回来！"

我十分惭愧，不由暗下决心，为了公司，为了陆广海的一片挚诚，再难，我也要把钱借够，把剧本拿回来！

这天一早，省城的朋友打来电话，问钱筹得怎样了，听我支吾，那边有些急，说："人家不能等了，准备和别人签合同。"我忙喊："别别别！请她再等等……"朋友打断我的话："你还要等多久？"我一时答不出，朋友提高声音说："你过来吧，差多少，我先替你垫上！"我又感激又羞愧，怯生生地说："我、我只借到不足三万元……"当然还包括陆广海那一万。

朋友便不说话了，沉默一会儿，喷一团粗气，恶狠狠地骂："没钱办什么鸟公司？还想潇洒？一边做梦去吧！"顿了顿，又缓和语气说："这样吧，你先拿三万来，我给你垫两万，让她编二十五集。你能拍二十五集就不错了！"朋友真想成全我。

二

签合同回来，我心里一块石头落了地。晚饭后洗了个热水澡，早早上床睡了，准备好好休息一下，明天去找陆广海。我想他不会反对，即使反对也不要紧，有钱了再给女编剧送去还来得及……

这时候电话突然响了，耳机里传来陆广海老婆的声音，这一次是可怜巴巴的哭声。我心里不禁一惊，当是孩子病重了，忙问："是不是你孩子……"那边说："不是孩子，是陆广海……"

顿时，一种不祥的预感袭来，心被一只无形的大手捏紧了。我急切地问："陆广海怎么了？"那边像是被冷风噎了一下，上气不接下气地说："他、他不是人！"然后哭着说："他被人砍伤了，伤得很重，现在在医院里昏迷着。医院要押金，要一万，我没有钱。你是馆长，你给求个情，担个保，救救陆广海……"

人命关天！可怎么救？能借钱的几个熟人都借过了，文化馆账户上除了十几万元赤字，连一分余额都没有。去求情？去担保？凭什么？就凭我这个小小的文化馆馆长吗？

那边还在说："魏老师，你给求个情、担个保，救救陆广海……"我答应了。我只有答应了。我说："你等着，我马上过去！"

医院里人很多，一片通明。我站在大门口，胡乱地张望着。正不知该往哪边走，去找谁，身后忽然响起一个声音："魏总。"

是弥曼小姐。

我有些尴尬，也有些惊喜，总算有了公司里的人。弥曼小姐形容憔悴，好像刚哭过，眼泡红肿着。我说："陆广海怎么了？出了什么事？"她不答我的话，从一只精致的小包里取出一叠钱，往我面前一杵说："这是一万元，拿去给陆广海交押金吧。"我喜出望外："太好啦！"正欲往里走，陆广海老婆在前边堵住了。她伸手指着我手里的钱，恶狠狠地说："把钱还给她！不用这臭婊子的钱！"我疑疑惑惑地扭回头，弥曼小姐却是一脸平静，冲我微微一笑，眼神里流露出轻蔑。

陆广海确实伤得不轻，后脑勺被人连砍三刀，差点没有砍出脑浆来。我办完手续出来，弥曼小姐还在门口等着。她迎上来急切地问："陆广海怎么样了？"我说："还在昏迷，估计没有生命危险。"

弥曼小姐轻轻嘘出一口气，然后笑笑说："魏总，真对不起，这几天让你受累了。"不等我说话，她又说，"陆广海是我表哥砍的。当时陆广海正和我做爱，被我表哥撞上了，就随手拿起一把菜刀……"她没说在什么地方，我也不便问。

月亮在薄云中悠悠穿行，眼前忽明忽暗一片神秘，有种如梦如幻的感觉。弥曼小姐神态自如，似乎一切原本就平淡无奇。我有些惊奇于她的心态如此轻松，就像吃饭、聊天。

对面一路之隔有家咖啡屋，幽婉的歌声春风般徐徐飘扬，五彩的灯光笑靥般充满诱惑。弥曼小姐看着我粲然一笑，说："魏总，请你喝杯咖啡好吗？"

这问题来得有些突然，我一时不知如何是好，想答应又不放心，迟迟疑疑，左右为难。

弥曼小姐忍不住笑起来。一边拉住我往咖啡屋走，一边口齿伶俐地说："您放心，只是喝杯咖啡！"

那笑声如一盏雪亮的灯光，把我内心深处最隐秘的角落照亮了。我怎么会那样想呢？人家请我喝杯咖啡我怎么就会那样想呢？

弥曼小姐落落大方地在我对面坐下来。先自端起一杯咖啡用小匙抿了一口，见我不动，又抿了一口，又抿了一口，然后放下杯子，寡寡地看着我，很随意地说："你说陆广海老婆那人脑子是不是进水了？她丈夫都躺在那里生命垂危了，我好心好意拿钱给她救命，她不但不领情，还说三道四撒泼斗气，真是不可思议！"

我都被她说糊涂了，不知道谁不可思议了。

弥曼小姐不管我，只顾自己说下去："陆广海死不了，我表哥也没事了。一万元买两条人命，值！不过，那个影视文化公司算是玩完了。我敢断定，将来他俩即便没事了，也不会再合伙办那个公司了，更不会有人独自办那个公司了，因为那个公司本来就不是个公司。这些天，他们心里都明镜似的，只有你蒙在鼓里。你太实在。"

我渐渐有些坐不住了。公司完了，我借的钱怎么还？人家女编剧写出剧本怎么办？我怎么向朋友交代？

弥曼小姐不管这些，说完就端起杯子用小匙一挑一挑地喝起咖啡来，举止娴雅恬静。肯尼基的《回家》低迴，萨克斯管如泣如诉，归途满目迷茫。弥曼小姐放下杯子，冲我莞尔一笑，说："魏总，人家肯尼基都回家了，咱也回家吧。"然后曼展腰肢，踏着欢快的舞步，头也不回地走了。

她还知道肯尼基？我惊奇地看着她远去的背影，猜不出她在回家的路上是否也会有迷失的感觉？

事已至此，我只好对朋友如实说了。朋友在那边长吁短叹，感慨良久，责备我良久，最后只好咬牙说："你来吧，我带你找她撤合同。"然后给我出主意："就说陆广海他们出了车祸，三个人当场死了俩，剩下一个正在医院抢救，生死未卜。"

　　女编剧倒也通情达理，不是那种重利轻义之人。她听完我的陈述，先是表现出极大的惋惜和同情，然后在我那份合同书上签上同意中止合同几个字，就退给我，同时很大方地说："尽管我们没有合作成功，但我们也是朋友了，合同上违约责任什么的就不追究了，违约金、赔偿金什么的也不计算了。不过，公证处的公证费已经交付，就不能退了。"

　　我急忙问："公证费交多少？"

　　女编剧说："不多，两万。"

　　我看合同书上并没有公证的痕迹，怎么就交公证费了呢？分明是女编剧趁火打劫从中渔利。还说不追究违约责任了呢，你追究还能把那五万都吞了？我不由生气地说："公证费能不能少交点？我们公司没办成，人也躺在医院里了，这钱都是求人借来的……"

　　女编剧不理我，冲着我朋友不无讥讽地说："你是个热心肠的人，就带这位朋友到公证处走一趟吧，问问公证费能不能退回来，免得让人家蒙受巨大损失！"说着，从保险柜取出余下的三万元，啪一声丢到我和朋友近前的桌上。

　　我朋友显然很尴尬，向女编剧赔着笑脸说："我知道我知道，法律哪能像小孩子玩儿游戏，说玩儿就玩儿，说不玩儿就不玩儿了呢？不用问，公证费是不能退了！"然后向我递个眼色，让我拿钱赶快走人。

　　走到大街上，我朋友停下来，苦笑着叹息说："早知道这样，我就不借两万块钱给你了，你也就签不了合同，今天也就没有损失了。"

　　我明白这是在提醒我，其实我也正准备把钱还给他，只是在寻找一个合适或曰安全的地方。既然如此，我只好在大街上把钱给他了。

　　朋友接过厚厚的两沓钱，也不急于收起来，就那样显摆地拿在手里，用手轻轻拍打着，微笑着说："你齐秃秃的嘴（猪），就别想吃巧食了，干脆老老实趴家里写小说去吧！我看你也只有趴家里写小说，你就是写小说的料！"

听他这么说，仿佛写小说有什么不好似的，仿佛写小说的人不是白痴就是笨蛋。不过仔细想想，人家都到市场经济的大潮中显身手去了，一切都向钱看了，写小说也确实有些不合时宜。这样想了一路，回到家就发誓，不再写小说了。把余下的一万元还了债，然后去见陆广海。陆广海已经完全清醒了，除了失血过多并无大碍，补补血养几天即可痊愈。我把请人写剧本的前后经过说一遍，最后特别说到公司的损失，即交公证处的两万元，同时还想听听他日后有何打算。

陆广海说："正好！你我各负担一万。"当着我的面，他从包里找出那一万元借条撕了，却只字未提今后的打算。我心里有些气，一鼓一鼓的想发作，到底还是忍住了。无论怎么说，陆广海还算义气，不然，你是公司总裁，他不负担，你也没办法，借条在他手里，想赖账都赖不掉……

一连几天，我一个人闷在家里，挖空心思想挣钱，可是把所有的花花肠子都翻遍，也没有找出挣钱的门路。我一没本钱二没经验，还舍不得丢掉那一月几百块钱的工资，难哪！

这天上午，我正在作难，吴政兴高采烈地跑来了。一进门就喊："魏总！"忽然意识到不妥，忙改口："魏老师的为人我是见着了，佩服得五体投地！"然后大骂陆广海，"真不是东西，自己办公司赔了还叫魏老师负担，这不是欺负老实人吗？这不是屙血坏良心吗！"

骂完，他从一只包装得十分考究的纸箱里取出一个状如枕头的器物，像展示一件稀世珍宝似的，小心而郑重地双手托到我面前："今天，我就亲手把这摇钱树、聚宝盆交给我最最敬重的人——魏老师您了。您用它不费吹灰之力即可得到您想要的钱，十万、二十万、一百万、二百万……只要您想要，我保证手到擒来。"

见我无动于衷，吴政不由起急："魏老师，您为什么这样看着我？难道您不相信我吗？我可不是陆广海那样的人，我这都是为了您好啊！是帮你脱贫致富来了啊！魏老师，我实话说了吧，自从和您分手之后，我干直销干发了，发大了！上星期提升的主任，月薪拿到三千八，下月提升部门经理！你知道部门经理是个什么待遇吗？每人配一辆桑塔纳小轿车，一部大哥大手提电话，一套独院双层小楼，月薪三万！"

我一句话都不说，甚至连一点表示都没有，就那样冷漠地看着他。一个不久前只会跟在别人屁股后边呆头呆脑听吩咐的矮胖子，一转眼变得说假话不脸红了，社会这口大染缸啊！

吴政恨不能把心掏出来的样子："魏老师，这样吧，这台机器我先赊给您，您发展到下线赚了钱再买，不赚钱就把机器退给我，行不行？"我伸手挡开他，说："不行！你快把机器拿走，放这里弄坏我赔不起。"吴政无奈，憾然离去。

<h2 style="text-align:center">三</h2>

还真应了朋友那句话：我就是写小说的料。当我坐下来再次进行写作时，浮躁随风而去，代之而来的是失败后的清醒和无欲中的宁静。我不想下海了，我要安分守己地做好工作，搞好创作，省吃俭用还债，用工资和稿费还债。

可是没过多久，这种心态就被无情的现实打破了。儿子从学校带回一纸通知书：下学期书籍预交费和校服定做款，夏令营差旅费和食宿费，合计一千一百元！

我和妻子面面相觑。上月的工资跑剧本花光了，这月的工资什么时候发会计说没准儿，怎么办？

妻子坚决地说："今天下午无论如何也要把钱借到手，让儿子带去上学！"见我不作声，又补充说，"我也去借，帮你借。"

我说："行。"

很快，我们商定了借钱目标和行动路线，分头出发了。两个人整整跑了一下午，掌灯时分回到家，妻子借钱三百元，我一分没借到。很显然，人家知道我办公司赔了，都不敢借钱给我。饭桌上，我和妻子像演戏一样，一唱一和地哄着儿子吃饭，电话铃突然响了。

我拿起电话问："哪位？"

电话里的人只笑不答。

我有些纳闷也有些着急，不禁提高些声音说："你是谁？再不说话就挂啦！"笑声越发响亮震耳，而且从门外响到屋里，是吴政！他手持一部小巧的大哥大，腋下夹一只精致的真皮包，油头铮亮，西服笔挺："魏老师，您让我好找！一下午我开车来了三趟，电话打了无数次！"这一次，吴政不但兴高采烈，而且神气活现。

不等我反应过来，吴政转向我妻子、儿子。一只手在我儿子头上轻轻抚摩着，两眼含笑地看着我妻子的脸，说："嫂子，今天我请魏老师，原打算在不了情大酒店，担心魏老师不肯去，只好请人送到家里了，麻烦您给收拾个地方吧！"

妻子看着我，迟迟不动手。

吴政不管不顾，拨通了手机，说："进来吧。"话音未落，门外旋风般进来一行佳丽，人人手上捧着一道美食，眨眼之间，飘着浓香的饭食堆满桌子。

我没心思陪他闲聊，说："你要直销，无论销什么，都别找我，找我没门儿，白费心思！"

吴政并不介意，一边热情洋溢地拉着我往桌前坐，一边说："魏老师、魏先生！您就一百个放心一百个相信我吧——我不找您直销，也不会让您掏一分钱入股，我只想请您写作之余到我公司里坐坐，给我参谋参谋，出出主意，写个广告词儿就行了。月薪先开一千元，年终再给您封两万元红包行不？"说着，掏出一叠百元大钞，"先付一个月工资！"

我有些愣怔，身子仿佛在一道无底的峡谷中坠落、坠落……隐约听见妻子说："大兄弟，别介意，这些天他心情不好，写作又太累，再加上今天为孩子借学费没借到，所以……"

吴政叹口气："唉，魏老师这人，也真是……这样吧，孩子的学费我交了，就算为希望工程献一份爱心吧。那一万元欠债，是办公司赔的，我也有份，我赔五千。另外，再借五千给魏老师，还债。今天你们先休息吧，明天一早我把钱送过来。"

翌日醒来，我头昏昏沉沉的，浑身酸软无力，仿佛大病初愈。门外响起一串汽车喇叭声，开门一看，是吴政。

吴政开着一辆崭新的红色桑塔纳，身边坐着一位靓丽女郎。女郎甜甜地喊："吴经理，我是在车上等您吗？"

吴政下了车，一手持手机，一手向女郎做个 OK 手势，志得意满地向我走过来。一个初中没有毕业，靠父母养活，连老婆都混不上的人，一夜之间竟然成了吴经理，还有了汽车、手机，甚至还有了女人！我心里不免生出些嫉恨。

吴政先是关心地问候，然后拿出一大一小两打儿人民币，小的扔给我妻子，说："这是给侄子献的爱心。"大的放到我桌上，说："里边有我五千，麻烦魏老师打个借条吧。"

我的气便不打一处来，也不说什么，伸手扯过一张稿纸，写下"借吴政先生人民币五千元整"，写了满满一张，然后在边角很小的地方签上我的名字，并郑重地加盖上印章儿，双手交给吴政递过去。

吴政显然很尴尬，接过借条愣了一会儿，像要解释什么，结果却笑着说："魏老师，你这不是浪费纸吗？"我说："那就另写。"夺过借条撕了，重新写起来。还是写那几个字，却不在一张纸上写，而是在一张纸上只写一个字，时间、姓名都是如此，一个借条写了厚厚一摞。吴政怔怔地看着我，不敢再说什么，把借条收起来，临走时问："魏老师，您什么时候上班？"我发狠说："今天！"

四

陆广海再来找我，是一年后的一天上午，见了面，一迭声地喊："好事儿，绝对的好事儿！"

原来，陆广海伤愈之后，偶然结识了一位大款，有几个亿的资产。那大款赚钱赚腻了，忽然心血来潮想过一把作家瘾，可是自己不会写，便想雇人代笔，买稿子，一次买断，一千字一百元，一手交钱一手交稿。一篇两三万字的小说，发表了也只有千儿八百元的稿费，卖了却能得两三千元。无语啊！

陆广海见我答应下来，从文件夹里拿出一份预先打印好的《售稿协议书》让我签字，显然有备而来。

我心里莫名地悸动了一下，隐约生出一种卖儿卖女的感觉。《协议书》上说，稿件一旦卖出，即与原作者脱离了一切关系。原作者要为买稿人保密，否则买稿人有权追回全部本金并加一至三倍的罚款，必要时还将采取极端手段以报毁誉之仇。我不由倒吸一口冷气。

陆广海忙解释，说："《协议书》是写得严厉些，不过也可以理解，人家不惜重金买下稿子，若败露出去，岂不是花钱买丢人了？"

转念一想是有道理，既然把稿子卖了就不会再去认它，当然也就不怕加倍罚款和报毁誉之仇了。我签了字，拿出一个刚刚脱稿的中篇小说《难得潇洒》，给陆广海过目。

陆广海说："不用看，你的水平我相信！"算过字数，差五百不足两万五千字，陆广海说，就算两万五千字吧，正好两千五百元。当即数出二十五张百元钞让我数。我想学大方，说："不用数。"可是一双手却不由自主地伸出去，点起来……

待妻子下班回家，我把卖稿子的事说了。妻子也是既无奈又高兴。

过了几天，陆广海与弥曼小姐携手并肩再次来到我家。

陆广海说："那位大款过了一把作家瘾之后，又想请人根据他的身世和创业经历，写一部三十集电视剧，他自己主演。编剧稿酬一集五千，也是一次买断。"

一集五千，三十集就是十五万！我顿时激动得口干舌燥，心跳如鼓，满口应承，唯恐错过良机。签完《协议》，陆广海打开一个鼓囊囊的纸袋子，是有关大款的文字材料，让我根据那些材料写剧本。

大款的身世和创业经历挺感人，从生活在最底层的农民，经历了种种磨难，才走到今天，拥有几个亿资产的，成为全国著名农民企业家。我向来钦佩有头脑有志气有事业心的人，下决心写好这个剧本，打算去拜见大款，和大款聊聊。没找到陆广海，我便按材料中的地址，径直找到大款家。

大款四十多岁的年龄，长得魁梧潇洒，透着精明干练。他看着我，傲慢而得体地欠身一笑，说："请坐！"我坐下来，中间隔着一张宽大阔绰的老板桌，自报家门，说明来意。

大款对我的来访十分意外，好像不知道写剧本的事。然而大款毕竟是见过世面的人，只迟疑片刻，便起身上前拉住我的手，热情洋溢地说："欢迎欢迎！欢迎你加盟我们的电视剧制作！"

再次坐定时，就有一位小姐送上茶来。大款一边示意我喝茶，一边像是很随便地和我攀谈。他说："魏先生是位专业剧作家？"我不好意思地笑笑，如实说："不是，是业余。"顿一顿又补充说，"从前只写小说，没写过剧本，写剧本还是第一次。不过，我有信心把这个剧本写好！"

大款宽厚地笑笑，说："你们鲁西南是块宝地，人才济济。陆先生的才华我是十分敬重的，他最近发表的一部中篇小说写得精妙极了，我读了几遍还想读，真是爱不释手啊！"说着，把案头一本文学期刊推至我面前。醒目的大标题《难得潇洒》赫然跃入眼帘，作者署名：陆广海。

原来如此！

这个骗子！

那么，这部电视剧也是他陆广海的一桩好买卖喽？他骗来大款的钱，花一小部分找人写剧本，拍电视剧，剩一大部分装进自己腰包，再加一个编剧的美名。名利双收啊！亏我当初我还像得到便宜似的！

内心深处压抑不住的失望、愤怒与憎恶，狂飙一样翻腾着，我不想写剧本了，不想再接触与那个剧本有关的任何人和事了，包括面前这位被蒙在鼓里的大款。我怕被沾染上什么，怕被卷进一个危险的境地，像躲避瘟疫般慌忙起身告辞，大款在后边说了些什么，我一个字没听清。

在路上我已经想好了，回到家就把那些材料退给陆广海，什么都不用说，让他自己想去吧！让他自己掂量去吧！让他自己扪心自问去吧！谁知刚到家，妻子就告诉我，陆广海已经把那些材料拿走了。他见我没写剧本而找大款去了，就恼了，二话没说就把那些材料拿走了。妻子不知就里，还埋怨我，你去体验什么生活？

现在的人写作谁还体验生活？把十五万块钱都体验没了！

我一听，怒冲冲地去找陆广海，要问问他为什么不经过我允许就从家里拿东西。

陆广海家里聚着许多人，都是些当地小有名气的文化人。陆广海居中，指手画脚，口若悬河，眉飞色舞。他面前的茶几上，就堆放着那些材料。我伸手指住那些材料，生硬地说："陆广海，你怎么随随便便从我家拿东西？你太目中无人了！"

陆广海不慌不忙地站起来，皱眉说："魏老师，你说的什么呀？我怎么一点不明白？"

我提高声音说："你应该明白！你不能随随便便从我家拿东西！"

陆广海十分委屈地摊着两只手，说："魏老师，你肯定弄错了，这些东西不是从你家拿来的，大家都看到了，是我昨天从北京领奖时带来的，当着大家的面打开的，和我的中篇小说《难得潇洒》获奖证书包在一起。这不，这是获奖证书，一等奖，奖金五千元！这些哥们儿都是来给我祝贺的，不了情大酒店的包间已经订好了。如果魏老师不嫌弃的话，赏光去喝两杯怎么样？"

我知道再说什么都是多余的，强忍怒火，转身走开。走出老远，还听见陆广海在后边说："神经病！"

五

吴政听说我在陆广海家栽了，特意设了一场，为我开心解闷儿，还请来几个街面上的头面人物，咋咋呼呼，非要把陆广海那小子摆平不可。我怕他们真要闹出什么事来，说："凭诸位的能力，别说摆平一个陆广海，就是摆平十个八个陆广海也不在话下，可是真摆平了他，知道的呢，说诸位替我打抱不平；不知道的呢，还当我心胸狭窄暗算他人呢，反倒于我不利。再说陆广海做了亏心事，他自己想起来能不后悔吗？能不自责吗？就让他后悔、自责好了。"

听我这么一说，来的人都象征性地坚持了一下，顺水推舟说："既然魏老师不肯与陆广海一般见识，我们就先放他小子一马，他今后再敢得罪魏老师，我们决不客气，非把他摆平，让他知道知道马王爷几只眼不可！"

吴政说："既然如此，就让我们把不愉快的事情统统忘掉，尽情乐一乐吧！"举起手轻轻拍了三下，一行佳丽飘然而至，不多不少，刚好一人一位。来的人立即兴奋起来，动手动脚，有的嘴里还胡诌："喜看小姐白如雪，三陪过后尽开颜！"……

我只觉胸闷气短，头昏脑胀，方明白这帮人不过是逢场作戏，吃喝玩乐来的，并非真要为我鸣不平。心中不由苦笑，厌恶之极，逃也似的溜之大吉。

翌日一早，我去了吴政的直销公司。只见偌大一个二楼大厅，全部用齐腰高的喷塑挡板隔开，隔出二三十间，一间一人，一人一部电话，一堆广告材料。工作就是一天到晚守着电话和材料，与分布在城乡各地的推销员进行联络和解答。整个大厅响成一片。

大厅一端，用双层有机玻璃隔出一个垫高的经理室。经理室里听不到外边的嘈杂之声，却能居高临下地鸟瞰外边的一切，而外边既听不到里边的声音，也看不到里边的动静。

吴政不在，两位女助理正焦躁不安地等着。

一位女助理说："吴总不是和你在一起吗？"

另一位说："你怎么没和吴总在一起呢？"

我一时不知道怎样回答才好，正在为难，吴政疲惫不堪地推门进来了，后边还跟着一高一矮两位胖公安。两位女助理顿时两眼发亮迎上去，又陡然停住了。吴政不理助理，也不理我，径直走到保险柜前，打开保险柜，在码得很高很整齐的一垛人民币上拿出两捆百元大钞，递给两位公安一人一捆。两人互相望望，会心地笑了。

高胖子试探地说："吴总，按照规定，缴五千就够了……"

吴政不耐烦地挥挥手，说："走吧走吧！我不想再见到你们。余的钱，就算预交下次罚款了！"

矮胖子敬个礼："吴总，你放心，有了这次，咱哥们儿就没有下次了！"

两位公安走后，女助理赶紧拧毛巾递茶水，小心翼翼地，吴政却大吼："滚！滚！"紧接着又补了一句："都滚！"

最后一句"都滚"显然是冲着我来的，我甚至怀疑前两个"滚"也是冲着我来的，是为最后一个"滚"做铺垫。三个"滚"三个人，正好！只是我不明白这是为什么。难道有钱就可以随意迁怒于别人吗？难道没钱就应该无端地遭受辱骂吗？我慢慢站起来，尽量平和地问："你这是干什么？"

谁知吴政竟然拍案而起，暴跳如雷："还问我这是干什么？我正要问你这是干什么？我吴政好心好意请几个哥们陪你开心解闷儿，你这是干什么？别以为会写小说就多了不起，就不食人间烟火了，狗屁！会写小说就是靠卖文为生，自命不凡、少见多怪！我告诉你，我那些哥们儿都是腰缠万贯有头有脸的人物，都是上过电视报纸赫赫有名的企业家，没人稀罕那些脏兮兮的三陪女，只不过是逢场作戏凑热闹罢了。你还真行啊，还嫉恶如仇打110举报？你真是没救了你！"

原来是场误会 。

原来，文学与作者，在这些充满铜臭气的人们眼中，竟是如此卑微，如此不堪……我静静地站在那里，心中既愤怒又悲哀，却不屑与他说什么。待他发泄完毕，我冷冷一笑，扬长而去。

吴政在后边喊："你等着！我要你赔我名誉损失……"

六

陆广海买我的那篇小说发表并获奖后，就成了市里名人。几个胡朋狗友积极活动，拉了一些赞助，组织了一个规模不小的作品讨论会，市委宣传部、文化局的领导及一些名家都参加了。文化局也通知我参加讨论会，并准备重点发言。我推说身体不好，不能参加。局长便有些不高兴，在电话那头训道："你是文化馆主抓业务的，同志们出了成绩应该高兴才对，应该为其大声喝彩才对，怎么能闹情绪呢？不服气你也获个奖嘛！你能拿个'五个一'工程奖，我请市领导为你召开作品讨论会！"

我忙说："局长你误会了，我不是那意思。我有情绪我承认，但不是因为别人获奖闹情绪，而是……另有原因。"局长说："还能有什么原因？你们文人的那点小心思我清楚。"我知道局长想岔了，越发急了，不顾一切地说："局长，你看我是那种心胸狭隘、嫉贤妒能的人吗？这些年，无论是当馆长之前还是当馆长之后，我给作者批改的习作，给作者写的稿件推荐信，记都记不住数都数不清了；留作者吃的饭，寄信搭的邮票，也都记不住数不清了……"

局长不耐烦地说："好啦好啦！有什么事以后再说吧，有个会，我该走了。不过，陆广海作品讨论会，我看你还是参加的好！"既然局长把话说到这里，我只能硬着头皮参加了。

在作品讨论会上，我打定主意一言不发。选了一个不太显眼但观察角度很好的位置坐下来，专俟观看陆广海的表演。我想有我在场，陆广海只要还有点羞耻心的话，就大不可能轻松自如地坐在那里，总会有所顾忌。不料，他却来了个先发制人，满面红光、一脸真诚地向我发话了："魏老师，我跟你工作、学习多年，你最了解我的为人和作品了，还是请你先谈谈吧，谈谈我这篇获奖作品成功的地方和不足之处，尤其是不足之处，以便我今后的创作有利能扬长避短。"

我听出陆广海的弦外之音，是在提醒我别忘了那份《协议书》，要么就是想把我激怒，让我做一番徒劳无益的揭发，然后在一片耻笑声中灰溜溜地走人。他到底还是心虚了，胆怯了，想把我慑服或者把我赶走。我在心里得意地笑了一下，然后沉着地迎住他的目光，果然就看到了落水狗似的乞求。这是我没有料到的，得饶人处且饶人吧。今天我抬抬手，说不定还真有助于他今后的创作，否则他狗急跳墙，没准真与我拼个你死我活呢。想到这儿，我把手抬起来了，说："陆广海，你错了，这样的讨论会怎能叫我先谈呢？万一我给大家定了调子、画了框子怎么办？你应该叫大家先谈，畅所欲言嘛！再说，我也没有准备谈，我是来听大家谈的。"

陆广海放下心来，讨好地接着我的话说："对对对！魏老师说得对，大家先谈，

畅所欲言。"大家不知就里，立即畅所欲言起来……

我渐渐收拢了心思，开始进行小说创作。我和陆广海的事已经过去，就让它过去吧，只是今后不再和陆广海这种人交往就是了；吴政要我赔偿名誉损失的事也随他去吧，法院什么时候传我，去说清楚就行，也不必多费心思了。眼下，我就像一个漂泊在汪洋大海几近溺水而死，又死里逃生爬上岸来，辗转回到家乡的人，几多疲惫，几多伤感，同时还有些许庆幸与安然。这种心态正适合创作。我要写写这次的经历和感受，写写……

刚写个开头儿，电话铃突然响了。电话是顶头上司打来的，他说："忙什么呢？都见不到你了！"我说："还能忙什么，写小说呗。"局长不无揶揄地说："还写小说？听说你被一家公司聘去写广告词儿，发大财了！"我说："我是被一家公司聘去写过广告词儿，不过没有发大财，现在也不写广告词儿了，又开始写小说了。"

局长依然笑："你不用隐瞒，没有什么可隐瞒的！你放心大胆地写，我们提倡这个！要不，下一步分流下岗，那么多人干什么去！"我想解释，可局长不听。"你到我办公室来一趟吧，有些事情在电话里说不清，我想和你当面谈谈。"局长挂了电话。

局长、副局长、政工科长三个人都在，对面坐着，轻声说些什么。我当他们在研究工作，走到门口停下来。局长看见我，招着手喊："来来，都等你呢！"

我心里"咯噔"一下，局促不安地走进去，垂手侍立。局长一笑，往旁边指一下，说："坐吧。"政工科长就把记录本打开了，把笔握在手里，做好记录准备。

局长点燃一支烟，故作轻松地说："最近，你去过不了情大酒店吗？"然后向政工科长一挥手："不用记录。"我答："去过。"局长满意地点点头，又说："听说有人在那玩三陪，被拘了？"我说："是有人被拘了，不过我没玩……"局长打断我的话，正色说："没玩就好！你是受过高等教育的人，在市里又有些小名气，这种事上栽了，不值……"

我觉得有一盆污水泼到头上了，再也不能忍受了，忽一下站起来说："局长，你这话什么意思？"局长吃惊地看着我，副局长上前劝阻说："你坐下，冷静点。局长不是正在了解情况吗？"我顺从地坐下来，等待局长继续了解情况，可是局长却说："好啦，这件事到此为止吧，以后不要再提了。谈工作吧。"示意副局长开谈。

副局长先抿一口水，渐渐严肃了脸，字斟句酌地说："今天叫你来，是上级领导的安排，是代表组织给你谈话，希望你能理解，认真对待……局党组经过走访、座谈，认真研究，决定撤销你的文化馆馆长职务。"

绕了大半天，谜底揭晓。如果没有局长先前的电话，当不当这个馆长无所谓，我没有当官的瘾，说实话我也不是当官的料。当官需要理性，需要心计，关键时候还要有不计个人安危和孤注一掷的勇气。这些我都不具备，不具备这些的人当官简直就是盲人骑瞎马，其别扭和狼狈可想而知。我早就想辞去馆长职务，潜心小说创作了。然而有了那些铺垫，我就有些受不了，就像一个人正好好儿地走在大街上，突然被人打了两耳光，然后推进阴沟里，无论如何也要问一问这是为什么。

局长依然慢悠悠地吸着一支烟，微笑着说："文化馆肩负着培养和发现文艺人才的重任，需要一个有事业心有献身精神的人担任馆长职务才行。陆广海同志身上虽然存在着一些缺点和弱点，但他的主流是好的，近年来在创作上取得的成绩是有目共睹的，上级领导是满意的，同志们也是充分肯定的。前不久他的中篇小说获了全国大奖，市里为他组织召开了作品讨论会。最近他编剧并兼副导演的三十集电视连续剧又在外省开机，省委宣传部、当地主要领导都参加了开机仪式，咱们的省委宣传部、市委宣传部、市文化局的主要领导也都应邀参加了……"

我什么都明白了，也知道什么都不用说了，说了也没有人相信了。我只好站起身来，如同一只丧家之犬，落寞、茫然地走出局长办公室。

刚到家，电话铃就响了。我不想接，不想听到任何声音，恨不能与世隔绝。可是那铃声很有耐性，吵得人头皮发麻。我只好抓起电话，那边传来一个讨好的声音："魏老师您好！我是吴政，我向您赔礼道歉，是我错怪您了。我已经调查清楚，玩'三陪'不是您举报的，是陆广海那个狗娘养的！"

我把电话扔得远远的……

裁员在即

一

去年今日，下派办抽调调研科一名干部，下乡镇协助工作，金科长打算让老史去，说老史同志是位"老下乡"了，有经验。老史面露难色说："近来胃不好，老疼，老疼。"当时，我正伏案写一个讲话稿，不知怎么一冲动，便插言说："下乡？我去。"又说，"我正想到农村体验生活呢。"金科长不悦地看我一眼，说："你的材料写完啦？"他是想以此岔开话题。我却不解其意，坚持说："快了，剩一点儿晚上加个班就完了。"金科长沉吟一会儿，笑着说："好好，你就下去吧。明天到下派办送个名单，等待分配就行！"

一年过去了，我又回到办公室。办公室依然如故。两间通屋呈三足鼎立状，满满排开九张桌子。调研科、信息科、行研科各占一方。这就是市政府赫赫有名的材料班子。起草文件、市长讲话稿、信息传递、理论研究，等等，都在这里完成，从这里发出。三个科合在一起统称综合室。东边一个套间，即是综合室的头头脑脑们办公的地方。我先走进套间，与综合室王主任、调研科金科长、信息科周科长、行研科马科长一一握手报了到，然后回到大办公室，与各科的同事们打过招呼，才回到调研科，却发现我原来的办公桌前已经有人坐在那里了。

此人姓刘，新调来的，据说是某要害局长的乘龙快婿。我发窘地在原地转个圈子，一时不知如何才好。这时，看见老史微笑着示意，便走过去，他向信息科那边一指。看时，那边多出来一把椅子，我搬过来，横在老史案头。同科的小关冷笑起来，说："魏哥行了，你替老史下乡包村一年，老史还不报答你一辈子？"

这话好没道理，我正不知道说什么好，老史话中有话地问："哎，小魏，人家不是说你主动下乡包村是想当官吗，怎么又回到这办公室来了？"不由想起去年下乡不久，妻子的抱怨："自讨苦吃！"于是恍然，积极了反而会引起误解。

小关听老史这么说，脸上微微一红，向我笑着说："魏哥，你来得不是时候呢。眼下裁员在即，人心惶惶，多一个人不是多一个竞争对手嘛！"

这时候，金科长从小套间走出来，满脸堆笑地说："小魏，你回来得正好，市里在筹备'两代'会，材料多得一个人分三份还忙不过来。"

小刘年龄不大，却很机灵。他看金科长站着，赶紧起身走到一边，把座位让给金科长。金科长也不推辞，一扭屁股坐了，接着又说："我打算先把政府工作报告写出来，这是大头，大头写完了，小材料就好办了。下边分一下工：小魏从前负责科教文卫这一块，还是负责这一块，熟；小关负责财贸一块就写财贸；老史还是写工交；农业这一块该小刘写，可是小刘刚来，情况不熟悉。我看这样吧，小魏带带小刘，把小刘的那块也写了。缺什么材料和数据，小刘负责调。"然后把报告要点分发到大家手上，说："没意见就这样定啦，时间是两星期。"说罢，起身走人。

我忙说："金科长，我还没个写字的地方呢。"金科长回头看看我，"哦"了一声，说："好好，马上解决。"还算幸运，行政科那边正好有一套桌椅闲着。老史帮我搬来桌椅，大办公室却没有地方放。金科长挠一会儿头皮，说："先放套间我对面吧。"搬进去时，周科长、马科长虽没有阻拦，表情却是明显不高兴，倒是王主任向我点一下头，算是欢迎了。

其实，小套间并不好。科长们没有材料写，便聊天品茶看报纸。王主任喜欢下象棋，科长们投其所好。正对弈，忽然有人提议："王主任，中午请客吧？"王主任心里明白，嘴上却说："凭什么让我请客？"提议的人便煞有介事地说："下棋输了，能不请客吗？"王主任不服，说："还没下呢，怎么知道我输？"于是仨科长中出一位代表，与王主任对垒，其余两位观阵。下到热闹处，无论交战双方还是观阵看客，都难免有些忘情，棋子乒乒，笑声朗朗，常把我的思路打乱。

在大办公室，写材料累了可以和同事们聊天，还可以出去走走。在小套间则不然，想聊天也不便打扰头头们，再说他们还要下象棋，没时间。出去走走更是不妥，他们下棋时要把小门关起来，我总不能出去进来的叫领导开门关门吧？还有，扫地、擦桌子、打开水、倒烟灰什么的都得我干。这倒没什么，年轻轻的，出点力不怕。

这天下午，我正心烦，老史叫我接电话。一出套间，便看见小关在电话机那儿笑得阴阳怪气。其他人也看着我笑，仿佛有什么秘密被揭穿了。我不知道发生了什么事。小关捏着嗓子说："魏先生，快来呀。"

电话里传出一个说普通话而且娇滴滴的女声："请问魏先生吗？"我有些纳闷，说着如此纯正的普通话，还娇滴滴？我迟疑一会儿，支吾着问："请问，你是谁？""我是吴老板秘书。"对方依然口齿清楚，婉转如莺鸣。她说："我和吴老板今天刚到贵地，住在水浒宾馆228房间，请有暇来一趟哟。""吴老板？"我禁不住脱口而出，"吴老板是谁？"对方在电话里"咯咯"笑起来，然后说："魏先生，您真是贵人好忘事哟！"接着又说，"既然如此，就把谜底暂时封存，请魏先生猜一猜。不过，您一定要来哟，水浒宾馆228房间。拜拜！"不等我发问，对方把电话挂了。

小关迫不及待地向我笑笑，说："姑娘的声音好甜啊！"我不予理会，心里只想吴老板到底是何许人也？小关越发放肆起来，大声说："自古文人多风流，魏哥大作家名声在外，自然会有多情女郎送上门来。这不，吴（无）老板，没老板，就是她自己。"然后又学着电话里的声音说："你一定要来哟！"引得众人哄堂大笑。

神秘女郎的神秘电话，把所有人的好奇心都引逗起来，包括我自己。回到套间，我一直在想吴老板是谁，开启了全部的记忆库，把认识的所有吴姓人都一一调出来，逐个对号，没有。这一带姓吴的人不多，我认识的吴姓人自然也少，姓吴的同学朋友更是凤毛麟角。市委办倒有一位吴姓朋友，去年"下海"了，与人合资开办了一家四季服装店，据说当时生意还不错，后来中央又不许党政机关干部经商办实体，把店转让给别人了。还有一个吴姓同学，老实得有点迂腐，大学毕业没留机关，逢人便发牢骚，结果被发配到黄河滩区一个小乡抓扫盲去了。自然也不会是吴老板。

二

下了班，我立即去赴约——水浒宾馆228房间。敲开门，我顿时目瞪口呆，原来，打电话的女子是我的大学同学，姓于，祖籍蓬莱。据说其姑母在香港经营一家实业公司，改革开放之后，在深圳设立了一家分公司。于同学一毕业便被姑母接去深圳了。

另一位也是我大学同学，即前边提到的被发配的那位。此时，吴同学俨然一位阔老板了，西装革履，风度翩翩，颇有些盛气凌人。

吴老板快步迎上来，用力抓住我一双手，又摇又晃，只差拥抱亲吻了。我顿时沉浸于同学的情谊之中，说："这些年怎么连个音信都没有？"吴老板说："当时我立下誓言，不干出个人样儿绝不回来见你们！"

可是，我怎么也不能把这两个人联系到一起。在大学里，于是高干子女，有名的校花，吴是土坷垃里钻出来的大学生，一副憨相。原来，吴去深圳找于了。这小子，真是因祸得福啊！我心想。

"你什么时候离开的滩区？"

"报到后的第二天。"

"怎么就想起去深圳了？"

"深圳有漂亮的于小姐啊！"

"你有把握吗？"

"事实证明我对了！"

"可有曲折的故事？"

"有啊！刚到深圳，五十块钱被人摸走了，兜里只有买车票剩的两块零钱，恰好够打一次电话的。丁小姐接到电话，就开车把我接到公司去了。"

"就这些？"

"就这些。"

我不免有些失望，五十块钱的损失，太平淡了。

吴老板仿佛看破了我的心思,得意地笑着说:"时下不是有一个词儿叫'超常规'吗?你想,于小姐初到深圳,人地两生,多么寂寞?……当然,这得有足够的勇气!机遇离不开勇气!"

接下来,吴老板告诉我,他现在手上有两千万元流动资金,准备拿出三分之二在内地开设一个子公司。他这次来,就是考察项目的。当他谈到发展规划和前景时,我简直像个孩子一样沉醉。吴老板看在眼里,说:"老同学,如果你舍得政府机关那把座椅,欢迎你加盟到我们的公司。"我说:"你还不知道我吃几碗干饭,哪有资本与你合作?"吴老板说:"谁让你拿股份,你只要把智慧投进来就行了。像你这样有才能有事业心的人就是人才啊!"我见他说得恳切,知道不是儿戏,于是解释说:"下海挣钱我还没有考虑过,我不想一辈子只为钱活着。假使将来我被裁减或主动辞职,也是写小说。"吴老板禁不住笑起来,说:"真想不到,这里还有一位文学的殉道士呢。"顿一顿又说,"算了吧老同学,作家对社会来说是无足轻重的。"

尽管听着有些道理,但我还是说:"你这话错了。文学是国家之魂,民族之魂,什么时候文学到了无足轻重的位置,这个国家和民族就要走向衰亡了。"于同学为我鼓起掌来:"深刻!"

说笑一阵,吴老板和于同学留我吃饭。我说:"今天算我为二位老同学接风。"可是算账时却是吴老板掏的钱。也不知吴老板是出手大方还是有意显摆,要了满满一桌子菜,还给两个服务小姐每人五十元小费,跟桌服务。两位服务小姐满脸堆笑,极尽温柔。

趁写政府工作报告的材料还没有上来,我想把一篇未完的小说赶写出来。写小说虽然是我的业余爱好,但我是用心经营,这几年,发表了不少小说,还出了书。虽然很累,但很充实。我不愿用一个人仅有一次的生命去换钱,我要用我真实的心灵为我的一生画出一条真实的轨迹。

星期天一早,我打发妻儿去串门,一个人关起门窗写这次下乡的感受——《大地呐喊》。谁知刚刚把情绪调动起来,就有人敲门了。我以为是文友,有几个文友喜欢星期天登门造访。开了门，进来的却是小关。我有些纳闷。小关自己找地方坐了，然后像变戏法似的摸出一条高档烟，往我面前一掼，这才开口："魏哥忙哪？"

我知道准是有事要用我了。果然，小关说他家的买卖出了点问题，需要他出面解决一下："怕是三天五天完不了，心里烦得很，政府工作报告没法写了，只好请魏哥代劳了。"说着，便把一叠参考资料丢到香烟上。很显然，那条烟即是报酬。被商品化了的灵魂赤裸得让人难堪。我有些木讷地说："分工你是知道的，小刘的那部分也给我了。虽说让小刘调材料和数据，可他哪知道调什么？"小关说："魏哥是大作家，这点活儿算得了什么？"我知道推不出去了，便说："我先起个草稿，不合适你修改。"小关说："大作家写的，我哪敢修改，我这点水平你还不知道？"然后没事儿似的跷起二郎腿，悠悠然吸起烟来。出于礼貌，我只好硬着头皮陪他。

小关的父亲经营日用百货个体批发。还在万元户少如凤毛麟角的时候，关家已是显赫的几十万富翁了，发展到现在，大家所看到的是那个人流如潮的批发市场，和遍布大街小巷的便宜货。据说，有些国营商店也半明半暗地从关家进货了，因为关家的批发价比国营货的出厂价还便宜。

按说，关家财运如此亨通，老关应该别无他顾而专心经营批发了。然而，富翁偏偏生出官瘾，要尝试仕途。老关养育了五朵金花和两只虎，金花艳丽，虎子聪颖。金花在批发市场上大显身手，还拉来五个精壮劳力。五个女婿把偌大个日用百货批发市场照应得铁桶一般，滴水不漏。对两只虎，老关更是心中有数，老大虽然经商有道，却不通文墨，适合去挣钱，能入仕途的自然只有老二了。老二从小娇生惯养，游手好闲，上学半瓶子醋，经商不安心，但这小子会来事，有口才，极会看风使舵。就凭这一点，老关断定老二是块儿当官的料。

眼下，像关家这样的百万富翁，办事太容易了。老二高考无望，老关便托人弄来一个议价生指标，只二年，大专文凭到手。然后又托人分进市政府机关。虽然综合室尽是些要笔杆子的活，有时难免尴尬，可也是出人才的地方啊，不少干部都是从这里提拔上来的。只要小关用点心计，混上两年，提拔的机会还是有的。谁知，中央要实行机构改革，别说提拔，下一步能否保住位子也未可知！

小关说："魏哥消息灵通，听说裁减方案下来没有？"我说："没听说。"小关不相信地看着我，说："你天天和头头们在一起，就没听说一点点？"我说："一点也没有。"顿了一会儿，小关又说："听说王主任要升，咱们金科长接主任？"我说："不知道。"小关又说："金科长接了主任，科长的位子还不是你的？"我说："你是看我坐进了小套间？"小关说："听说凡是上次下乡的干部都要提。有句话告诉你，老史因此很后悔呢，大呼上当！"提下乡干部的风声似曾有过。下乡快结束的时候，工作队的人都在传，下派办还让填过一个考察表什么的，不过当时我没往心里去。我下乡不是为了当官，而是为了体验生活，风里来雨里去，我认了，老史喊上当就太不该了，他上谁的当？

东拉西扯了半天，小关说："不打扰魏哥了。"拍拍屁股走人。我赶紧安心收神，不去想那些无聊的事情。我要尽快把小说写完，不然就没有时间了。

政府工作报告四部分，现在三部分已经压在我身上……

三

下班的时候，老史叫住我，说："小魏，你这样不好啊。"我不由一愣，说："怎么啦？"老史引我走到行人稀少的地方，压低声音说："金科长安排小刘帮你调材料和数据，你怎么不叫小刘调？"我说："他知道调什么？有交代他的工夫，我自己调完了。"老史摇头说："你错了。你一个人把活儿都干了，以为别人就会念你好？"我说："谁愿意怎么想就怎么想，我是怎么快怎么干，我没有那么多时间瞎磨蹭。"老史看看我，顿住了，好一会儿，忽然说："你这是何苦呢，出力还得罪人。"一句话，如石子投进潭水，击起无数波澜。老史见我不说话，进一步说："听说，最近人事有变动，你年轻，又有真才实学，要注意协调关系。从前，就有人议论你，说你高傲，目空一切……"说到这里，老史把话停住了。

默默地走了一会儿，眼看就要分手了，老史说："小魏，我这都是为你好。"我点点头，说："我知道。"

平心而论，老史人挺好，属于那种能力一般、待人热情的类型，该他写的材料，或领导交办的事情，从不推诿。材料一次写不好，可以重写，甚至反复多次，毫无怨言，而且每一稿都誊写得很工整。老史写得一手工整的钢笔字，曾在工业局做秘书，当年常写些"铲除妖魔人心快，誓为'四化'献青春"之类的诗句，还在《人民日报》读者来信栏刊登过几篇"豆腐块"。一位分管工业的副市长视察工作时，发现了这个人才，珍珠出土一般挖到市政府，放进材料班子。起初，老史还真是响当当的政府一支笔。而且字体工整，刻钢板又快，那位副市长便以伯乐自居，常在人前夸奖老史，说他刻钢板都能刻出乐感。

可是后来，随着电脑普及和大学生走进办公室，老史仿佛一夜之间变得平庸起来。他的文章不再被领导赏识，工整的字体也失去诱惑。潜心经营了二三十年的"一技之长"一下子被淘汰了。他曾经想改行，可是仔细一想，改行做什么呢？当领导不行，搞企业管理不懂，下基层不甘心，好在科长、主任都晚他而来，对"老大哥"挺尊敬，只要老史不要求调走，谁也不会赶他。满想混上几年退休，也算是老有所养了。可是裁员在即，他不能不为将来的出路而担忧……

老史说："我是没有指望了，等着吧，方案一下来，第一个裁减的人就是我。不会下海挣钱，就回老家种地去。老父老母还有一块地，正愁没力气种呢。"我觉得老史挺可怜，一时又不知道说什么好。恰在这时，一辆银灰色小轿车轻捷地停在我身边。吴老板和于同学从车里钻出来。我问："项目考察得怎样了？"吴老板一脸得意，说："差不多了。"

老史见我有客人，告辞走了。

于同学看着老史的背影，不禁笑了："还政府官员呢，地道一个伊拉克难民！"我说："在心理上，他无疑就是一个难民。"于同学问："他是害怕裁减吗？"我说："他没有比这更好的饭碗了。"于同学说："真可怜！"吴老板在一旁笑着说："都别杞人忧天了，饿不死一个！"我说："'精神死鬼'肯定有一批。"于同学叫好：

"到底是文学家，精辟！"

说笑一会儿，吴老板问："今晚有空吗？跳舞去。带上嫂夫人，我请客，舞票和晚饭我包了！"

在大学里，每周六晚上都有舞会，可是这位老兄在舞厅露面的时候并不多。我笑笑说："我那两步舞早就忘光了，你嫂子压根儿就不会。"吴老板却面露惊讶，说："怎么能不跳舞呢？"于同学也说："是啊，有舞厅怎么能不跳舞呢？"显然，他们的舞兴上来了。尽管小说稿还等着校清样，我还是答应了晚上去跳舞。

"嘭嚓嚓"半夜，第二天上班并不觉得疲乏，反而精神抖擞。小说稿清样请妻子代劳，全力以赴写报告，"两代会"的重要性我是知道的。

小套间仿佛因我而变得狭窄了，行研科马科长经常夸张地侧棱着高大的身子做艰难行走状，口中念念有词："人多为患，人多为患啊！"信息科周科长也不时附和："会好的会好的，面包会有的，牛奶也会有的！机构改革的试点已经成功，一个十七人的科室裁减至九人，而工作效率却提高了一倍！"金科长擅自做主，自然不好说什么，明知有些话是冲着他来的，也只好忍气吞声，脸上布满委屈。

王主任对小小科长们钩心斗角的鬼把戏根本不屑一顾。他每天上班都很准时，腋下夹一只棕色公文包，戴一副变色近视镜，西装笔挺，皮鞋锃亮，步履有力。这时候，下属们已经早他几分钟到岗，并把拖地板、擦桌子、打开水、整理头天的报纸文件等杂务干完。王主任迅速穿越大办公室，径直走到自己办公桌前，把公文包往案头重重一放，坐下来，扫视一眼科长们，三言两语把任务布置下去。然后点燃一支烟，一边慢慢吸，一边看书。

这天，老史又叫我接电话。我走过去时，小刘正向小关请教什么，连声说："指导指导。"小关不耐烦的样子，伸手挡开小刘呈上来的一迭稿纸，说："我还有事呢！"然后转身走了。我看小刘十分尴尬，便打圆场说："小关家里出了点麻烦，心里烦，别介意。"又说："写的什么，一会儿我看看？"小刘仿佛没听见，三下两下把稿纸撕碎，摔在地上。我顾不上多想，便去接电话。电话是妻子从家打来的，说小说稿有几处打乱了，底稿上勾画得也很乱，怎么也分辨不出来，叫我回去看看。

我放下电话，转眼看见老史在看我，有话说的样子。我说："你有事？"老史随我走到一边，压低声音说："你找时间跟小刘解释解释工作报告的事。"我有些纳闷，正欲说什么，老史又说，"也不一定是那样，我是怕万一误会就不好了。"

我回到小套间，给金科长请假，金科长不说同意，也不说不同意，待香烟一口一口地吸到半截，才说："你是机关干部，又不是专业作家，怎么能在上班时间改小说呢？工作上，我千方百计地给你提供方便，叫你搬到小套间里来，已经够特殊的啦，你怎么就不自觉呢？从前，大家对你的议论还少吗？"我竭力抑制着不快，说："我有什么可议论的？"金科长迟疑一会儿，发狠地说："你这是不务正业！"我说："我写小说没在上班时间写过，都是在家加班写。谁说我不务正业，谁就是胡说八道。如果在小套间上班是搞特殊，我不愿搞这个特殊，你在外边给我找个地方，我马上搬出去。"说着说着，声音高起来。金科长脸上一红一红的，显然要发作了。王主任在那边"啪"一声把书扣在桌面上，说："小魏，你写的什么小说？"我说写的农村提留难。王主任听后笑了，说："这好！这是农村亟待解决的一个大问题，应该借用文学的手段呼吁呼吁！"显然，这是对我的肯定，另两位科长顺势说："小魏的小说我看过，颇有思想深度。"王主任不搭他们的话，一边吸烟，一边像是自言自语地说："我小时候，常听老人们讲，人来到这个世上，就像住店，有人住店交钱，有人住店不交钱，临走还偷点东西。你写小说就是交店钱，工人做工、农民种地，也是交店钱……"

四

王主任和我交谈之后，人们仿佛得到某种暗示，顿时变得神秘兮兮起来。首先是三位科长。金科长在大学里学的是政治经济，写的文章哲理味很浓，颇耐人寻味。学新闻的周科长，学行管的马科长，相形之下便显得远远不如。金科长常在有意无意之间，流露出唯有自己的科长才是当之无愧，因此惹得周科长、马科长极大不悦。两人一合计，便在暗中攻击金科长的文章是故弄玄虚，玩文字游戏，

53

乍看花里胡哨，实则空洞无物；在当面则冷嘲热讽，磨牙斗嘴使其难堪。二斗一，金科长纵有满腹珠玑，也是孤掌难鸣。久而久之，三位科长给人的印象是尺长寸短，各有千秋！

设若王主任不提拔，三位科长说不定就这样平起平坐地相安无事了，可是王主任要提拔，而且又有风声吹出来，主任的空位就由三位科长中的其中一位补。这诱惑无疑是强大的，每一位仕途中人在如此面前都不会无动于衷，尤其在机构改革大潮中，那位子意味着什么，更是显而易见。因此，三个人都暗暗努力，各施法术争取主任之位，自然少不了在标榜自己的同时诋毁别人，争来夺去，三个人又是扯平。

可是王主任和我的那番交谈，却不能不让人产生联想。最先联想的是对我的肯定，对我的肯定即是对金科长的否定，起码是对金科长不满。于是，周、马便想，那话即使不是暗示姓魏的将要被重用，也是暗示姓金的已经不被赏识。按照一般惯例，姓魏的不会隔着科长一下子蹦到主任位子上，除非他有铁关系。仔细算来，姓魏的也就是发表过一些小说，在人前有些虚名，并无铁关系。于是便想，姓魏的当主任根本不可能，当上当不上科长也得另说着，但姓金的失宠已是明摆着了。竞争对手少了一个，周、马却越发紧张起来，一对一，不是你上就是我上，两个习文出身的人着魔一般在暗中较上了劲。起初几天还在下班后活动，后来上班时也坐不住了，而且活动范围不断扩大，标榜自己诋毁他人。传来传去，周、马都成了不怎么样的人了，倒是姓金的渐渐浮出水面。

消息传到大办公室，而且被加工成王主任找小魏谈话了，让他接任科长。接谁没明确，这就越发加重了神秘色彩。三个科的小兵们都在猜，都在咬耳朵。我到大办公室看报纸、查资料、打电话的时候，如"一鸟进林，百鸟噤声"，喊喳之声戛然而止，目光各样，莫名其妙，好不自在。我不知道这是怎么了，便找空子问老史。老史一副难为情的样子，定定地看我大半天，终于支吾着说："有人说你提拔科长是因为沾了上次下乡的光，还说上次下乡包队的干部都是上级指名派下去锻炼的，因为你知道内情就争着去了。"我知道说这话的人是谁，便愤愤地说："他的话你也信？"老史说："我不信，不过外单位上次下乡的人真提了。"我说："外单位的人提可能是事实，不过我没提，起码是现在还没提。"老史笑了笑："同志们都传开了……"又说，"你就该提，咱办公室没有谁比你再有能力了。我就是下乡也不会提，我没文凭，这我知道。兄弟提了，我一百个赞成，只是在裁减时别忘了照顾老哥一下。"

不几日，马科长、周科长似乎得到什么消息，泄了气的皮球一般。幸好是在暗中较量，没有抓破脸皮，见了面依然说说笑笑，保持着同志关系。既然提拔无望，下一步便是想方设法保住现在的位子了。据说，原来的材料班子只有四五个人，也不分什么科，这些科都是后来渐渐分开的，人也增加了许多。由于三个科各有分工，常常有些"边缘活儿"没有人干，推来推去误了事，真是鸡多不下蛋。于是，一些专事分析形势、预测政策的人，按照大气候小气候给综合室下了明确论断：三合一，保留五至七人足矣！因此，新科长人选对周、马来说可谓事关重大。为了减少将来的麻烦和威胁，他们不得不合起伙儿来设法干预。

是日，小套间只有我和金科长。金科长向我笑笑，轻声说："小魏，你可能知道一些了，调研科的担子将要落到你肩上。"尽管之前听到些风声，此时一经金科长说出来，我还是觉得很突然。我想，可能这就是谈话了，谈话就意味着正式通知。我不禁怦然心动，科长的头衔毕竟是诱人的。不等我说话，金科长又说："我为什么叫你搬进小套间来，为什么对你严格要求，现在明白了吧？"我点点头，心里闪过一道亮光：原来，金科长都是为了我！不禁一阵歉疚，颤声说："金科长，我……真是太感谢了。可是那天……"金科长挥手打断我，说："你这就客气了！其实，我只是往上报了个名单，关键是你自己有能力，领导赏识。"我心里不由得热乎乎的，心想到底是时代不同了，领导作风转变了。

回到家告诉妻子，妻子自然欢天喜地，给我倒茶水的劲头更足了。我写政府工作报告的劲头也更足了，白天在办公室写，晚上带回家加班写，力求观点明确，内容翔实，觉得调研科就要是自己的，写好材料都是给自己干好活。

吴老板、于同学来访，听说我要当科长了，吵着叫我请客。其实，我早就和妻子合计过了，把家里所有好吃的东西都拿出来，又跑到附近餐馆要了四个菜，酒也是本地产，四个人坐在矮腿方桌前，仍觉寒碜。好在吴老板出身贫寒，能屈能伸，于同学深得教养，体恤下情，气氛倒也热烈。只是末了，吴老板一句话说得我心凉半截："不知道你当上科长，生活能否改善一些？"

唉，就这点工资，要吃饭，要穿衣，还要接待亲戚邻居的光顾。老辈人都在土坷垃里刨食，百年不遇一个吃官饭的，荣耀得很呢！他们能抽出时间到城里找我坐坐，或者买农药化肥时顺便看我一眼，问候一声，都是为我而来，不能慢怠。还有同学朋友聚会，"你在市政府混事，还是作家，出息了啊，伙计！"三句顺耳好话，让我掏钱时比谁都踊跃。来了稿费，请客请客！还有关心下一代集资建校，向残疾人献爱心，赡养老父老母……不止一次地想过去当个体户，却终究舍不下这个"铁饭碗"和迷恋已久的文学，也破不开那个"面子"。

吴老板又说："我还是希望你与我合作，当顾问也行，每周抽出一天时间帮帮我，月薪三百到五百元，奖金另算，怎么样？"我真有些动心了，再说，也不影响工作和写作，于是便说："让我考虑一下吧，明后天答复你。"吴老板笑了，上前拉一下我的手："恭候佳音。"然后告辞而去。

五

我还没有找小刘解释，小刘却来找我了。刚吃过晚饭，我正坐在沙发上休息，随手翻一本《小说月报》。这时候有人叫门："魏哥在家吗？"我不由纳闷，谁叫得这么亲切，声音又那么陌生？疑疑惑惑地打开门，见是小刘。他用塑料袋提着些香蕉橘子。我把他让进屋，倒茶。他轻轻抿一口，谦恭地说："魏哥，我早就佩服你的笔杆子。你下乡还没回来时，我就想拜你为师，可是小关说，想跟你学写作没门儿。我问为什么。他说你能在政府机关混碗饭，靠的就是写作，他把本事教给别人，自己就该拜拜了。还说，他压根儿不想吃这碗饭，伤脑筋，少活年纪，要学跟他学，他不怕别人挣饭碗。我真找他了，他又不理我。所以一气之下，我……

唉，那天真不该对你使性子。"

绕这么大弯子，原来为道歉。我忙说："同志们在一起，哪能计较那么多。那天的事，我根本没往心里放。"

小刘点点头，说："你能原谅就好。"顿一顿又说，"魏哥，你当小关家真出事啦？根本没有。有人看见了，他天天泡笑眯眯发廊，和笑眯眯打得火热。他把材料推给你，是他自己图清闲，或者根本不会写。有人说，他是南郭先生，起草个《通知》都不会，就是仗着家里有钱，在机关混。哎，对了！有件事我要提醒你，这几天，小关到处拱门子，要当科长呢。"说着，不住地往我脸上看。

这小子，人小鬼大！可惜，他对我了解太少了，我最恨背后议论人。尽管他说的或许是实情，但我也不想在这样的场合通过这样的方式听到。我不耐烦地说："你年纪轻轻的，管那么多乱七八糟的事干什么？"小刘愣了一下，委屈地说："魏哥，我这都是为你好，怕小关当不上科长，把你搅黄了。王主任的位子，本来是想从周科长、马科长中挑选一个的，可是两个人你争我斗，互相诋毁，结果都没戏了，空位子给了金科长。这就叫鹬蚌相争，渔翁得利。"

真不愧是某局长的乘龙快婿，什么事都知道。小刘见我无语，知道说中了，嘴角不由挑出一丝笑意，说："你忒实在！我第一次见你就看出你忒实在！只知道埋头工作，做正人君子，不知道别人背后怎么议论你？说你是闷头狗，尽欺负老实人。还说上次下乡本来要老史去，你得知内情后就争着去了。"

我心里乱糟糟的，这时，又有人叫门了。进来的是老史。老史看见小刘先是一愣，然后笑着说："小刘在啊？"伸手从兜里掏出一叠纸，说："我那部分材料写完了，麻烦兄弟抽空看看，不合适的地方给改改。"样子有些低三下四。小刘嗤笑说："老史精益求精的工作态度真叫人佩服！"老史也笑，那样子却比哭还难看，说："我知道这是最后一次写材料，越是最后越要尽心尽职。我吃共产党的饭吃了二三十年，不能没有一点感情。"

我在一旁说："老史你坐吧，我倒茶给你喝。"老史迟疑着说："不坐了，你们还有事。"我说："小刘是闲玩。"小刘起身说："老史你坐嘛，我正和咱未来的科长汇报小关挑拨的事呢，他不信，你正好做个旁证。"老史便面对我坐下来，说："嘴是他的，他爱怎么说就怎么说；耳朵是咱的，听不听咱随便。"小刘说："他是有意挑拨！"老史说："会说不如会听，没事挑也挑不起来。"抽空向我丢个眼色，意在提醒注意小刘。我心里不由一沉。这是怎么了？科长没当上，人际关系倒变得如此复杂了。

小刘不高兴了，冲老史说："你这人，没有是非曲直。别认为自己是裁减对象就消极，就疲软，凡事都在人为嘛！你对魏科长好了，他还非丢了你这个大头兵不成？"我忙纠正说："小刘，不要乱讲。"小刘却不以为然地说："领导都找你谈话了，只差下文了，还不是早晚的事？"我心里仿佛有个什么东西一横，不禁脱口说："你怎么知道找我谈话了？哪个领导找我谈话了？"小刘自知失言，忙掩饰地笑笑说："金科长还不算正式谈话，不过也算是通气了。"

这更引起我的怀疑，那天只有我和金科长两个人，他怎么会知道？一时三个人都没话，气氛有些冷。老史看看我，站起来说："我先回了。"小刘也随之站起来，说："我也走了。"

送走二人，我急忙坐在写字台前，继续写政府工作报告，按规定明天要完稿，还有一个小章节，今晚完成没问题。三个人的活一个人干，天天加班到深夜，妻子心疼，常常半夜起来给我做夜宵。并非因为那个科长的位子，我觉得领导让我多干是信任是重用，累点心里也痛快！我宁肯不当那科长，也要保持一个良好心态，干好工作，继续创作。

正在走笔如飞，门外有人压低声音喊："魏兄弟。"仿佛鬼魂在十八层地狱的呻吟。我不由怒火中烧，隔着门板吼："老史，你搞什么鬼？"门外顿时没了声息，开门看时，老史可怜巴巴地站在那里。

老史一边往里走，一边压低声音说："魏兄弟，我有句话给你说。"这老史像个特务，不知怎么甩开小刘又回来了。他在灯光下站定，急切地看着我，依然压着声音说："魏兄弟，我听到一个消息，说科长人选不是你。"我不由一愣："你怎么知道？"老史说："下午下班的时候，信息科周科长和我一起走，他说的。"

周科长的话倒有一些参考价值。我往旁边闪一下，说："坐吧。"老史坐下，依然急切地说："周科长气得大骂，说他和马科长都被姓王的耍了，主任没当上，还互相败坏一通，闹生分了。其实，谁接主任谁接科长，上级早就内定了。"老史看我一眼，喝一口茶，接着又说，"我问他，接科长的是不是你，他说那是人家哄着姓魏的干活呢，姓魏的还当真了！写材料一干仨人的，白天写不完晚上加班写，累死也是冤蛋一个，没人说他积极！"我忍不住问："谁接科长？"老史反倒卖起关子来，说："你猜。"我说："是不是从调研科里补？"老史说："是从调研科里补。"我说："是小关？小关有钱。"老史说："钱能通天，一点不假。不过，你只知其一，不知其二。"我更茫然了："此话怎讲？"老史说："权是大哥，钱是二哥。有钱不一定当权，但有权可以有钱。你没听说，还有人贷款买官呢！"

老史接着说："王和金是老关系，这我知道。金到调研科是王要的，金当科长也是王提的。王原来是科长，金的姑夫提了王，王便提了金，现在刘是金的表妹夫，所以……"我打断老史的话："你喝口水歇歇吧，什么姑夫表妹夫的，说那些饶不饶舌？"老史说："你就善罢甘休？"我说："我不善罢甘休又能怎么样？我的本事，充其量就是会写小说。"老史说："你应该写信给上级反映一下。"我说："你说的上级是指哪一级？"老史想了想说："越往上越好！"

第二天上班，觉得办公室陌生许多。人这东西真怪，心情舒畅时，看什么都顺眼，看谁都亲切，心情一变什么都变了。昨晚上尽管烦恼，还是坚持把材料写完了，把老史写的也看完改完了。妻子在一旁给我泼冷水，说："你还这样为他们卖命啊？"我说："这不是为谁卖命，这是我的工作，我要对得起那些工资。"妻子说："人家也都有工资。"我说："我不管人家，我是我。"妻子生气地嘟囔一句"自讨苦吃"，便去睡了。和一年前我下乡时说的一样……

办公室里明显冷清了。其实，这些天，人一直不多，白竞争主任开始，你来我往，人便乱了。信息科、行研科的人看见自己的头头都坐不住了，兵们自然上行下效。裁减在即，人人都有小九九。调研科虽然忙于准备"两代会"材料，但"大头"已布置，小材料都是各部门各系统写，送上来略作润色即可。因此，金科长

终日优哉游哉，一天两赴宴，还不误与老婆亲热。小关除了去泡笑眯眯发廊，便是请客送礼，志在必得。小关已经多次权衡过，裁减之后，留下的自然都是独当一面的精英，再像从前混吃闲饭不行了。而科长则不同，可以发号施令，上通下达。他关家万贯家业，应有尽有，只差一个官。这几年，老关不惜重金，好不容易栽下一棵官苗，岂能半途而废？所以，办公室里就剩下小刘和老史，老史写材料，小刘收报纸接电话。小套间里，剩下王主任、金科长和我，冷清而压抑。

王主任、金科长看见我，微微一愣，然后便不约而同地站起来。金科长首先开口问："小魏，材料写完啦？"我嘴唇动了动，却没有说出话。走到金科长对面，打开文件包，拿出厚厚一迭，默默地推过去。金科长接在手里，掂着，笑道："好，准时报捷！"

王主任在背后叫我，说："小魏，有件事我想跟你谈谈。"我想，还有什么好谈的，不就是科长人选吗？反正活已经干完了，不用我了。王主任笑着说："这几天你很辛苦，本来该叫你好好休息一下，再谈这件事，可是上边催得急。再说，也不是什么大不了的事，要在外国，根本不算事，朋友见面，还拿嫖娼当话题呢。"

我听得糊涂了，心想这是说的什么呀？王主任不慌不忙，从抽屉拿出一个折叠的纸片，说："我直说了吧，有人反映你在宾馆嫖娼，写信告到领导那里，领导追查下来，责令尽快查处。"

我的脑袋轰一声胀大了，只觉得眼前的一切都在旋转，呕吐感、窒息感汹涌而至……只听得王主任说："这里还有宾馆服务员的两份证言。你要不要看看，然后把经过给我说一遍？"我拿起文件包，大步向外走，走到门口，回头丢下一句"卑鄙！"

六

我前脚刚进家，金科长后脚就到了。他满脸不高兴的样子，冲着我说："小魏，你今天怎么了，平白无故地向王主任发那么大火？"见我坐在沙发上吸烟，理也不理他，越发生气起来，提高声音说："我知道这件事冤枉了你，你很生气，可是你生气就该冲我们来吗？生气就能解决问题吗？昨天下午王主任听说后，和我一连往水浒宾馆跑了三趟，晚上还去了一趟。经过反复座谈了解，终于查出事情真相。难道当领导的还不够慎重？对你还不够关心？"

听他这么说，倒是我的不对了？当官的什么时候都有理。我不禁冷冷一笑，说："就查出那两个服务员的证言吗？"金科长冷哼一声，说："真是小家子气！实话告诉你，匿名信和证言都是假的，我和王主任找宾馆服务员核对了。王主任觉得这事很可笑，想逗你一下，谁知你就小肚鸡肠磨不开弯，叫王主任下不来台！"

我看金科长态度认真，言辞诚恳，不像说谎话，缓和了语气说："我被人诬陷，你们还拿我开心？"金科长解释说："这不是查清没事了吗，不然谈话还能嘻嘻哈哈？"仔细想想似乎是这样。或许我错了，心里不痛快，无故迁怒于人……

金科长见我低下头，又说："本来，这件事不想让你知道。王主任出于关心，考虑到你将来要负责科里工作，应该对下属有个了解，就想采取说说笑笑的方式提醒你一下……"负责科里的工作？还在欺骗我？或者是老史的信息不准？官场真他妈复杂！

此时，我只想知道那个写匿名信的人是谁。我问金科长，金科长笑而不答，轻轻弹着面前的水杯："给口水喝。"我倒了一杯水递给他，然后坐回原处。金科长喝一口水，吸两口烟，不紧不慢地说："我和王主任分析了，肯定是调研科的人！"

调研科只有小刘、小关、老史和我四个人，算之，只有充满商人习气的小关，什么事都能干得出来！金科长仿佛看穿了我的心思，慢慢叹口气说："小关找过我几次，想当科长，说你有真才实学，不当科长也能留在政府机关，不被裁减。估计王主任那边他也找过了，其他领导也肯定找了不少。他家有钱，相信钱能通天，不会干偷鸡摸狗的事。"我说："小关不干，小刘不干，难道是老史？老史那么大年龄，已经够可怜啦，别把脏水往他身上泼啦！如果真把他裁减了，他什么都不会，只有回家帮助老父老母种地！"金科长说："正因为这样，他才要孤注一掷。

宾馆里有人看见，你和同学一起喝酒时，老史就在窗外偷看，事后还用恐吓的手段逼迫两个收过小费的服务员写证言。昨天晚上，他又给派出所打电话，叫警察把小关从笑眯眯发廊抓走了……"

我仿佛在听一个离奇故事，惊呆了。真是人心不古啊！老史如此缺德，是我始料不及的。莫非这就是人的本性？我觉得十分气闷，犹如被挤压在一个狭窄的缝隙里，孤独而凄冷。

渐渐地，有歌声从远方传来。那是一支古老的歌。虽然歌词已经含混不清了，但那雄壮的旋律依然令人振奋。我慢慢抬起头，看见一片湛蓝湛蓝的天，一抹洁白洁白的云……不禁欢呼起来："那是我向往已久的地方！"一语未了，觉得身子如一缕轻烟，随风飘然而去……

不知过了多久，我听见金科长在喊："小魏、小魏！你怎么了？"我睁开眼睛，看见金科长一脸惊慌，觉得可笑，笑着说："金科长，你怎么了？"金科长迟疑一会儿，试探地问："小魏，你是不是太累了？"我依然笑着说："我是太累了，正准备到一个轻松的地方去。"

金科长看着我，像看一个疯子，往后倒退着，随时准备逃跑似的。我收住笑，认真而严肃地说："金科长——哦——金主任。我先打个口头辞职报告，明天上班后，书面辞职报告会交给你。"金科长看我不像说胡话的样子，失望地说："小魏，你应该知道，调研科多么需要你，我多么需要你！"

我挥挥手，说："你走吧，同学还等我回话呢！"金科长仿佛明白了什么，问："你真想和你同学一起办公司？"我摇摇头，果决地说："不，我讨厌官场的钩心斗角，也讨厌商场的尔虞我诈。我想回乡下去，那里的生活虽然艰苦，但很平静，很简单。"金科长慢慢转身走了。

外面天气很好，太阳升起很高。和暖的阳光照耀着大地，微风唱起一首欢快的歌。我张开双臂，试着做一个深呼吸，觉得特别畅快……

黑　洞

一

　　周汉杰并不是因为雪雪有什么不好而思念前妻。就目前来说，周汉杰还没有发现雪雪有什么可挑剔的地方。可是周汉杰对秀秀的思念，竟然日甚一日，简直到了朝思暮想、梦寐以求的地步。

　　周汉杰和雪雪结婚还不到半年。雪雪一年前毕业于省艺术学校，受聘到市文化馆歌舞厅工作。每天晚六点半上班，工作两个半小时下班，白天除一周轮流打扫一次卫生外，其余时间无事。因此，雪雪有时间与周汉杰进行情感交流。一两粒周汉杰喜欢吃的糖果，一个宜人的微笑，那都是结婚前的事了。而今，她挽着周汉杰的胳膊逛商场，出入影剧院，不厌其烦地下厨房，选一些新版的小说读给周汉杰听，更是无微不至，乐在其中。然而，周汉杰却不可遏止地思念前妻。多年来苦苦修炼而成的创作心仿佛掺入无数翻滚的泥沙，笔下的虚构故事和他与秀秀一起生活的往事混淆在一起，无论如何也不能静心创作了……

　　聪明的雪雪早已看在眼里，但她绝不会想到周汉杰会对秀秀如此思念。她是一个充满自信而且富于幻想的女性，周汉杰从第一次见到她即有这种直觉。周汉杰与雪雪结婚是雪雪的胜利也是周汉杰的胜利。雪雪胜利是她的自信得到了施展，周汉杰的胜利则在于他的直觉得到了证实。

　　设若周汉杰不参加那个舞会，设若周汉杰坚决拒绝雪雪的邀请，或许现在就不是这个样子了。可是，周汉杰拒绝得弄不坚决。雪雪一看他半推半就的扭捏样儿，便忍不住笑起来："还男子汉呢！"雪雪不称周汉杰馆长，也不称周汉杰作家，

那样的神情和语气颇令周汉杰吃惊。可是周汉杰很快便明白了，那是一个圈套。周汉杰想摆脱，却怎么都摆脱不了，那样的诱惑无法抗拒！

前妻秀秀在城郊实验小学教语文。儿子周荃上五年级，正好随母亲一路同行。白天，周汉杰处理完工作，便独自一人在家，关起门窗写作，与虚构的人物对话沟通。那样的生活虽然冷清但收获颇丰，周汉杰习惯并得意于那样的生活。可是，自从有了雪雪，小屋便渐渐少了些许冷清，多了几分欢乐。这不能不令周汉杰担心，会不会影响到事业？周汉杰是一个十分看重事业的人。他能从一个农村青年奋斗到在省内外小有名气的作家，当上馆长，不易。

可是，聪明的雪雪只在周汉杰的小屋里出入了几次，便摸准了他的习性，知道他的创作什么时候高涨，什么时候需要小憩。仿佛在周汉杰心里装上了电脑监测器，她的每一次出现都是那样的恰到好处，每一次离去更是有分有寸。不但没有影响到周汉杰的小说创作，反而给周汉杰带来了轻松和愉悦，带来了激情和才思。

不久，秀秀预感到有一种危险正在小屋里弥漫，正向这个和谐的三口之家逼近。她暗自思谋了许多日子，终于在一个阳光明媚的日子，她与周汉杰结婚十五周年的纪念日里，亲手做了一桌子的菜，饭桌上，秀秀十分平静地说出了一句话："咱们离婚吧。"

周汉杰做梦一般盯视着秀秀，嗫嚅良久，突然双手抱头哭起来。秀秀没有劝，周汉杰也没有向秀秀解释。几天之后，当他们走出婚姻登记处的铁大门时，周汉杰心里忽然"咯噔"一下，一种失去了什么的感觉阴森森地袭来。周汉杰想应该说点什么，最终什么都没有说，只是低了头走路。当他停下来时，看见了郊外的河堤。我怎么走到这里来了？尤其令周汉杰惊奇的是，秀秀也从另一边走到这里来了。周汉杰停下来的时候，秀秀也在不远的地方停下来。十五年前，他们就是在这里认识的！

不知过了多久，秀秀轻声问："你们打算什么时候结婚？"

周汉杰迟疑一会儿，说："还没定。"

河水潺潺，晚风习习。秀秀踏着绿汪汪的小草顺河而行。周汉杰看她渐走渐远，消失在一处河湾里，便绕过扬水站的汲水池逆流而上。走了一会儿，忽然后悔起来：我怎么不在小河边惹恼秀秀骂我一顿呢？那样或许对我俩都是一种解脱。后来，尤其现在，周汉杰一直觉得那是个遗憾。

也许是为了弥补对秀秀的愧疚，周汉杰执意让秀秀继续住在他们原来的家里。秀秀没有推辞，因为她们学校确实没有宿舍，于是说："我住在这里，你给孩子的抚养费就免了，两抵吧。"秀秀是一个自尊心很强的女人，她既然把话说到这里，周汉杰也不好再说什么了。仔细想想，也的确没有什么好说的了。

周汉杰在郊区买了商品房，作为他和雪雪的洞房。结婚那天，周汉杰听说秀秀随学校组织的旅游团旅游去了，心里轻松许多。可是后来，他又听说那天秀秀没有去旅游，而是带着孩子回娘家了，不免怅惘，面对父母，面对兄弟姐妹，她该是怎样的心情？那个漫漫长夜，她会怎么渡过？"

二

有些事情，是无法说清楚的。一个进入不惑之年的男人，按说应该比较理智，比较成熟了，可是那天，周汉杰的感情却是那样冲动，甚至比血气方刚的青年人还任性、还执着。

那天，周汉杰不知是被雪雪的高谈阔论震惊了，还是被雪雪的鲜艳妩媚吸引了，他痴呆地看了雪雪一会儿，忽然说："雪雪，我想吻你。"心里却有个什么东西横了一下。是想了想秀秀？还是权衡了一下利弊？雪雪如出岫的云飘然过来，极灿烂地向他笑着。周汉杰忘情而贪婪地拥住雪雪，把她紧紧拥在怀里，发狂地亲吻，被久违的幸福狂潮冲击得一阵阵癫狂，一阵阵昏眩……

周汉杰永远不忘那幅画面：一个青年背着晚秋的落日，踏着枯草败叶沿河而下，脚步沉重而缓慢。肩上一只鼓囊囊的小包，随着他摇晃的身子左右晃荡。在一座扬水站前，青年停住了，从小包里掏出一摞稿纸，堆在草地上，眼含热泪点燃了，连同他的心。微风吹起无数灰烬，像黑蝴蝶一样漫天飘飞，这是他几年来的心血，是一次次被编辑部退回的投稿。他慢慢闭上眼睛，等一切烧完之后，将自己投到了扬水站的汲水池中……

这是天作一篇小说的开头。接下来，天作写一位穿着红裙子的姑娘路过扬水站，如何用神圣的爱情拯救他。故事曲折跌宕，扣人心弦。有一段描写红裙子姑娘的文字是：本来就好看的眼，又用淡淡的眼膏涂出一圈秀晕；若有若无的口红，恰到好处地画出一对花瓣儿；细腰纤纤，鹤腿润润，充盈着万般的妩媚和飘逸……

当初，周汉杰焚稿被秀秀遇上那会儿，姑娘正值青春妙龄，自然少不了蝶儿逐香斗艳，可是秀秀偏偏要嫁给怀才不遇的农村青年周汉杰，为此，家庭和亲朋好友都极力反对，可秀秀还是嫁给了他。新娘带着新郎走娘家时，被兄弟姐妹当众拒之门外。退休归田的老父扬言，宁肯让顶替名额作废，也不给秀秀，让不识好歹的妮子跟着傻小子在小土屋里啃一辈子书本去吧！……直至近几年，周汉杰渐渐弄出点小名气，当上馆长，那些冻结的人际关系才得以缓解，秀秀才变成慧眼识珠的真人。

可是，周汉杰却背叛了秀秀。他很内疚，设若不是秀秀首先提出离婚，他不会与秀秀分手。

离婚后，周汉杰暂时住在文化馆办公室，书和衣物还放在原来的家里。需要时便叫儿子周荃取。这样叫了两三次，秀秀便来了，手里托着一把铜钥匙，说："别老叫孩子跑了，他还要学习呢，再说……"下边的话顿住了。周汉杰看着那把黄灿灿的铜钥匙，心里不由一热，想伸手去接，手伸出一半又僵住了。秀秀匆忙看了周汉杰一眼，把钥匙放在办公桌上，转身走了。

蒙胧夜色中，她的身影是那样孱弱，脚步之匆匆，仿佛一只灰鼠在遁逃。她怎么变得这样了呢？那时候，来自四面八方的嘲笑和刁难那样猛烈，稚嫩的她都顶住了，过来了，然而现在……难道越是成熟的女人在感情上越是脆弱吗？自与雪雪开始以来，矛盾便一刻也没有放开过他。

起初，周汉杰想采取回避的办法，让沸腾的激情慢慢冷却。于是邀请好友赵周汉杰这才想起是周荃的班主任孔老师,于是歉意地拉住孔老师的手,说:"孔老师,您今天没有课吗?"

　　孔老师说:"周馆长,我正要找你呢,你和秀秀虽然离了婚,可是周荃还是你的儿子啊!"

　　周汉杰忙问:"周荃出什么事了吗?"

　　孔老师说:"他逃学,已经几周了。"

　　周汉杰顿时觉得脑袋胀大了。

　　周汉杰喜欢儿子,儿子不但像他一样聪颖好学,而且长得也像他,简直就是他的复制品。一次又一次,他为儿子设计着锦绣前程,希望儿子在他的基础上再行发展,就像运动场上的接力赛,他跑完第一程,下一程就该儿子了,可是孔老师却带来这样一个出人意料的坏消息!

　　周汉杰在一家电子游戏室找到了儿子。低矮的小屋又潮又暗,一群痴迷的孩子狂呼乱叫着拥挤在那里,幼小的心灵被好奇和胜负浸泡着。周荃却是另一种样子,默默地斜依在墙角,双手分别在兜里胡乱的绞翻着,眼睛一会儿翻上去看屋顶,一会儿顺下来看脚尖,样子可怜巴巴的。周汉杰一看便知道儿子没钱了。他走过去,一下握住儿子的手,责怪说:"小荃,你怎么不好好学习,跑到这里来了呢?"周荃先是一惊,然后一下抛开父亲,冷冷地说:"不用你管!"然后夺路而走。周汉杰吃惊地望着儿子远去的背影,知道自己的形象在儿子心目中已经彻底毁了。我已经不是那个博学多才的作家爸爸,而是一个令人讨厌的色鬼!他悲哀地想。

　　这时候,门后有一个肥胖的瘸腿老太婆如球般滚过来,用香肠似的两根手指夹着一截旱烟蒂,在周汉杰面前划了划,沙哑着嗓子喊:"刚跑走的是你儿子吧?他打我的电子游戏不给钱,都记在这里呢!"说着,从裤腰处摸出一个油渍麻花的卷皮小本子塞给周汉杰,"你自己看吧!"

　　周汉杰本能地向后退,厌恶地将小本子抛给老太婆,说:"欠多少钱,你说吧。"

　　老太婆一对小眼睛在两道细缝中骨碌一转,说:"不多,八十·五。"

　　周汉杰付了钱,鄙夷地哼一声,走了。走老远还听得那个沙哑的声音说:"怪

不得娶两个媳妇呢，有钱……"

　　周汉杰停下来的时候，诧异地发现走到一排学校宿舍前。房屋已经破旧了。原本红色的砖和瓦已经变成灰褐色，墙下端和屋檐剥蚀了，所有门窗都钉着杂色木板条。它的前边，是一座拔地而起的现代化教学楼，错落有致的阳台，宽敞明亮的门窗，十分显眼。

　　这是赵醒龙的宿舍，比那个电子游戏室好不了多少。靠北墙支着一张单人床，床前一张三屉桌，床头一只纸箱子放衣物，门后一堆蜂窝煤，一只煤炉子，饭锅放在地上，里边泡着碗筷。满屋子霉味和寒气。周汉杰看一眼躺在床上的赵醒龙，径自在床沿坐下来。赵醒龙欠一下身，算是打招呼。

　　周汉杰问："你脸色蜡黄，病了？"

　　赵醒龙说："胃疼。"

　　周汉杰说："你生活忒没规律……"

　　赵醒龙便不说话，把脸扭向一边。

　　周汉杰问："去医院查了？"

　　赵醒龙说："医生叫我休息。"

　　周汉杰一时无话，见桌上胡乱地堆放着几本书，随手拿来翻看。都是教学用的，翻一翻放下了。赵醒龙枕边，一个叠成燕形的小纸片，颜色已经发黄，折叠处破损了，显然年代久远了。赵醒龙仿佛意识到什么，忽一下坐起来，拿起小纸片，揣进怀里，像看贼似的看着周汉杰，说："你该走啦。"

　　因和秀秀离婚，他们吵翻了。周汉杰站起身，尴尬地说："我、我想请你找小荃谈谈，他、他逃学了……"

　　赵醒龙说："我知道。"

　　周汉杰还想说什么，迟疑一会儿，却什么也没有说出来。

四

周汉杰放不下秀秀。周汉杰不知道别的男人离异之后是什么样的心情，然而他的心分明被撕得一片一片了。仿佛这样还不够，儿子周荃又在那碎片上撒了盐，只差没有放进油锅里煎炒了。

雪雪目睹这一切，却没有发作，只是冷冷地盯视周汉杰，足有十分钟，然后表现得视而不见了，仿佛屋里就没有周汉杰这个人。这样的冷漠令周汉杰无法忍受，比爆发夫妻大战更可怕。于是，周汉杰渐渐生发出一个强烈的愿望，去见秀秀一次，尽管明明知道见面尴尬，周汉杰还是决定去，仿佛唯有那样才能寻求到一丝安慰。

雪雪正斜靠在沙发上翻阅一本《小说月报》，听周汉杰这么说，便把目光沿着书的边沿往上移，最后在书的上边停住了，那审视和讥讽的目光令人无地自容。周汉杰开始后悔起来，他不该在这个时候把这样的事情告诉雪雪。雪雪看着看着，突然把目光一收，把书摔在茶几上，扯直了嗓子喊："你到底想干什么，就直截了当地说，何必吞吞吐吐？"

周汉杰仿佛被寒风呛住了，半天才透出一口气，说："你误会了。"

雪雪说："我是误会了，不然怎么会嫁给一个不爱我的人？"

周汉杰越发起急："你应该相信我！"

雪雪说："凭什么相信你？"

周汉杰被激怒了，提高声音说："你，你太过分啦！"

雪雪并不示弱，反而用压倒对方的声音说："我过分还是你过分？结婚以来，你给了我多少笑脸多少爱？你懂得生活吗？你理解女人吗？"说着哽咽了，伏在沙发上，委屈地哭起来，肩头一耸一耸的。

有些事情往往是出人意料的。周汉杰与雪雪眼看就要激化的矛盾，却在这一哭中化解了。雪雪不是那种得理不饶人的人，她的聪明之处便是适度。雪雪同意丈夫去找秀秀谈一谈，说："只要能解脱，你找她谈几次都行！"只是说这句话的时候，她把"谈"字拉长了一些。周汉杰听得再明白不过，于是想，女人就是精明。

又想，当初，秀秀也是这样的吗？

周汉杰是在一个冬夜去见秀秀的。无月的冬夜特别阴冷，路灯的光被黑暗压缩成一小团，几乎就要凝固了。周汉杰沿着一条狭窄的甬道，幽灵似的悄无声息地绕过一片竹林，走到一个亮着灯光的窗前。这窗口这灯光，他曾那么熟悉，可不到半年，竟然变得这样陌生。灯光一扫从前的柔和与温馨，变得压抑而灰冷。周汉杰木然地站立在哪里，脑海一片空白，临行前思考了几遍的谈话内容，连同备用的应急语，早已荡然无存。他无法想象此时的秀秀的心境，不敢冒然惊扰。

这时候，隐约传出一个男人的声音，很低，周汉杰听出，或者说是感觉出，那个男人是谁了。紧接着，又传出嘤嘤的哭声，是秀秀在哭。在他的记忆里，秀秀从来不哭。她忒文静了，文静得几乎都懒得笑一声，更不会哭。

"秀秀，你放心，我的病不要紧。"是赵醒龙。接着又听他说："我一定把小荃找回来，开导他好好学习……"

"不！你不要管这些啦，听医生的话，好好休息吧。"秀秀哭着说。

大街上行人稀少，空旷孤寂，寒冷直袭后背。周汉杰匆匆逃离小窗，上了街，走了一会儿，想起儿子。周荃到现在没有回家，他能去哪里呢？

瘸腿老太的电子游戏室门口吊着一张脏兮兮的破棉被。昏黄的灯光从方形小窗口透出来。孩子们的笑声和嗒嗒的枪战声隐约可闻。周汉杰掀开棉被一角，把头伸进去，热烘烘的煤气味儿扑面而来。守在门后的瘸腿老太先是一喜，接着一怔，嘴巴一张一合，仿佛喝了毒药的癞蛤蟆。

孩子堆里没有周荃。周汉杰把头缩回去，瘸腿老太却把头伸出来，讨好地说："你儿子几天没来了。"周汉杰本不想与她搭话，可还是问："你知道他能去哪里吗？"瘸腿老太摇摇头，一缩脖子不见了。周汉杰又胡乱地找了几家电子游戏室，都没有周荃，只好心事重重地回家去。

房门虚掩着，没亮灯。周汉杰心想一定是雪雪等急了，故意把灯熄灭，以示抗议。雪雪去上班时，周汉杰曾经告诉她要去找秀秀，一会儿就回来，可是却在大街小巷转悠到现在。雪雪一定是误会了，这事太容易引起误会了。

周汉杰一边摸索着往里走，一边轻声喊："雪雪，开灯。"没有应声，也没有开灯，便解释说："赵醒龙在那里，我没有去，在街上找小荃找到现在……"突然，脚下踢到一个什么东西，响起一片玻璃的破碎声。周汉杰不禁一惊，开灯一看，雪雪和衣躺在席梦思大床上，两眼瞪得溜圆看着天花板。周汉杰刚才踢到的是一个镜框，里边装着他和雪雪的结婚照。雪雪满身泥土，头发凌乱，脸上还有几道伤痕。周汉杰大惊："雪雪，出什么事啦？"

雪雪一跃而起，指着周汉杰怒吼："你儿子勾结一群流氓抢劫我！"

晴天霹雳般，周汉杰眼前一黑，瘫倒在地上……

五

天刚蒙蒙亮，房门给人敲响了。

周汉杰以为是那个讨厌的卖油条老头儿，懒得去理会。停了一会儿，敲门声又响起，声音谨慎且小心。周汉杰头重脚轻地去开门。雾气在三四米处拉开一道道帷幔，把天地遮成一片混沌，晃得他睁不开眼睛，好一会儿才看清，站在门前的人是秀秀。

周汉杰吃惊地倒退一步，疑是做梦。可是他明明一夜没睡，只是一根接一根地吸烟……

秀秀站立在门前，单薄的身子瑟缩着，面色苍白，两眼红肿，头发和衣服都被雾气打湿了，结着一层冰，裤腿和鞋面沾满了泥土，也结了冰，看上去如石般坚硬。不知道走了多远的路，也不知道她在这里等了多久。

周汉杰心里一阵难过，觉得对不住她，罪责感如蛇般吸噬着他的心。他用门框支撑着身子，定定地望着她，大张着嘴，想寻找一些合适的话语。秀秀微微震颤了一下，略微迟疑，便一低头一侧身，绕过周汉杰往房间里走去。

在席梦思大床前两步远的地方，秀秀站住了。她稍稍喘息片刻，一字一顿地说："作为小荃的母亲，我来向你赔礼道歉，请你高抬贵手，别和孩子一般见识。"

话音未落，雪雪忽一下掀开被子，从床上跳下来，扯直声音喊："好啊，我正要找你，你倒先来了！"

秀秀胆怯地倒退着，说："对不起，打扰您啦。不过……小孩子做事容易冲动，您应该……"

雪雪像一只好斗的公鸡，不容人把话说完，逼近一步大声说："不对！分明是有预谋有计划的，说不定还有幕后指使呢！"

后一层是即兴而发。她觉得说出来很痛快。这句话来得太是时候了，说出来太让人解气了！

秀秀极力克制着，说："任你怎么说吧，孩子总归是孩子，你将来也有做母亲的时候，将心比心，都一样！"

雪雪冷笑着说："你以为孩子就可以逃脱法律的制裁吗？监狱里还有少年杀人犯呢！"

秀秀分辩说："他们都是孩子，并没有对你怎么样，只是用绳子绊倒了你……"

雪雪说："要不是我大声呼救，要不是警察及时赶到，不知把我怎样了呢！"

周汉杰渐渐听明白了，事情就这么简单，设若不是因为有他，或许孩子的母亲登门道歉就完了。可是，因为他，简单的事情就变得复杂起来。周汉杰木然地呆立在一旁，不知所措。

渐渐的，两个女人的战事发生了些许变化。爱子心切的秀秀有点低三下四。周汉杰看了心里很难过，同时也恨恨的，替她感到窝囊。雪雪却是越发得意了，仿佛已经忘记了昨晚的惊吓，正在即兴表演小品，尽情地发挥着。周汉杰不禁惊愕，无法原谅她拿别人的不幸来取乐。女人的天性应该是善良。他径直向秀秀走过去，说："你先回去吧。"然后提高声音说，"我一定想办法把小荃救出来。"秀秀连看周汉杰一眼都没有，转身走了。可是周汉杰却看到，在秀秀转身的那一瞬，眼里噙满了泪……

雪雪从窗口看一眼消失在雾幔中的秀秀，神色有些黯然。回头看着周汉杰，有些不满地说："你早就该叫她走！"周汉杰心里恨恨的，想爆发出来。雪雪却忽然冲他一乐，轻声说："还当我真不放过你儿子？我只是吓唬他一下而已，叫他今后见了我规矩些。"

周汉杰气恼地问："对秀秀也是吓唬吗？对我也是吓唬吗？"

雪雪反倒天真地笑起来，笑够了才说："我受到惊吓，让你们自在？"然后，换去沾满泥土的衣服，收拾床上弄脏的被褥。

周汉杰依然没好气地说："你这是玩弄别人感情，太过分啦！"

雪雪俏皮地一挥手，像挥走什么似的，说："别胡乱上纲！"又说，"你睡觉，我去派出所放人，回来给你做饭吃，行了吧？"

女人，永远都是一个谜！

然而，事情并没有就此结束。就像周汉杰当初与秀秀离婚时一样，雪雪被拦截抢劫之事，只一上午，便在小城传得沸沸扬扬，而且越传越离奇，越传越富有戏剧性。

雪雪哭得眼圈儿红红的，说："我的脸面算是丢尽了！"接下来，是亲朋好友上门安慰，一拨又一拨。都转弯抹角的，躲闪着说些诸如没"出大事就好，往后多加戒备"之类的话。有人甚至把街头小报上的抢劫凶杀案拿来作比较，言外之意，雪雪算是不幸中的万幸了。

有人敲门，周汉杰没好气地问："谁？"来人不答话，却隔门笑着说："真是客多无礼啊！"周汉杰听出是文友天作，不由一愣，边开门边寻思：难道他也来当说客？他是那样的人吗？天作仿佛看出周汉杰的心思，解释说："我路过这里，顺便告诉你一件事，赵醒龙胃癌晚期，将不久于人世。你们朋友一场，应该去看看他。"

周汉杰惊得瞪大眼睛，张大嘴巴，半天说不出一句话。赵醒龙年轻轻的，怎么会是胃癌？还是晚期呢？

中午，周汉杰胡乱吃了点东西，就去看赵醒龙。离赵家三四步远时，他听到一个干涩沙哑的声音在哭喊，如老牛被人扼住咽喉，哽咽着满腔的愤怒和冤屈。周汉杰敛住脚步，侧耳细听，是赵醒龙在哭。

赵醒龙几岁便是孤儿，年轻时曾经热恋过，后来不知什么原因失恋了，直到现在孤身一人。其不幸曾一度引起周汉杰的好奇，为了写作素材，二人过从甚密，渐渐成为挚友。可是赵醒龙对失恋却是一直守口如瓶，至今不曾透露半个字。

一个女人的哭声加进来，是秀秀。"老天爷啊，你可怜可怜他吧！他一天三碗苦水往肚里灌，再叫他多活几天吧？三碗苦水换一天还不行吗？老天爷啊，我求求您啦，求求您啦……"

天空昏沉沉的，太阳犹如一只没有洗净的盘子，灰兮兮地悬挂在遥远的苍穹。路边的碎纸片在朔风中瑟瑟颤抖，慢慢滑向结着冰凌的脏水沟。周汉杰觉得有只手轻轻按在肩头，回头看时，是天作。天作有话要说的样子，把周汉杰引至拐角处，结果却什么都没有说。周汉杰疑惑地问："不是你要我来的吗？"天作亮出手心里一个叠成燕形的小纸片……

六

信是一位姑娘十五年前写给恋人赵醒龙的，大意是为了拯救一个人，决心献出自己的爱，并请求恋人能够谅解……

天哪！周汉杰禁不住从心底发出一声长啸，愧疚的巨浪排山倒海般汹涌而至！

我都做了什么？我应该怎么办？周汉杰茫然地向前走着，脚下是一条六边形水泥砖铺成的路，有的地方缺了砖。他踉跄着，时不时一脚踏进坑里，身子不禁往前一倾，差点摔倒。周汉杰真希望自己能摔倒。一个五尺高的汉子，直挺挺地摔倒在路坑里，额头像摔西瓜似的发出一声响，裂开几瓣儿，白的脑子红的血飞溅到地上，那该是什么样的情景？

可他依然走着，没有摔倒。前边是一座治安岗亭，走过十字路口即是文化馆了。自从雪雪出事以来，周汉杰还没有来过文化馆，天天在家陪着泪人唉声叹气，或应付亲朋好友的问候。文化馆没有馆长依然如常。临街的壁报刚刚换过，"积极开展读书活动，提高全民文化素养"之类，十分醒目。放像厅不时传出激烈的角逐声和女人的呼救声。

周汉杰径直向办公室走去。办公室里只有主任一人在伏案抄写一份报表。主任看见馆长，热情而小心地打过招呼，又伏案抄写去了，并无汇报或请示。周汉杰走到自己的办公桌前坐下来，看见有几封信在桌面上丢着，却都不是写给自己的，而是广告。他无心看，一时又想不出有什么事情可做，便起身往外走。刚走到院子里，主任从后边追上来，说："周馆长，你的钥匙！"周汉杰迟疑着，仿佛没有听清主任说什么，但一只手分明是伸出去接钥匙了。钥匙是铝合金做的，冰凉。周汉杰记得原件是铜质的。那把铜钥匙秀秀早就给他了，现在又把这件复制品给他了。

主任说："周荃从派出所回来后，秀秀娘儿俩搬走了。"

周汉杰点点头，没有说话。

主任问："馆长有事吗？"

周汉杰摇摇头，然后却冲着主任的背影问："你知道他们搬到哪去了吗？"

主任头也不回地说："不知道。"

周汉杰忽然想起什么似的，匆匆地走了。路是那样熟，甚至开门的每一个动作都是那样熟。屋里并没有大撤退后的零乱。尽管东西没有了，家具是空的，依然井然有序，甚至地面还清扫过……周汉杰顿时被一股莫名的失望和沮丧攫取了。他原想屋里不是这样的，甚至准备好在破烂不堪中痛快淋漓地大笑几声，然后像在街上想象的那样直挺挺地摔倒下去。可是这样他不能摔倒了，只能站着，体验一种压力。就像希腊神话中那个被吊在瓶里的西比尔，只能听任岁月的折磨，却不能死去！

回到家的时候，雪雪已经做好晚饭，一桌子菜。周汉杰说："有酒吗？拿酒来。"雪雪用一只玻璃杯倒了半杯酒，烫在热水里，放到周汉杰面前，然后坐下来问："赵醒龙怎么样了？"周汉杰不答，端起酒杯，"咕咚"一口喝光了，然后喊："再倒！"雪雪吃惊地看一眼周汉杰，只好再往玻璃杯里倒些酒。周汉杰嫌少，一把夺过酒瓶，自己倒，倒满了，"咕咚咕咚"喝下去，再倒……

雪雪慌忙扑上去，一边夺酒杯一边喊："你疯啦？你疯啦？"

周汉杰直着舌根说："我没疯！"摇晃着站起来，径直向写字台前走过去。不知道哪来的劲，一下把沙发椅举起来，不偏不倚向彩电砸过去。随着"咣啷！"一声响，周汉杰仿佛得胜的将军张开双臂，仰面大笑起来。

雪雪如一只吓傻的小鹿，浑身颤抖着跪在地上，紧紧抱住周汉杰的腿，却不知道劝，也不知道哭。周汉杰笑不出来了，酒精吸干他的力气，熔化了他的筋骨，只留一具软绵绵的身体，在屋里晃过来晃过去，嘴里不住地喃喃着："我该死，我真该死……"

第二天，日上三竿，周汉杰竟然没事儿似的醒来了，吃了雪雪做的一碗糖水荷包蛋，坐在写字台前开始写作，颇激动的样子，仿佛灵感的翅膀已经把他托上万里晴空，一旦俯视大地，处处皆是好山好水。

雪雪很是疑惑，假借送水看他面前铺开的稿纸。他确实在写作。只是文章的题目有些怪异：《该死的黑洞》。周汉杰的神情是那样庄重，看不出丝毫戏谑、调侃。雪雪只好悄悄坐到一边，生怕弄出声响，打断他的思路。

一连三天，周汉杰除了吃饭，就坐在那里写。雪雪担心周汉杰会累出病来，假借送水跟他闲聊，说些轶闻趣事，有时候又煞有介事地兜出一张报纸，像市场上兜售劣质货的小贩一样，夸张地喊："汉杰，快看啊，中国向俄罗斯布拉戈维申斯克市开通出国一日游了，还向缅甸南坎、朝鲜新义州开通出国一日游了……"

周汉杰停下笔，无奈地苦笑着，把雪雪拥进怀里，一边在她唇间亲吻，一边爱怜地说："你们女人，总是这样善良。"这样的爱抚下，雪雪那颗惊恐不安的心，渐渐融化成两行滚烫的泪水，伤心而委屈地流淌着。

周汉杰想说，我喝酒、砸电视机，都不是冲你来的，是冲我自己！然而却什么都没说。他把雪雪抱到写字台前，放在大腿上，像哄孩子似的一手揽住她的腰，一手扯起刚写的稿纸，一页一页点燃，烧尽……

周汉杰再去看赵醒龙的时候，赵醒龙已经化成灰烬。骨灰盒放在桌子上，用一块黑纱盖着。

这就是人的归宿吗？周汉杰一边想，一边抖抖地伸出一双手，似乎想掀开黑纱，看一眼那个本来是情敌却成为朋友的人，道一声永别。这时，门外响起整齐的脚步声。周汉杰回头看时，却是一队少先队员，齐刷刷地站在门口，齐刷刷地举起右臂行队礼。为首的两个学生跨出队列，向房间走来，右臂依然高举着。其中一个正是周荃吗！周汉杰惊喜地迎上去："小荃，真的是你！"

周荃迟疑一下，旁若无人地继续向前走去。周汉杰紧追两步，想拉住周荃，又怕碰翻骨灰盒；想说点什么，又不知道说什么好。

正不知如何是好，班主任孔老师从什么地方走过来，说："这排房子就要拆迁，我们只好把他挪走了……"周汉杰问："刚才我看见周荃啦！请告诉我他们现在住哪里？"孔老师说："具体不知道，只知道学校在郊区团购了商品房，安排了几家无房的教师。"顿一顿又说，"你不是也在郊区买的商品房吗？就那片儿！"

七

穿过东西马路，往北一拐，是一条新修的盲肠道。傍着盲肠道，是一片小高层，即郊区商品房。周汉杰看一下表，不是上下班时间，心里稍稍放松了些，准备从容走过。谁知，刚一抬头，却与秀秀不期而遇。慌乱之中，周汉杰看见秀秀往旁边绕一下，低着头走开了，赶紧迎上去，木讷地问："你没去上课？"秀秀说："嗯。"周汉杰看见秀秀脸色蜡黄，心里不禁一沉，小心地问："你病啦？"秀秀说："不要紧。"周汉杰叹口气，轻声说："小荃还是不理我。"秀秀说："他只是不想见到你……"顿一顿又说，"你看见那把钥匙啦？"周汉杰说："看见了。"然后无话，便分手了。

周汉杰在心里骂自己：你不是很想见她吗？见了怎么变成这个熊样子？你为什么变成了这个熊样子？

雪雪看丈夫坐下来，便倒一杯茶，放在他面前，然后退到一边，摆弄她的马海毛或是海马毛去了。她已经习惯了丈夫的样子，习惯成自然。雪雪趁周汉杰不在家时去修电视机，怕勾起他的伤心事。她准备修理之后送到议价门市部处理掉，

再买一台新彩电。在维修门市部,听见有人议论赵醒龙,回家后说给丈夫听,还想他听了或许会高兴,谁知,周汉杰的脸色越发阴沉了……

　　雪雪正欲开口劝,周汉杰突然说话了:"我想搬回去住。"雪雪显然误会了,吃惊地盯视着周汉杰,一迭声地问:"你说什么?你说什么?"周汉杰说:"小荃娘俩搬走了。"雪雪渐渐明白过来,轻轻嘘出一口气,说:"搬吧,搬了上下班方便……"

寻找女孩儿

一

尽管我和她相处的时间那么短暂，尽管她只给了我一个妩媚的笑，但我断定，我和她之间已经被一个什么东西牢牢地扭结在一起了。我已经不能没有她，她成了我生命的一部分。

夕阳泼洒在草叶上，泼洒在足下的小路上。身边是一条清澈的小河，是一排葱绿的杨树。我怀揣一本《百年孤独》徘徊于斯。其实，这本书在我怀里已经揣了很久很久，读了一遍又一遍。现在是春天，我依然不识时务地怀揣着它，就是因为那天见她时是揣着它的，想用它做个旁证。我想，她还会到这个地方来。她亲口对我说过"再见！"而且她还知道我是谁。她说："我知道你是谁，我读过你好多篇小说……"

这就对了，能说出这话的人，肯定知道我是谁。可是我不知道她是谁，也没有问，只知道她很美。还意外地知道，她叫苏维。

在我生活的这块天地里，能使我一见心里"咯噔"一下子的女孩儿很少。她不仅使我心里"咯噔"了，还使我心猿意马。

真正的美是无法形容的。一个女孩儿如果能让人说出美在何处，那肯定不是真正的大美，就像老子说的，天地有大美而不言。

她的美是无法形容的！

她背着夕阳与我相向而行，洁白的裙裾和乌黑的长发在微风中飘扬，天体的霞光与人体的风采辉映在一起。在相距几步远的地方，我不禁顿住脚步，样子大

抵如同明代散文家袁宏道在《昭庆寺小记》中所述："才一举头，已不觉目酣神醉，此时欲下一语不得，大约如东阿王梦中初遇洛神时也。"然后我就看见了她那令人刻骨铭心的妩媚一笑。

她站在距我几步远的地方，手里亮出一个叠成燕形的小纸片，说："请你把它带给一个人好吗？"不等我回答，她又说："你回家时往西绕行五百米，对着变压器的那个门就是。"然后，把纸片交给我，一闪身飘然而去。

<h2 style="text-align:center">二</h2>

她的名字就写在那张纸片上——苏维。

这是我后来知道的。

能获得如此一个女孩儿的信任，无疑是幸运的。我像完成一项神圣的使命一样，要去送那封信。然而，我却忽略了一个十分重要的问题，我不知道在回家的路上从何处往西绕行五百米，我忘了问她，也没有顾得上问她。在我左右为难了良久之后，便断然做出一个十分愚蠢而又唯一可行的决定：从第一个路口开始，一个一个地找下去。

这是一条新修的公路，西边居民不多。在一片荒芜的土地上，有人用红的砖砌出长长的围墙。有的已经耸立起烟囱，有的正在构造厂房，工地上一片灯火，一片轰鸣。我被感染着，心里充满豪气。

第一个路口，是一条鸡肠子似的小道，曲曲弯弯，遍布烂砖碎瓦，杂草树枝。行不过二百米，出现一片臭水坑，水面漂浮着死鸡烂狗，气泡噗噗，腥臊味刺鼻。出师不利，此路不通！

很快，我走进第二个路口。正行走间，迎面响起一串笑声，紧接着响起一个女孩儿的声音："你到底还是来啦。"娇柔柔的，仿佛港台女歌星的味道。我不由一愣，不知道这是怎么回事儿。女孩儿迈着欢快的步子向我走过来。苍茫暮色中，我看不清她的面容，但凭直觉，她不是我要找的人。这女孩儿大概认错人了。

我十分平静地站在那里，有意让她进一步辨认。

女孩儿径直走过来，张开双臂扑进我怀里，轻声喃喃着："亲爱的，你到底还是来啦！"我吃惊地推开她，倒退着。女孩儿一愣，然后盯视着我，十分失望、十分委屈地问："怎么，你不认识我啦？我是维维，我是维维啊！"

我不知道维维是谁，在我的记忆里，根本不认识这样一个人。女孩儿看我浑然不知的样子，恨恨地一挥手，说："你走吧，没良心的，永远不要来见我！"然后，转身往回走，一路洒下不尽的《思念》："你从哪里来，我的朋友，好像一只蝴蝶飞进我的窗口，不知能作几日停留，我们已经分别得太久太久……"

"她是个疯子吗？那么年轻，又那么天真，怎么能是疯子呢？"我不禁对她同情起来，一动不动地站在那里，看她渐渐消失于苍茫暮色中。

回到原来的路上，我想应该调整一下寻找的方式，也就是碰一碰运气。方法很简单：隔一个路口找一个路口。设若第一遍找到了，就省去一半的工夫；找不到，再去找另一半。

这点小聪明还真成功了！当我再一次往西走出五百米的时候，果然找到了对着变压器的那个门口。我有些沾沾自喜，举手敲门，敲敲停停，停停敲敲，里边毫无声息。正是行人归家鸟儿归巢的时候，怎么会没有人呢？再用力敲，旁边的门"吱呀"裂开一道缝儿，探出半个圆脑袋，鲜亮的圆脸被一缕黑发遮掩着，语气有些不耐烦："你有完没完？"我讨好地笑笑："请问这家的人呢？我有事找他。"门又关上了，从里边丢出一句话："死了，半年前就死了！"

怎么会是这样呢？我愣住了。那门又开了，不是一道缝，是大敞着。圆脸女孩儿站在那里，好奇地打量着我，说："你不走，还等啥？"

我忙问："请问，这家的人是怎么死的？""喝药。"圆脸女孩儿轻描淡写地说。然后蛾眉一蹙："我好像在哪里见过你？"我没好气地说："你把门关得那么紧，怎么会见过我？"圆脸女孩儿忽然"噢"了一声："我想起来了，在电视里，你写小说，是作家！"我说："写小说的人喜欢听故事。"

圆脸女孩儿说："我不会讲故事，我只知道这家的人想得到一个女孩儿，花了很多钱，结果没有得到，就死了。想听故事你去找那个女孩儿——如果她还活着的话。"

我知道她说的那个女孩儿是谁了，于是道谢要走。圆脸女孩儿俏皮地眨一下眼睛："就不说声再见吗？"我一时倒不知如何回答好了。圆脸女孩儿笑起来："还作家呢！"

后来，我拆开了那封信，知道她的名字叫苏维。

三

暮色渐渐浓了。小河如一条银色的玉带从西边铺展过来，静得一点声息都没有。我斜倚在杨树上，两眼盯着玉带铺展来的方向。那天，她就是从那边走过来的。我想她还会从那边走过来。

当我再一次暗自约定再等一刻钟的时候，玉带的尽头果然有了一个黑点在晃动，而且愈来愈清晰，愈来愈真切。我不禁高兴起来，一定是她来了！说不定这之前她就不止一次地来过，只是没有露面，在暗中考验我的耐心和毅力。她终于被我感动了！

我匆匆迎上两步，才想喊她名字，不禁顿住了。迎面而来的非但不是她，而且是一个没有人形的怪物。头很大，身子很短，几乎看不到腿，活像一个大葫芦一挺一挺地逼过来。周围似有无数游魂似的精灵在跳动。

尽管我从来不相信鬼怪之说，但此时还是禁不住要逃了。我不能坐以待毙。小时候常听老人们讲，鬼走直路，且怕水怕火。我干脆来个九十度大转弯，过河！

我前脚刚刚踏进河水，那鬼怪突然大吼一声："站住！"声音苍老而威严，奇怪的是，听来非但不令人惧怕，反而感到十分亲切。

原来位年近花甲的老者，身上的"葫芦"是一个大草捆。身边是一群良种青山羊。老者以为我要自杀，慌忙丢下草捆，死死将我拖住："小伙子，你年轻轻的，怎么想不开啊？"见我顺从地走上岸，又说，"不瞒你说，这些天我就盯上你了。

一个人老在河边发呆，我就知道要出事！"

我看一眼慈厚的老者，不由苦笑，从口袋掏出两支香烟，先敬老者一支。老者并不推辞，接过香烟等我给他点燃，满意地说："好！咱爷儿俩就坐这歇会儿。"吸着烟，老者突然问："你看那姑娘长得很俊是不？"我不由一愣："你怎么知道？"

老者"嘿嘿"一声，不知道是笑还是叹息："眼下的年轻人，除了这花花事还有什么事值得寻死觅活的？"我问："你可知道她住在哪里？"老者说："谁？"我说："那个女孩儿。"老者疑惑地看着我，说："我问你呢。"顿一顿又说，"她住在哪里你都不知道？你们怎么认识的？"我说："在这里，前天傍晚……"老者突然跳起来，随时准备逃跑似的："你说什么？在这里？谁家姑娘傍黑来这里？你、你看见她有影子没？"

我禁不住想笑。人啊，尽自己吓唬自己。我说："老人家不必害怕，我不仅看见她有影子，手里还有她一封信。"老者依然疑疑惑惑的："这里不洁净，经常死人。前几天，有一个姑娘跳河死了……"正是我遇到她的前三天。我还真从未想过：她怎么会在傍晚来这里呢？

老者问："那天你来这里干什么？"我说："心烦，喝了点酒，不知怎么，三转两转就走到这里了。"老者不说话了，回身背起大草捆，说："快走！"然后对着羊群喊："大胡子，前边带路！"果然，有一只大胡子青山羊带头走了。

走到大路上，行人多起来，老者舒出一口气，连同草捆一起摔倒在路边，气喘吁吁地说："小伙子，你遇到鬼魂是准啦，鬼魂就喜欢跟心烦喝酒的人打交道！"

我不信。为了说服老者，我从口袋拿出那封信，说："老人家，你看，鬼魂能写出这样的信吗？"

老者双手抖抖的，把纸片接过去，用手指捻了捻，然后凑到昏花的眼前，看了一遍又一遍。我不知道他识不识字，但我断定他把每个字都仔仔细细地看过了。显然，他也不相信鬼魂能写出这样的信。他把纸片还给我，嗫嚅着说："信是真的。"

又往前走了一会儿，老者说："我到家了。"路有个小院落，黑乎乎的，没有灯。院子里可能只住他一个人。

分手时，老者叮嘱说："小伙子，你要是觉得那姑娘好看，就用心去找吧，千万别等，等是等不来的！"

我心里怦然一动。老者的话，仿佛童话故事中的仙人指路，顿时，焦躁和失望随风而去，我激动地说："老人家，你说得真好！"

看时，老者已经消失在黑暗中了……

<h2 style="text-align:center">四</h2>

这一次，我直接敲旁边的那扇门了。开门的依然是上次见过的圆脸女孩儿。圆脸女孩儿看见我便笑了，说："我说过嘛，你应该说声'再见'——对一个长得不错的女孩儿来说，往往都是如此！"

我说："我是找那个女孩儿来的，请你给我提供点线索。"圆脸女孩儿嗔怪地说："你真傻！"我说："人各有志。"圆脸女孩儿说："好，我尊重你的'志'。不过，我会令你很失望，我对她几乎一无所知！"我说："那就请你讲讲喝药的那位——你邻居。"圆圆脸女孩儿看着我："就站在这儿？"我说："如果你乐意，可以随便走走。"

我们走到一片红砖围成的空地上。围墙看上去已经有年头了，有些颓势，到处是破洞。我跟圆脸女孩儿从一个破洞钻进去。遍地都是杂草烂砖，偶有一堆不知是什么动物的粪便，黑乎乎的干巴巴的，在绿的杂草和红的砖块中间很显眼。

我不明白圆脸女孩儿为什么带我来这里。我说："你经常来这里吗？"圆脸女孩儿头也不回地说："和你一样，我对这里十分陌生。"我不由一怔："你想找刺激？"圆脸女孩儿并不恼，仍笑着说："这里能让人不停地走下去，因为每一步都是新的。"我觉得这句话说得很好，就像牧羊老者说的那句话一样。哲人是不分身份贵贱、地位高低的，警句往往在不知不觉中脱口而出。

圆脸女孩儿回头看着我，不解地问："怎么不说话了？"我说："我在想，语言到底是怎么回事儿。"圆圆脸女孩儿试探地问："是准备写小说吗？"我点点头，说："是的，我无时无刻不在为写小说做准备。"圆圆脸女孩儿顿时恼怒起来，大声说："无时无刻？难道此时此刻也是为写小说做准备吗？难道我只配作为你小说中的一个人物吗？你这个不近人情的书呆子！"

显然，我的直率伤害了她的自尊。这是一个纯洁而多情的女孩儿，这样的女孩儿最容易产生幻想。我应投桃报李或者逢场作戏才对。而我偏偏不会这些。我只是个书呆子。

圆脸女孩儿抛下我往前走了，不过她的步子并不坚定，不难看出她矛盾的心情。她每走一步都给我留下诱惑和期待，我只要赶上去说一句能够使她开心的话，她一定会转怒为喜，并且不计前嫌。

可是我没有那样做。圆脸女孩儿在前边哀怨地说："还不走？还等谁？"我说："你还没有讲你的邻居呢？"圆脸女孩儿冷冷一笑："看来你真是铁了心了！"然后转回来，没好气地说："但愿你通过这个故事能找到你要找的女孩儿！"我说："我会感谢你，说不定还会来找你。"圆脸女孩儿说："失败了才来找我吗？"我说："不知道。"

圆脸女孩儿说："看来你还是有情的，能给我留下这样的印象就行了，这样我就会永远记住你。其实，你要听的那个故事很简单。他是一个有能力的男人，干个体挣了不少钱，想办一个化工厂，这就是他买下的地。据说设备定好了，建厂图纸也绘好了。这时候他偏偏看中了那个女孩儿，可是无论如何都追不到，于是烧了图纸，烧了所有的东西，喝药死了。"

我说："你能再讲详细一点吗？"圆脸女孩儿说："我就知道这些。"我说："他父母或者亲属呢？"圆脸女孩儿说："包括那个女孩儿，我都一无所知！"我说："我知道她叫苏维。"圆脸女孩儿说："你可以找户籍警帮你查啊。"我乐了，赞道："你真聪明！"

圆脸女孩儿也乐了，不无炫耀地说："这叫旁观者清！"然后意味深长地冲我笑笑，轻声说："你可以走了。"我说："我还没有感谢你呢！"圆脸女孩儿说："吻我一下就行！"我说："太容易了。不如在这儿做个标记，然后蒙住眼睛乱跑，每个人栽三次跟头或者碰三次壁之后，再往回跑，第一个回到原地者为胜。"
圆脸女孩儿拍手赞同，说："一言为定！"

我捡来一根树枝插在荒地中央，脱下外衣挂在树枝上，算是大本营。然后，
我俩相互用手帕把对方的眼睛蒙起来，一齐喊一声："开始！"分别按着各自的
方向奔跑。

跑出几步，我收住脚，想看看一个人在黑暗中奔跑的样子，是不是像猴子一
样蹦蹦跳跳的。谁知，当我掀开手帕往回看时，圆脸女孩儿也在掀开手帕往回看。

圆脸女孩儿大笑着跑回来，扑进我怀里，滚倒在草地上。我如一具木乃伊，
任她搬动着滚来滚去，把蓝天轧碎，回到混沌初开的洪荒时代……

五

女户籍警不冷不热，一副公事公办的架势，说："你和苏维什么关系？"我说：
"没有什么关系。"女户籍警冷冷一笑，说："没有关系，你找她干什么？"我说："这
是我的自由。"女户籍警惊疑地盯住我，把手按在腰间惯常挂枪或者挂电棍的地方，
一边往后退一边大声喊："你走远一点自由去！"

她一定把我当成疯子了。

我有些窘，不知所措，这时门口走进来一个人，竟是我的高中同学。我得救
似的向同学说明来意，同学意味深长地向女户籍警笑笑，说："帮个忙吧，完事
我同学请客。"

女户籍警也笑一下，从档案柜里拿出一摞《常住户口登记簿》，推到我面前，
然后对我同学说："你早点下班，从菜市场买两条鱼回去。"同学说："还吃鱼？"
女户籍警说："要不买只鸡也行。"同学说："买杀好的？"女户籍警说："别
买肉鸡，没味儿，买家鸡，家鸡香。"

同学答应一声，掏烟吸烟，才吸两口，忽然想起我来，再掏一支给我。是名烟。
这位曾经把"子在川上日"读成"子在川上日"的同学已经很不一般了。我神情

古怪地抬起头，看着议论吃鱼还是吃鸡的他们俩。同学忽然"噢"一声，说："忘了介绍，她是你嫂子！"

费了半天工夫，也没有查到苏维这个名字。只有一个叫苏维维的人，与我寻找的女孩儿有些相近。

同学推断地说："可能就是这个苏维维！她写苏维，或许是出于方便，或许是为了赶时髦，你按照这地址寻找应该没错！"

谁知，当我按地址找到一个门口时，不禁一下子惊呆了。我来过这个地方，并且遭遇过一个叫维维的疯女孩儿，而这个维维并不是我要寻找的女孩儿。我要寻找的女孩儿在哪里呢？

忽听一个声音喊："抓住他！他就是那个臭流氓……"随着喊声，一个女孩儿向我扑过来，用手抓，用牙咬。我一边招架，一边后退。不知从什么地方，跑出来几个人，又吼又骂，又撕又打，很快把女孩儿弄走了。

我脸上给抓伤好几处，火辣辣的，衣服扣子掉了俩，领带缠在脖子上。一位五十多岁的汉子走过来，小心翼翼地看着我，说："小兄弟，她有病，是个疯子。我是她爹，我向你赔礼！"我觉得这个汉子很可怜，轻声说："我不会跟病人计较的。"

汉子脸上的肌肉似乎活动了一下，然后抠抠唆唆地从口袋里摸出两张面额伍元的人民币，说："小兄弟，你脸上……找地方擦点药吧。"我推开他的钱，说："不用。"往脸上摸一把，沾了满手血。汉子赶紧说："小兄弟，跟我到家洗洗吧。"

这是一个普通的农家院落，柴草遍地，鸡鸭乱走。屋里空荡荡的，没什么东西，倒是当门墙上一个镜框吸引了我。是一张白纸黑字加盖朱红大印的大学录取通知书，上面赫然写着苏维维的名字。

汉子解释说："我就这一个闺女，去年考上了大学。在家等通知书的时候被人糟蹋了，问她是谁也不说，自己关在屋里哭了三天三夜就疯了。她娘起先就有病，这一急躺倒床上起不来了。我一个人伺候俩病人，还有地里的庄稼……"

突然，套间里传出"咣啷"一声响，像什么东西打碎了。汉子怔愣一下，正欲说什么，小床上一个微弱的声音喊："她爹，你看维维咋了？"

汉子含混地答应一声，往小套间走去。我想跟进去，被汉子拦住了："小兄弟，你别去，她又犯病了……"我心里一动，试探着问："她有清醒的时候？"汉子说："有时有。"

套间里又传出一声钝响，什么东西倒在地上了。微弱的声音又喊："她爹，快去看看！"汉子顾不得我了，慌忙往小套间跑。我在后边跟进去，见疯女孩儿被反绑在椅子上，嘴里塞着一块布。现在椅子倒了，人随椅子倒在地上，头下压着几块打碎的碗片。

我跑上去把疯女孩儿扶起来，拿掉她嘴里的布，替她解开绳子。疯女孩儿站在那里，竟然一动不动地看着我，眼里似乎还有两点晶莹的泪花在闪动。我回头看一眼近似麻木的汉子，生气地说："你怎么能这样对待她？你怎么能这样对待她？她有病，你可是正常人啊，你是她爹啊！"

汉子突然往地上一蹲，双手抱头哭起来，声音压抑得如一头被人扼住咽喉的老牛。

疯女孩儿反倒曼展腰肢，踏动舞步，轻声唱起来："我们的回忆，回忆那过去，在冬天的山巅，露出春的生机。我们的故事，故事多甜蜜，春天的好时光，留在我们心里……"

六

线索又断了，寻找陷入僵局。

那天，我无所事事地走在大街上，转过一个路口，忽然看见空地上围着许多人，不时爆发出阵阵笑声。我好奇地走过去，看见一只大胡子青山羊，拉着一辆只有在影视剧里才能看到的大轱辘洋车，一只四肢痉挛、奄奄一息的青山羊躺在车上。一面杏黄旗随风飘扬，上书两行墨字：请君献出一份爱，救救可怜的青山羊！

拉车的始终不紧不慢地绕场子走圈；坐车的可怜兮兮，不时地向围观者翻动一下乞求的眼神。

这时，一个浑浊的声音说："小伙子，别光看热闹。"随着话音，一只箩筐杵到我面前，里面散落着一些毛票和分币。抬头看时，原来是牧羊老者。老者压低声音说："又有人跳河死了。"

我伸手在口袋里抓一把，摔进箩筐里，转身就跑。其实，我兜里只有几张卫生纸，没有多少钱。跑出几步远，还听得老者在后边喊："我的话还没有说完呢！"

河边依然如故，丝毫看不出有人跳河的迹象。倒是两个割草的孩子，在灿烂的阳光下蹦蹦跳跳，讨人喜欢。待两个孩子走近了，我轻声问："知道吗，又有人跳河了？"两个孩子摇摇头。

我又问："你们看见过一个长得很好看的女孩儿吗？"其中一个黑瘦孩子指住一个白胖孩子说："他二姐长得很好看！"白胖孩子很自豪地说："就是，俺二姐长得很好看！"我问："她叫什么名字？"黑瘦孩子抢先说："苏维。"白胖孩子纠正说："姓仲，仲苏维！"我简直不敢相信自己的耳朵了，不禁急切地问："她叫什么？你们再说一遍，说清楚一点。"两个孩子大概觉得很好玩，不厌其烦地一遍又一遍地重复着："苏维、仲苏维！苏维、仲苏维！"

尽管他们的声音很稚嫩，尽管他们的发音还不太准确，我还是听清了。我恍然大悟，在女户籍警那里，我误把"苏"当成了姓，难怪查遍《常住户口登记簿》，也没有查到"苏维"这个名字！

在两个孩子的指引下，我找到了"长得很好看"的仲苏维。她戴一顶遮阳帽，蹲在绿油油的棉田里，疑疑惑惑地看着我。从看到她的第一眼起，我就知道找错了，甚至刚走进棉田看到她的背影我就知道找错了。可是戴着遮阳帽的女孩儿已经向我走过来，旁边一些劳作的人也都停下手里的农活好奇地看着我。我想还是应该跟她说点什么，于是在脸上堆出一个友好的笑，说："对不起，我找错人了。"

黑瘦孩子揭发说："你不是要找一个长得很好看的女孩儿吗？"白胖孩子失望地说："你看我二姐长得不好看吗？"那女孩儿冲着两个孩子没好气地喊："滚一边去！"

两个孩子受了委屈，瞪我一眼，转身走了。女孩儿长得是很好看，但算不上美，

更不是那种无法形容的美。

女孩儿顺着眼看我一下，像有话要说的样子，结果什么话没说就走了。那些看热闹的人立即议论起来，喊喊喳喳的，伴着一种似笑非笑的声音。我只觉得浑身不自在，逃也似的跑走了。

回到大街上，我想起牧羊老者的话："我的话还没有说完呢！"他还有什么话？不管是什么，都应该听听。

场地上空荡荡静悄悄的，牧羊老者蹲在高大的楼房下，正用一只喂婴儿的奶瓶喂那只病山羊。它显然好些了，喝奶的样子有些像小孩子撒娇。倒是那只拉车的大胡子羊显出几分疲惫，伏在墙脚下喘个不停。

老者看见我，古怪地笑了一下，说："回来啦？"我讥讽地问："你挣了多少钱？"老者说："管它多少！"我问："你图什么？"老者说："等她。"我不禁一愣。不等我说话，老者又说："我也是在河边遇到的，算来也是有人跳河的第三天。"我说："这与跳河死人有什么关系？"老者说："人死后第三天，鬼魂才出来。"我说："这是迷信。"老者说："信不信由你，反正我跟到这里不见了。"我说："那是你没看清，混入人群了。"老者说："空空荡荡的，和现在差不多，我能看不清？"

我迟疑一会儿，忽然问："她长得好看吗？"老者说："好看！我长这么大，也没有看见过这么好看的姑娘，难怪你小子一看就着迷，可惜，她不是人。"

七

当我差不多把小城找遍的时候，终于在一家歌舞厅里找到了那个女孩儿。

那天，她坐在舞池的一边，被三四个男士众星捧月般捧着喝咖啡。我在不远处坐下来，按捺着内心的激动，等待机会。服务小姐走过来问："先生，你需要什么服务吗？"我故意大声说："需要时叫你！"

女孩儿的目光果然被我的声音吸引过来了，正好与我的目光相对。女孩儿很骄傲的样子，一双明亮的眸子看了我不足半秒，便不屑地移开了。我很失望。想应该设法引起她的注意，于是提高声音喊："服务小姐，来杯咖啡，不要加糖！"

这一次，她看的时间比上一次明显长了，而且也没有了不屑，仿佛还流露出一点笑意，可还是没有认出我。莫非她把我忘了？

我喝了两口苦咖啡，拿一支烟叼在嘴上，把新买的气体打火机胡乱锨动，然后故作生气地往墙角一扔，起身向女孩儿走过去，把手伸向一位吸烟的男士，两眼却盯住女孩儿，说："先生，借个火。"

可是，仍然没有唤醒她对我的记忆——尽管相距咫尺。更令我伤心的是，她竟然当着我的面与身边一位男士眉来眼去。我双腿像灌铅一样回到原地，依然不甘心地仔细打量着她。她的神态和容貌，分明就是我要找的女孩儿，可为什么她不认我？

终于，我下决心要问个明白。当舞曲再起时，我走过去邀请说："小姐，请你跳支舞好吗？"女孩儿欠欠身，说："先生，对不起，我不舒服。"我再也忍不住了，脱口说："苏维，你不认识我啦？"女孩儿冷冷一笑，说："我不叫苏维，也不认识你。"我反驳说："不可能，不久前在河边你托我送过一封信。"女孩儿哼一声，把脸扭向一边："神经病！"

我还想说什么，女孩儿身边的那位男士忽一下站起来，伸手指到我鼻尖上，说："你小子干什么？耍流氓吗？"另几位男士立即围上来："早就看他不是个好东西，揍他！"

一声呐喊，雨点般的拳脚向我袭来。我不还手，也不躲避，我倒要看看她做何反应。女孩儿悠闲地用银色汤匙舀起褐色咖啡，送到红唇白齿之间，身边发生的暴力仿佛与她没有丝毫关系。我迷茫地望着她，开始怀疑我们的初遇是否真实，或许，只是个梦吧，不然，这一切怎么解释？那封似信非信的纸片，或者只是个道具？

忽听有人喊："警察来了！"我有些麻木地抬起头，才想看一眼警察，双臂却被人用力扭住了。一个声音理直气壮地说："警察同志，我们抓到一个流氓。他调戏我女朋友！"

我正四顾，一老一少两个警察威风凛凛地走过来，年轻警察迅速从腰间取出一具手铐，一下铐住了我。

年老的警察看看我，然后又看着女孩儿，大概想得到某种证实。我也看着女孩儿，不求她辩护，只求她主持公道。女孩儿飞快地瞥我一下，然后用目光坚定地迎住年老的警察，说："是的！"

原来如此！

我冷笑一声，迈开大步，向外走去。

到底还是年老的警察有经验，他把我带到一个房间，打开手铐，说："你可以走啦。"我说："我是流氓。"年老警察笑笑，说："我办了这么多年案子，像你这样痛快地承认自己是流氓的还是头一个。"

八

离开拘留所，我漫无目的地走在大街上，摇摇晃晃，像个十足的醉汉，引得不少路人侧目。

忽然传来一个娇滴滴的声音："哈喽！"我不理。娇滴滴的声音又喊："哎"紧接着，我一只手被人牵住了，腰也被一条细长的胳膊围住了。声音在耳畔越发缠绵起来："先生，看你醉成这样，还不跟我到里边喝杯茶，放松一下？"同时，一只手熟练地摸我下身，然后又摸我的口袋。

我假装没察觉，任她摸，反正口袋里除了卫生纸什么都没有。我顺势靠在她身上，伸手向她的前胸摸过去。她穿的衣服很单薄，一下便抓到实处。

眼看就走到一个暗着灯的门口了，她突然推开我，惊慌地喊："啊！你……"她没有在我口袋里摸到钱，也没有嗅到酒味，大概把我当成便衣警察了。我觉得很好玩，站定打量她，看她还有几分姿色，年龄也不大，便堆出笑，说："你别怕，我不是警察，也不想干那种事……我从前不想，现在想，现在就要！"

她释然地看着我，把手伸到我面前，说："你有钱吗？"我把腕上的手表捋下来，说：“够不够？”从横里伸出一只手，眨眼间，手表易了主。看时，却是两个粗壮莽汉，凶神恶煞一般。其中一个黑塔似的汉子把手表上的按键揿一下，马上便有美妙的音乐和娇滴滴的“晚安”传出。“黑塔”满意地笑了笑，把手表收进口袋，然后一把揪住我，挥拳便打。另一个赶紧配合，打得有板有眼……我的身子像纸片一样飘起来，不知飘到哪里去了。

醒来时，发现自己躺在路边，暗着灯的门口不见了。环顾四周，一切都是那样陌生。于是便想，刚才的事情是否发生过，终不得而知。唯有不知去向的手表和外衣，证实着一个鲜花与陷阱的故事……

挣扎着爬起来，往前走，灯光渐渐辉煌起来，我知道走到大街上了。行人不多，偶有行人，却是一男一女依偎在一起，沿路边或墙根缓缓而行，同时把嘴咬在一起，弄出“啧啧”的响声。

肚子叫起来。见前边有一家餐馆，门已经关了，昏黄的灯光从遮着布帘的窗口艰难地铺展过来。我踩着灯光走过去，举起拳头对着门板猛砸。门很快开了，一个干瘦的男人惊恐地提着裤子出现在门口。他一边上下打量我，一边语无伦次地问：“兄弟，你，想吃饭？”

我不答话，径直往里走。男人越发惊慌了：“兄弟，都下班回家啦，没饭啦。”我看见柜台上有烧鸡、熟肉和酒，柜台旁边临时搭起的小床上有一件女人的花背心，便恍然男人为何惊慌了。我选一个地方坐下来，冲着男人大声喊：“拿酒来！拿烧鸡和肉来！”

男人还不知道我是谁，更不知道我的来意，小心翼翼地伺候着。我吃一块肉喝一口酒，不禁得意忘形起来。这时候，柜台后面有个娇小的身影闪了一下，小床上的花背心不见了。我虚张声势地拍一下桌子，大声喊：“你出来，我早就看见了！”

一个小姑娘从柜台后边走了出来，不过十七八岁的样子，羞羞怯怯的，抖个不停。那男人的腿顿时便软了，一下跪在我面前，哀求说：“兄弟，我上有父母下有妻儿，请你高抬贵手放我一马！”

我鄙夷地"哼"一声，绕过男人，径直走近小姑娘，故作潇洒地用指头捏住她的下巴，把那张看上去还算好看的脸蛋儿摆到一个合适的角度，一扬手打出一个清脆的耳光。小姑娘双手捂脸，蹲在地上，压抑着哭起来，生怕给人听到。我回到桌前，一只脚踏在凳子上，一手叉腰，一手抓住酒瓶往嘴里灌，然后把酒瓶往地上重重地一摔，又喊："再拿酒来，再拿烧鸡和肉来！"

那男人不敢怠慢，忙从地上爬起来，经过小姑娘身边时，轻声提醒："快起来，给大哥倒酒去！"小姑娘听话地爬起来，脸上堆着笑，一迭声地叫："大哥。"

折腾了一会儿，那男人便不怎么害怕了，笑着说："小兄弟，你醉了。"我说："我没醉！"正欲起身，两腿一软，瘫倒在地。那男人扶住我，说："小兄弟，你住在哪里，我送你回去。"我用力挣脱他，说："不用你送，你跟我去拿钱吧，我给你钱。"那男人说："钱不要了，只要你不把这事说出去就行。"我说："我不说，我什么都不说。"

九

再次见到圆脸女孩儿，是一个晴朗的上午。

那天，我独自走到那片用红砖围出的荒地上，徘徊，似乎在寻找那个男人含恨而逝的足迹。忽见圆脸女孩儿也在那里。此时阳光很好，草地上一片明亮。圆脸女孩儿穿一件红色连衣裙，拎一只小巧的竹篮，一跳一跳地，正在采摘小蘑菇。我迟疑一会儿，轻声喊："哎！"

圆脸女孩儿看见我，颇惊喜的样子，放下篮子向我跑过来，说："你找我？"看见我烟黄的脸色，吃惊地问："你病啦？"我点点头，谎着撒。不知从什么时候起，我已经学会了撒谎和逢场作戏。圆脸女孩儿靠近我，颇关切地问："什么病？"

我闻到一股悠长而迷人的香味，这香味使我想起那个鲜花与陷阱的故事，但我觉得无所谓了。我打算把下边的戏做足，于是神神秘秘地说："你猜。"

圆脸女孩儿果真猜起来。她认真地思索一会儿，说："流感？"我轻轻摇一下头。

圆脸女孩儿又猜："痢疾？"我又轻轻摇一下头。"胃溃疡？""不是。"圆脸女孩儿急了，咬一咬牙："食道癌！"我嘿嘿一笑："也不是。"然后咬住她的耳朵，神秘兮兮地说，"我的病因你而起——相、思、病！"圆脸女孩儿先是一愣，然后抡起小拳头，飞快地在我胸上捶打着，嗔怒地喊："你坏！你坏！"

我也不躲避，只用双臂在后边偷偷地围住她，待她打累了，双臂用力一匝，她整个身子便软软地倒在我怀里了……

显然，圆脸女孩儿已猜出我没有找到那个女孩儿，但她始终不说破，竭力做出成熟的样子，用尽女人的温柔。我然感到了快乐，甚至后悔当初不该那样愚蠢，那样痴迷。

圆脸女孩儿试探地问："你爱我吗？"我不假思索地脱口而出："爱是什么？"话一出口又后悔了，我忘了做戏。这句话的台词应该是："我爱你！"圆圆脸女孩儿失望地把脸扭到一边，无声地哭起来。我想，我应该尽快把她说转，重新回到刚才的氛围中。我需要那样的氛围。我信心十足地看着她，放声大笑起来，直笑得她忘了哭泣，傻愣愣地看着我。我把笑收住，戳着她的鼻尖说："你真傻，跟你开玩笑都不知道。还用说吗？不说就不爱了吗？其实，只有不说的爱才是真正的爱，才能记在心里。说出来的爱一出口就没有了，就随风飘散了。难道你欢喜我把爱挂在嘴上，让它随风飘散吗？"

圆脸女孩儿破涕为笑，激动地堵住我的嘴。我紧紧抱住她，绵长地亲吻。有一股苦涩的东西流进我嘴里，我不由一怔，是泪。我推开了她，像一条脱水的鱼，大张着嘴，一动不动。

圆脸女孩儿不解地看着我："你怎么啦？"我说："我想带你去吃饭。"看看天，果然中午了。我带圆脸女孩儿走进一家餐馆。服务小姐笑容可掬地迎上来："二位请坐。"随手把一本菜谱递给我。我看也不看，大方地交给圆脸女孩儿。显然，圆脸女孩儿还没有经验，一时颇有些不知所措。我说："你随便，拣喜欢吃的尽管点！"圆脸女孩儿点了两个甜菜，把菜谱还给我。

我装着老手一般，先把菜谱浏览一遍，然后层次分明地点出几荤几素、几热几凉。圆脸女孩儿在一旁吃惊地看着我，几次想说什么都被我拦住了。

圆脸女孩儿很激动，热情得不行。我喝酒，她给我倒；我吃菜，她给我夹。忽然，我来了兴致，说："不用杯子喝酒了。"圆脸女孩儿不解地问："那怎么喝？"我说："用你的手心喝。"我把酒倒在她手心里喝起来，果然非同一般。我又说："也不用筷子吃菜了。"这一次，圆圆脸女孩儿马上恍然了，欣然应承说："好，我衔给你吃！"

渐渐地，我醉了。原始的冲动在体内犹如万马奔腾，眼神火辣辣的。圆脸女孩儿说："你醉了。"我点点头，仿佛受到什么启示，古怪地笑着说："醉了好，一醉解千愁！"这时候，胸中便隆隆滚过一个沉重的巨浪，压得我喘不出气，我禁不住大声喊："苏——维，你——在——哪——里——"仰面躺倒，不省人事。

结账时，圆圆脸女孩儿翻遍我全身，也没有找到一分钱，只在我贴身的内衣口袋里，翻出一个叠成燕形的小纸片。展开看时，上边写着两行隽秀的小字：

明天，我等你。

苏维

天堂，并不遥远

一

那时候到这里来，是为了和她约会。现在，皎月已经和我分手，不到这里来了，我再来是为了什么？回忆过去，寻找未来？

我不知道，只是来。

每当读书或者写作累了，我就到这里来。在草坪间的甬道上走走，在花丛中的石凳上坐坐，或者干脆夹一本书来读。待夜幕降临之际，走到附近的地摊上，喝一碗豆汁，吃两根油条，然后回家睡觉。

第二天，复又如此。

日子久了，走的路线，要坐的石凳，差不多都固定了。像条件反射一样，离开家门，不知不觉地就踏上这条甬道，越过草坪，转过假山，走进一片开得很艳的花丛。当时我和皎月选中这里，就是因为僻静，说话方便，亲热下不受外界干扰。

皎月识得许多花儿，能叫出它们的名字。比如石凳前那一丛娇嫩满地的紫色花儿，微风中仿佛一对展翅欲飞的蝴蝶，就叫蝴蝶花儿。右边那一丛葱翠挺拔，高贵得如同美人的美人蕉。那丛枝叶荫郁，开红白花儿的小灌木，就叫月季花儿，也叫月月红……

月季枝叶繁茂，花香浓郁，柔长的枝条遮蔽过来，覆盖了整个石凳，人在其中，享受天然屏障，如处世外桃源。我和皎月在这里度过了许多美好的时光。后来，皎月嫌我的稿费太少，跟一个有钱的男人走了，到南方的椰林深处发展去了。

如今，月季花儿依然开得很艳，芳香四溢。枝头的花朵姹紫嫣红，争奇斗艳。

我和往日一样，先是敛足在月季花前，观赏一会儿，再拨开枝条，钻进花丛，坐在石凳上。然而这一次，石凳上却已坐了个姑娘。

乍看，酷似皎月。一头秀发柔顺地披在肩上，脸蛋儿不算白皙，但红扑扑的十分耐看。一双不大的眼睛，睫毛细长，笑眯眯的，给人温柔亲切的感觉。她颀长的身材穿着蓝色制服，裤缝两条白杠，是时下女大学生常穿的那种，充满动感和曲线美。

我望着女孩儿，像是潇洒，其实很愚蠢地笑笑，轻声说："你好！请问旁边有人吗？"女孩儿看着我，抿嘴一笑，没有说话，只把身子往旁边挪动一下，给我腾出一个空。我走过去坐下，一边在手里胡乱地翻弄一本书，一边偷偷看她。

她也在读一本书，两手捧在面前，读得十分认真。书的名字……天哪！竟然和我读的是同一本书，都是梭罗的《瓦尔登湖》，我心里怦然一动。

这是一本使人安静的书，能读懂这本书的人，其心境一定是安静的。徐迟在译序中说的第一句话就是："你能把你的心安静下来吗？如果你的心并没有安静下来，我说，你也许最好是先把你的心安静下来，然后你再打开这本书，否则你也许会读不下去，认为它太浓缩，难读，艰深，甚至会觉得它莫名其妙，莫知所云。"说实话，初读时，感到很吃力，读到一半时，差点就要读不下去了，要不是看到"一个平静的九月下午"的湖景，要不是梭罗把湖水写得那般神奇，那般新鲜，我就放弃了。

姑娘发现我看她，把书挪开一些，让目光从书沿上方流过来，停在我手里的书上。书面上那片高耸云端的幼松，在她的目光下，顿时变得有了质感，仿佛旭日刚刚升起，清新的空气已经夹带着湖水的气息，到森林里拜访梭罗来了。

我下意识地翕动一下鼻翼，果然就有一股清新沁入肺腑，接着一丝微醺从心头荡漾开来。好奇妙啊！我把书翻过去，封底朝上，然后再翕动鼻翼，那股清新再次沁入肺腑。我忽然明白，那气息源自她！我敢断定，那不是化妆品的味道。初识皎月时，她用一种叫什么芳的化妆品，不大一小瓶，二三百元，乍闻还可以，闻久了就觉得胸闷气短，头昏脑胀。我怕皎月误会，解释说不习惯这样的气味。

皎月倒也通情达理，不但不计较，反倒安慰我说："这很正常，人都有不适应的东西，比如有的人不适应某种花草的气味，一闻就过敏。"

后来，她换了一种叫什么黛的化妆品，进口的，世界名牌。可是我闻了还是胸闷气短，头昏脑胀，但也不敢再说什么了，撒谎说："很好。"那是世界名牌啊，全世界的人都认为好了，你还不适应，什么意思？到底是不适应化妆品的气味，还是不适应人呢？

扑面而来的气息，是纯天然的，是一个姑娘成熟的气息。就像一枚熟透的杏子，自然而然地散发出一股香甜。杏子的香甜诱发人的食欲，她的气息令我的心绪安宁。

我需要这样的气息！

自皎月离开后，我一直处于极度的痛苦和不安之中。作为男人，因为没有钱而失去心爱的女人，那是刻骨的耻辱。我要奋争，要挽回失去的一切，得到应有的一切！于是，无边的浮躁，汹涌的物欲，从四面八方包围过来，像一个巨大的漩涡，无时无刻不在吞噬着我、毁灭着我……

姑娘仿佛看出我的心思，收起书本，含笑说："先生，你有什么话要说吗？"她的笑容十分真诚，她的语气十分亲切，给人放松的感觉，就像朋友重逢一样。我有些情不自禁，大胆地说："是的，我有话要说……"

我从失恋说起，说到商品社会对爱情、对人性的异化，不禁义愤填膺，越说越激动。姑娘不时插进话来。她说："有一些是社会问题，更多的则是一个作家的敏感和责任。"

我听罢，便猜她可能是学社会学的，一问果然如此，再有半年就毕业了。

她自我介绍说，姓方名洁，来自贫困的黄河滩区。母亲死得早，父亲带她和弟弟长大。弟弟现在县城读高三，尖子生，将来上名牌大学不成问题。她和所有善良的女孩儿子一样，说到弟弟有出息，难以掩饰自豪和骄傲。

我从心里为她高兴，同时也从心里为她担忧，学费怎么付呢？有人算过一笔账：一个大学生每年平均支出七千元，相当于贫困地区九个农民一年的纯收入，一个本科生四年花费近三万元，相当于贫困县一个农民三十五年的纯收入。

　　方洁姐弟俩出生于贫困的黄河滩区，需要多少年的纯收入才能上得起大学啊？我也出生于贫困的农村。从小学到大学的学费，全靠母亲一抽一抽地纺棉线，父亲一刀一刀地剁猪草。那时候我还小，母亲有病，咳得十分厉害，经常常咳出血丝，但纺车一时没有停歇过。夜深了，母亲把纺车支在床头，盘腿坐在那里，一边咳嗽一边纺线，"吱扭吱扭"，"咳咳咳咳"，仿佛一架不知疲倦的机器……这些记忆至今犹新，历历如昨，像警钟一样时刻提醒着我，父母养育儿女不易！

　　我已经从心里喜欢上这个女孩儿。她不仅作为异性令我爱慕，还有兄妹般的情感使我亲近。方洁也不再客气地称我先生，而像小妹妹那样既恭敬又俏皮，甚至还有点撒娇地叫我"哥"。

　　她说："哥，我这样叫你，你不会反对吧？"

　　我说："当然！不过，将来咱们的关系发展了，你就不能这样叫了。"

　　投石问路。她却信誓旦旦地说："将来关系发展了，我还是叫你哥，你永远是我哥！"这话听起来有些绕，可以从两个方面理解：一是她同意和我发展关系，但称呼不变；二是她不同意和我发展关系，但愿意叫我"哥"。

　　临分手时，我主动提出互留住址和电话。她难为情地说："哥，我外出不方便，你打电话给我吧。"然后说出一串数字。我满口答应："放心吧，我一定能找到你！"问到住址，她含糊其辞地说："我住在一个叫天堂的公寓里！"

　　"天堂公寓？"我觉得奇怪，才想问个明白，方洁不见了，心里一急，大声喊："方洁！你在哪里啊？"

　　激灵醒来，方知是梦。此时已是日上三竿，一缕阳光从窗口照进来，房间里一片绚烂。我怔怔地望着天花板，好离奇，梦中的一切都是那样清晰，仿佛刚刚亲历。

　　起床后，我顾不得洗漱，抓起桌上的电话，按照记忆拨了电话。须臾，电话那端响起一个涩哑的男人声音："哪里？"我赶紧问："请问，是天堂公寓吗？"对方仿佛没听懂，迟疑一会儿，不耐烦地说："这里是火化场！"

二

这个春天来得特别迟，都三月底了，还寒意料峭，不时有冷空气侵袭。路上行人穿着厚厚的棉衣，行色匆匆，有人打招呼都顾不得停一下。费了好大劲，才问清去"天堂"的路，好在并不遥远。

电话中那个嗓音涩哑的男人，是一个看门老头儿。身材瘦小，形容枯槁，给人的感觉怪怪的。我小心翼翼地走近，轻声说："老人家，我想跟您打听个事儿？"老头儿上下打量我一会儿，突然问："你是来找人的吧？"

我不禁一惊，回头看看来路，生怕又是做梦。但，这一次显然不是梦，来路平展展的，铺着柏油，两排小柏树修剪得十分整齐，阳光下一片葱绿。我看着老头儿，纳闷地说："找人？找什么人？"老头儿不搭话，哼了两声，仿佛在说：少来这一套，你骗不住我！见我茫然，他不耐烦地拿出一张晚报，往我面前一杵，意思在说：自己看吧。

晚报是昨天的，我好像看过，不记得有什么特别的消息，但慑于老头儿的威力，我还是接过报纸反反复复地看了几遍，没有特别之处。老头儿伸手指住报纸一角，用力敲打着说："你不是要找她吗？"那是一幅指甲盖大小的黑白照片，不注意还真看不到。下边一行黑体小字：寻尸主。联系电话正是我拨过的那串数字。细看照片，不禁大惊：正是我梦中见到的女孩儿！

说实话，我从来不迷信，要不是一觉醒来记住的电话号码竟然是火化场，我才不会顶着寒风来这儿呢！可是，我把昨天的经历回忆了一遍又一遍，却不记得在哪里看见过这幅照片和这个电话号码。

老头儿见我不说话，当是承认了，不容置疑地说："跟我来吧！"走到停尸房前，老头儿从腰里解下一串钥匙，打开锈迹斑斑的大铁门，"轰隆轰隆"，像是开启阴阳两界的山门。房间里十分寂静，能听到走路的脚步声。中间一排太平车，停放着几具尸体，上边蒙着白布。老头儿在一辆太平车前停住，轻轻掀开白布，露出一张熟悉的面孔……

　　"她自己来的，"老头儿解释说，"起初，我以为她是来玩的，背一个小包，样子平平静静的，在院里左转转右看看，还拾我剪掉的柏树枝，拾了一大把。后来该吃午饭了，我去吃午饭，就没有注意她。下午没有看到她，也没往心里去，当是走了。第二天上午，工人来太平间，看见柏树下躺着一个人，抬出来时已经硬挺了，手里拿着一把柏树枝——喏，就是这一把！"

　　老头儿把白布往下掀一些，露出她手里的柏树枝。老头儿接着说："她留有遗书，是服安眠药自杀。她说她的死与任何人无关，所以我们没有报案，在报纸上登了寻尸启事。"

　　说到这里，老头儿把话停住，扯起白布将她盖好，从立柜里拿出一个小包交给我，依然不容置疑地说："到收款处办个手续，把登报费、停尸费、火化费交上，下午就能领到骨灰盒了！"

　　办完手续，我在院里又一次遇到老头儿。他正拿一把大剪刀修剪路边的小柏树。随着大剪刀的"咔嚓"声，一些多余的小树枝落下来。她拾了一把这样的小树枝，死后紧紧抓在手里，放在胸前。我不知道这是为什么，也想不出这是为什么。

　　她包里除了一封遗书，还有一面小镜子、一把小梳子，别无他物。遗书落款只有时间，没有姓名和住址。也就是说，遗物没有多少有用的线索。我迟疑一会儿，试探地问："老人家，我想求您件事行吗？"老头儿仿佛没听见，一点反应都没有。等了一会儿，正欲再问，却有一个字丢过来："说！"我生怕一句话说不好惹他生气，字斟句酌地说："老人家，你们登报的照片有多余的吗？我想要一张。"

　　老头儿停下来，把大剪刀提在手里，好象要带我去，然而却没有。他抬头看一会儿天，又拿起大剪刀，一如既往地修剪起树枝来。我不敢再说什么，却又不甘心走开，呆呆地等了许久，老头儿终于发话了，说："下午吧——三张照片，登报一张，骨灰盒一张，你一张。"

　　下午，我只要了一张照片，没要骨灰盒。我不能把一个毫不相干的骨灰盒带到家里去。起初，老头儿不同意，好说歹说，许诺给他买酒喝，才答应替我保存几天，但时间不能太长。

我拿着那张照片，走进一所大学。倘若真如梦中女孩儿所言，她是社会学专业的大四学生，再有半年就毕业了，找到她应该并不难。

　　我说我是作家，照片上的女孩儿是我的一位热心读者，从前在网上发过邮件，也在 QQ 聊过天，知道她是社会学专业的大四学生。现在她自杀了，骨灰盒就寄存在火化场，要找到她的家乡住址和真实姓名，以便通知她家里人领取骨灰盒。学院领导相信了，马上派人带我去女生公寓，请同学们辨认照片。

　　刚到女生公寓，在楼梯口遇到一个女孩儿，看上去似曾相识，却记不起在哪里见过。女孩儿匆匆忙忙的，正准备出门，一边走一边照镜子，检查脸上的妆。离几步远的时候，女孩儿忽然看见了我，热情洋溢地喊："姐夫！"

　　这一喊，我想起她是皎月的师妹，叫晓云，比皎月晚一届，情趣相投，打得火热。她戏谑地叫我"姐夫"。皎月去年毕业，晓云今年正好大四，与照片上的女孩儿同届。我赶紧递上照片，请她辨认。

　　晓云接过照片，还没看一眼，楼下响起汽车喇叭声。女生公寓前经常有这样的汽车喇叭声，经常有漂亮女孩儿被老板模样的男人接走。晓云顾不得再看，把照片还给我，说声对不起，转身走了。走几步回头又喊："姐夫，喜新别厌旧，有空看看我师姐啊！"她当我是"挂"女孩儿来了！我心里不由恨恨的，同时又纳闷，皎月不是去南方了吗，我怎么去看她？

　　照片很清晰。虽然是死后拍摄的，但经过整容师整容，看上去依然鲜活生动，眉目间透露出特点与个性。一个瘦高个女孩儿不怎么费劲就认出来了，又递给旁边一个胖女孩儿，十分肯定地说："你看，她不是隔壁的方洁吗？"胖女孩儿接过照片看了看，点头说："是她，方洁！"我的心陡然狂跳起来。

　　隔壁屋里一个女孩儿，正在电脑前戴着耳机视频，我敲了半天门，她才把耳机摘下来，极不高兴地问："找谁？"我把照片递过去，同时补充说："她从前住在这间宿舍，叫方洁！"

　　女孩儿扫一眼照片，摇头说："不认识。"一边把照片还给我，一边拿耳机往头上戴。我赶紧拦住她，恳求地说："你仔细看看，隔壁同学都说她住在这间。"

女孩儿挥下手，不耐烦地说："你找隔壁去！"戴上耳机，沉浸于视频的兴奋之中。

回到隔壁，瘦高个女孩儿解释说："她刚转学来，住在隔壁不久。听说神经有毛病，我们都不跟她交往。"胖女孩儿出主意说："你去找晓云吧，她们是好朋友！"我想尽快了解方洁的情况，急不择词地说："你们住在隔壁，应该知道她的情况吧？"瘦女孩儿说："大家都很忙，除了上课还要社交，根本没有时间管别人。说白了，我们就是种在一个园子里的树，只相识不相知！"胖女孩儿说："好久不见了，听说她有病休学了……"

从学院出来，已是黄昏时分。晚霞从西天泼洒下来，给楼房、街道、行人、车辆染上一层奇异的色彩，看上去如梦如幻，有种不真实的感觉。正行走间，忽然看见前边路口站着一个人，样子像皎月，才想走过去看个究竟，那人钻进一辆出租车走了。

我拦住一辆出租车，催促司机说："师傅，跟上前边那辆车！"前边那辆车在一家超市门前停住，像皎月的人下了车，走进超市里。我赶到超市前，正犹豫是进去找，还是在外面等，晓云提着大包小包，跟一位戴眼镜的中年男人走出来。她看见我浅浅一笑，往里努下嘴，意思说你要找的人在里边。

我会意地点下头。

晓云不跟我打招呼，大概因身边有人不方便。

不大一会儿，皎月从超市走出来，手里提一个方便袋，装些小菜、方便面什么的。半年不见，人瘦了许多，红润的面颊变得萎黄，水灵的眸子有些暗淡。乍然相见，她显得十分意外，很不自然地说："这么巧，刚回来就遇上了。"我说："你瘦了。"她沉吟一会儿，叹息着说："在南方不习惯，走到就病了，这不，回来养几天！"

不等我发问，她赶紧告辞说："你忙吧，我有事先走了。"我以商量的口吻说："对面有间咖啡屋，我想请你进去坐坐，喝杯咖啡好吗？"我们第一次约会就是在那里，如果她不健忘的话，一定还记得。她抬头看一眼，慌忙摇头说："哦，对不起，我还有事，不能奉陪了。"话音未落，逃也似的跑走了。

从皎月的神情不难看出，她愧对于我，羞于见到我。从她购物的情况看，也不像一个傍上大款的人，更不像在南方不习惯回来养病的人。她一定有事情瞒着我！

眨眼工夫，皎月已经消失。大街上行人很多，看上去如同河底就要干涸的鱼群，拥拥挤挤争争抢抢，仿佛跑到前边就能改变渴死的命运。我不知道皎月住在何处，也没有联系电话。要想在偌大的城市里找到一个人，大海捞针啊！

三

几场西北风刮过，我感冒了。医保门诊前排着许多人，一个个红头酱脸，咳喘不止。我等了大半天，才拿到两板感冒胶囊、一瓶止咳糖浆。正欲离开，忽觉衣襟给人扯了一下，回头看时，一位身材瘦小的中年男人，蓬头垢面，瑟缩着站在旁边，看样子像是外地农民工。我纳闷地问："你有事？"

中年男人退开一些，伸出一只手，可怜巴巴地说："小兄弟，行行好给点药吃行不？我病几天了，实在撑不住了！"看他脸色蜡黄，有气无力，确实病得不轻，我不由得动了恻隐之心，关心地问："你查过没有？我是感冒药，你吃合适吗？"中年男人赶紧堆出笑脸说："合适合适，我就是感冒，兄弟行行好给点吧！"

我拿出感冒胶囊给他一板。中年男人接在手里，不离地方就抠出两粒，放进嘴里，结果卡在喉咙里，憋得伸长脖子瞪大眼，陀螺似的在地上转了几圈，仰面躺倒昏厥过去。

门诊前顿时大乱，众人将我和中年男人围在中间，七嘴八舌议论纷纷，无不同情躺倒在地的农民工兄弟，指责我不负责任，把人害成这样。甚至有人大呼："看好他，别跑了！万一有个好歹，他要负责！"

一位白头发医生从门诊室走出来，问："怎么了，怎么了？"有人添油加醋地说："这农民工好好儿的，这个人随便给他药，吃下就这样了！"

围观者自动让开一个"C"形口，把我和躺在地上的中年男人充分暴露给白头发医生。白头发医生慧眼一瞥，犀利的目光盯住我，冷静而严肃地问："你给他吃的什么药？"

我呈上一板剩余的感冒胶囊。白头发医生接过去扫一眼，随手装进上衣口袋里，越发严肃地问："你和他什么关系？"我说："没有关系。"白头发医生加重些语气说："没有关系？没有关系随便拿药给他？这是医保门诊，只有参加医保的人才能享受这种待遇！再说，不经医嘱，怎么能随便拿药吃，吃出问题谁负责？"

我一句话都不说，知道说什么都是多余了，好心不得好报，甚至引火烧身的事情多了。我只希望白头发医生尽快把我训斥完，救救躺在地上的受害者，可是白头发医生仿佛把躺在地上的受害者给忘了，没事儿似的给大家讲起不遵医嘱乱服药的危害来。他说："即便患有小毛病，也要遵医嘱，不能凭说明书或者个人经验乱服药。前不久有一位患者，起初患有轻微腹泻，凭着个人经验随便服用一些黄连素、痢特灵什么的，结果不但没有治好病，反而加重了，由原来的一天三四次上厕所，发展到一天七八次，甚至十几次。后来找我来了，一检查，患有肠易激综合征，就是因为乱服药，把胃肠里的有益菌都杀死了。"

之后，话题又回到我身上，以我为反面教材，说明不遵医嘱乱服药的危害性。这才忽然想起躺在地上的人，走过去按一按他的脉搏，看一看他的瞳孔，然后吩咐说："把他抬进来吧！"

我求援似的看着众人，见一个个只作壁上观，根本无意出手相助，甚至有人往后退，生怕招惹到麻烦。我只好自己抱住中年男人的腰，像猫衔老鼠似的，将其拖到门诊室的诊床上。

白头发医生叫我拿纸杯给中年男人灌些水。中年男人渐渐缓出一口气，从诊床上坐起来，梦呓般地问："我咋了？我咋在这里？"一眼看见我，扑上来紧紧抱住，感激涕零地说："小兄弟，你真是好人啊，给我药吃还带我来检查……"不等他说完，白头发医生挥手说："带他出去吧，没事了！"

我忽然明白了，白头发医生早就知道中年男人无大碍，叫我把他拖进来，只是为了显示救死扶伤的革命人道主义精神而已！不然有人病倒在门诊前，没有医生出面看一眼，传出去影响多不好？反过来，如果躺在地上的人真有事，还不一定叫我拖进来呢，死在诊床上谁负责？我没好气地说："这么说，他能吃感冒药？"

白头发医生点头说："可以！"

我伸出一只手，冷冷地说："拿来！"

白头发医生纳闷地问："拿什么？"

我加重些语气说："我的感冒胶囊！"

白头发医生顿时尴尬，从上衣口袋把药掏出来丢在桌面上，用警告的口吻说："我再说一遍，这是医保门诊，只有参加医保的人才能享受这种待遇，想拿药送人到外边花钱买去，否则我会建议有关部门取消你的医保资格！"我冷冷一笑，发誓般地说："这次感冒我忍了，把省下的药送人可以吧？"白头发医生还想说什么，却忽然挥手说："快出去，我这里还忙呢！"

这个中年男人，不但患有严重感冒，而且身无分文，已经三天没吃饭了。我问他本市是否有熟人，在什么地方住，准备打车送他回去。中年人支吾良久，才说出个大概。

他在本市没有熟人，也没有固定住所。起初，他给人干零活，掏下水道，往楼上扛煤气罐、矿泉水什么的，天黑了随便找个地方住一夜。三天前，他在一家小餐馆找到份工作，帮人干杂活，管吃管住，可因患感冒，人家怕传染把他赶出来了。

我既同情又生气地说："既然这样，你还出来打什么工，干脆回家种地好了！"中年男人说："在家种地不挣钱，有时遇到灾年，连吃饭都不够……"显然在撒谎。老实人不会撒谎，一撒谎就脸红。

在路边地摊上，我给他买了一碗清汤面，又倾囊翻出五十多块钱，劝他回家养病。中年男人不提回家的事，只是反复地说："兄弟真是个大好人，给药还给买饭吃，咋好意思再要你的钱？"我看他不想回家，也不便勉强，留下二十块打车费，全给了他。

上午十点，我直奔女生公寓。守门老太太拦住我："干什么的？站住！"我把脸靠近小窗口套近乎："大妈，不认识了？昨天和你们办公室主任来过！"

老太太戴上老花镜，上下打量我一会儿，点头说："嗯，是你。"我舒出一口气，一边讨好地说："大妈，你眼力真好！"一边往里走。不料老太太却提高声音喊："站住！谁叫你进去的？"

我纳闷地说："你不是认识我吗？"老太太公事公办地说："认识也不能随便进啊！女生公寓有规定，不许男人随便进，除非你再找办公室主任陪着来，要不，叫领导写张条子也行！"我说："找人说几句话，还要那么麻烦？"

老太太说："你不麻烦，我就麻烦了——丢了饭碗，吃什么啊？我可不像你们有钱，花钱像流水！"话说到这份儿上，我应该明白了，可惜囊中羞涩，没有钱了。老太太见状，出主意说："这样吧，你说找谁，我打电话叫她来。走出这个门，无论你们干什么，都没有我的事！"

不大一会儿，晓云从上边走下来，看见我笑着说："姐夫，怎么回事啊？不去找师姐，跑来找我干什么？"我引晓云走到避风的假山前，把照片递给她。晓云看了不解地问："这不是方洁吗？都离校半年多了，你们怎么认识的？"

我指着照片提醒说："你仔细看看，在哪里拍摄的？"晓云仔细看了一会儿，依然摇头说："看不出，只是觉得样子怪怪的。"我说："在火化场，准确地说，是她死后拍摄的。"

晓云惊呼一声，怕烫似的把照片丢到地上。我捡起照片，装进上衣口袋，顺着晓云刚才的话问："她为什么要离校？"晓云看着我，惊魂未定地说："不知道。"我说："你们是好朋友，她为什么离校你不知道？"晓云说："当时她只是哭，情绪很低落，完全绝望的样子……"我心里一动，启发地说："你仔细想想，什么事情能使她完全绝望？"

晓云说："当时我想过，没有想明白。一、她是班里高材生，即便将来不读研，毕业后找份工作并不难；二、她人长得漂亮，不怕嫁不到好男人；三、她虽然出生于贫困的农村，可是再有半年就毕业了，应该说经济困难已经构不成威胁，再说了，如果真有困难，还可以背肥猪嘛，也不至于绝望成那样啊！"

我一时没有转过弯子来，脱口问："'背肥猪'？背什么肥猪？"话一出口就后悔了。她们女孩儿私下称傍大款叫"背肥猪"。当年皎月曾经气恼地说："人家'背肥猪'都有肥肉吃，我却背了一只瘦螳螂，还得养活你！"我怕伤害晓云的自尊心，赶紧岔开话题说："她离校之后去哪里了，你知道吗？"

晓云明白我的意思，却故意绕圈子说："她去哪里了，姐夫不是知道了吗？"我不想跟她打哑谜，直截了当地说："我是说在此之前！"晓云看我严肃，立即认真地说："好像听人说过，她在东城花园背了一口'大肥猪'！不是我亲眼看见，说的人也是在灯光下看个背影，是真是假，不敢保证。姐夫改行当侦探了？"我如实说出那个梦境，晓云显然不相信，冷笑着说："大作家，你就编吧，你就狠编吧！"

临近中午，太阳把灰布似的天空撕开一道缝，透出一片阳光。微风从假山前的草坪上吹过来，夹带着些许春的气息。毕竟三月底了，寒冷挡不住太阳的温暖。我身上渐渐有些暖意，活动一下蜷曲一冬的身躯，觉得全身的血液都流畅许多，汩汩充满身体的各个部位，甚至充满身体的每一个毛孔。

晓云越发青春靓丽，魅力四射。她看着我挑衅地说："姐夫，今天一上午我都给你耽误了，想怎么表示啊？"我赶紧说："小师妹的大恩大德，在下都记住了，等忙完这件事，我将十分隆重、十分虔诚地请您大撮一顿。"

四

东城花园是一片新开发的住宅区，住在这里的人都有钱。楼前种着许多叫不出名的花木，楼下停着许多叫不出名儿的车辆。有许多人为那些花木浇水、锄草、修枝，有许多人为这里的安全站岗、巡逻、盘查过往行人。

刚走到大门口，我就被一个穿着蓝色制服的保安拦住了。保安二十多岁，一米八几的个头，面孔铁青，盛气凌人，一手拿一部对讲机，一手拿一根电警棍。他用电警棍指住我，大声喊："干什么的？站住！"

我先自怯了几分，小心翼翼地说："我找方洁。"保安上下打量着我，拿对讲机"噗噗"吹两下，随时准备抓人似的。我赶紧把照片递上去，解释说："就是她！"

保安看一眼照片，嘴角轻轻一挑，冷笑着说："她是你什么人？"我略一迟疑，支吾说："亲戚。"对方不无嘲讽地问："女朋友吧？"见我不说话，越发放肆地说："别找了，伙计，回吧，这种女人，早就没底了！"

听话音，他认识照片上的人，可是作为保安，怎么能说出这样的话，难道连起码的职业道德都不懂吗？我强忍内心的不快，提高些声音说："请放尊重些，告诉我她住在什么地方？"

保安打量着我，往前跨出一步，拿电警棍在手心敲打着，虎着脸问："伙计，闹事来了？"话音未落，岗亭里呼啦冲出四五个同样年轻粗壮的保安，将我团团围住。拿警棍的保安向同伙说："你们知道他女朋友是谁吗？就是前几天给咱们赶走的那只'鸡'！"几个同伙立即起哄："呀，那可是个美人儿，只可惜没底儿了！""没底了还要，伙计想穿越时空啊？"

我忍无可忍，恼怒地抬起手，想拨开指住我的那只手。刚刚抬起来，还没有触到对方的手，几只训练有素的拳头已经打在我的脸上、胸上，顿时眼前金星乱进，一片黑暗，嘴角、鼻孔有黏稠的东西流出来。只几个回合，我就坚持不住了，土袋子一样瘫倒在地。他们停止拳击，改用脚踢。脚上的功夫稍差一些，踢得不够准确，有几次踢在大腿上，有几次踢在私处，差点要了我的性命……

醒来时已是黑夜。远处有灯光闪烁，充满神秘和梦幻。我慢慢坐起来，活动一下脖颈，伸一伸胳膊腿，看打坏没有。胳膊腿还能动，大概没有伤到骨头。口袋里的钱不翼而飞，褪色的作协会员证还在，半盒劣质香烟还在，一只气体打火机不见了。我气恼地把香烟撕碎撒在地上，吐几口腥咸的口水，寻路往前走。

四周黑洞洞的，一些建筑如同剪影，看不出原来的形状。脚下坑坑洼洼，遍地砖瓦沙砾，像工地。我不知身在何处，只能向着灯光走。好在不远处有一条小路，小路尽头一条大道。沿大道走下去，灯光渐渐辉煌，街面出现在眼前。

路边一家旅馆，门面不大，也不豪华，估计消费不高。门旁一个窗口，上边挂着牌子：住宿登记处。我走到窗口下，正考虑如何开口，里面一位描眉涂脂的圆脸胖女人含笑地问："住宿？"不等回答，接着又问："住高间还是标间？"

看我迟疑，随后补一句："高间八十，有特殊服务！"

我问："标间呢？"那女人顿时冷了脸，公事公办地说："三十！"我说："住标间。"递上作协会员证，并解释说钱包给人抢了，用此证做抵押，明天等朋友送钱来。那女人冷冷一笑，不无讥讽地说："哟，眼下还有这样的高手，拿个破本本做抵押？这破本本扔到大街上，捡破烂的都不要！"

旁边一位细高个儿姑娘接过会员证，煞有介事地比对着照片和我本人，认真地说："没错，是他！"再看证件名称，不解地问："大哥，作协是干什么的？从前听说过协作，还没有听说过作协，你是不是印错了？"

我没有回答，也不知道如何回答。一阵头晕目眩，两腿一软，瘫倒地上。胖女人惊呼一声，和细高个儿姑娘跑出来，站在两步远的地方，看我浑身泥土满脸血污，不像拿假证件骗人的人，于是吩咐说："开个房间，给他住下吧。"

细高个儿姑娘走上来，正欲扶我往里走，黑影里闪出一个人，把我接了过去，轻声说："交给我吧。"听声音有些熟悉，只是不想把她与路边店联系在一起。

这是一间不大的客房，门口一个卫生间，里边一张双人床，一个简易衣柜，靠衣柜一张三屉桌，桌上一面镜子，一些化妆品，桌前一个仿皮圆凳。借着昏黄的灯光，我看清楚了站在面前的人——皎月！

皎月神情复杂地看着我，嗫嚅良久才说："你去东城花园了？"见我点头，她越发不安地说："你不该去，我……"她显然误会了，我却不说破，怕伤害她的自尊心。皎月扑上来，紧紧抱住我，用舌尖轻轻舔舐我脸上的血迹，用手心轻轻按摩我的痛处，然后扶我躺在床头，拿汤匙喂我喝水，打电话请人煲鸡汤送来。

皎月告诉我，那个有钱人根本没有带她去南方，而是将她骗至东城花园，逼她接客卖淫。不久，她染上了性病，被一脚踢出来。起初，她不甘心，想找那个人讲理，起码要点钱治病，结果反被派出所以卖淫拘留十五天，罚款五万元，弄得身败名裂，倾家荡产。现在，圈里人都知道她染上性病，"背肥猪"已是无望，又不想把性病传染给新人，只好在路边店开一间客房，维持生活。

这时，皎月的手机响了。她看一眼来显号码，迟疑片刻，还是按下接听键。

手机里传出一个粗野男人的吼声："臭婊子，没有底儿的烂货！老子警告你，这是最后一次，再敢打这个电话，老子不客气了！"

皎月旁若无人地放浪一笑，撒娇地说："杰哥，你这是怎么了？记得当初可不是这样子，那时候多么温柔、多么会体贴人啊，不是还对天发誓要跟黄脸老婆离婚，大摆宴席娶我吗？我打电话给你，其实也没有别的意思，除了叙旧，不就是要点钱吗？我要钱还不是为了修补那个给你弄烂的底儿，好为你服务啊？再有就是替你花钱买平安。我是进去过的人，派出所有备案，隔三岔五地找我要嫖娼人员名单，罚点款，圈里人都知道我的底儿烂了，只好在老朋友身上拔毛喽！若则，派出所逼急了，小妹只能把眼睛一闭，胡乱将名单报上去……"

不等皎月说完，对方威胁说："你敢出卖老子，老子叫你马上消失！"皎月毫不在意："杰哥，你知道吗，小妹现在比古希腊神话里的西比尔还想死，可惜给吊在瓶里了，想死都不成，如果杰哥真能叫小妹消失，就是帮了大忙了，我到阴曹地府都会念你好！"对方迟疑一会儿，咬牙切齿地说："好，你等着！"

等了大约一小时，对方打电话说到旅馆门口了，叫皎月去拿钱。皎月撒娇地说："杰哥，既然走到门口了，就进来坐会儿嘛，多日不见，怪想你的！"对方缓和些语气说："老子讨厌你那狗窝不如的地方，钱在车上，想要出来拿，不要，老子走了！"皎月冷笑着说："杰哥，我知道你恨小妹，想拉到荒郊野外打一顿。可是你想过没有，打伤了不是还要你花钱治疗吗？"言毕，关了手机。

院子里响起停车声。皎月回头看着我，难为情地说："你先去卫生间躲一下。"我走进卫生间，刚把门关上，就有人进来了。皎月说："杰哥来了，快请坐。"来人把什么东西摔在桌子上，恶狠狠地说："记住了，这是最后一次，再打这个电话，老子就不客气了！"皎月嗲声嗲声地说："杰哥，大家都是朋友，不要这么绝情嘛，小妹有了难处，还指望杰哥关照呢！"

对方气急败坏地骂："臭婊子，谁跟你是朋友？老子再说一遍，这是最后一次，可要记住了！"接着一声脆响："啪！"皎月"啊呀"一声。对方仍不罢休，响声连连……

我本不想出面，怕把事情弄复杂，不想那家伙越打越凶，没完没了。卫生间有一只拖把，我拿着冲上去，抡圆了向那个肥大的后背狠砸。那人正打得起劲，突然后背受敌，赶紧放开皎月，回头看着我，吃惊地问："你是谁？"看我一副拼命的架势，不敢恋战，虚张声势地喊："你们合伙诈骗，我要报警！"

五

天刚蒙蒙亮，响起敲门声。我开门一看，竟是方洁！她的发梢湿漉漉的，鞋和裤腿沾满泥土，呼呼喘个不停，像是刚走完很远的路。

我惊愕地张大了嘴巴，才想说什么，她却一下扑上来，伏在我肩上，哽咽着说："哥，你挨打的事我都知道了，当时我就在旁边，看得清清楚楚，可是我一点办法都没有。哥，往后不要为我操心了，只要记住我，有机会把我写进你的小说就行了。"我固执地说："不，我一定找到你家地址，把你送回家！"

方洁哭得越发凶了，肩头一耸一耸的。我心里十分难过，像被一只大手紧紧捏住，捏得喘不出气，嗓子仿佛着了火，心里一急，大声喊："水，快拿水！"果然有水流进嗓子里，温乎乎的，犹如椰汁清冽甘甜。抬头看时，原来是方洁的泪水，珍珠般晶莹剔透，源源不断地滴落在我嘴里。我禁不住大声喊："方洁，你的泪水真甜！"

一激灵醒来，看见皎月坐在床边，用汤匙喂我喝水。她一脸疑惑，腮边挂着泪珠。看见我醒来，很有话说的样子，结果却说："你先休息一会儿，我去看看有车了没？"我不解地问："看车干什么？"皎月解释说："送你去医院……"我越发纳闷了："去医院干什么？"皎月哽咽着说："你一夜发高烧说胡话，我看过你身上，没几处好地方，青一块紫一块的……"

天就要亮了。这是一个初春的黎明，四周一片寂静。过了大约十分钟，皎月回来了，带着些许寒意，头发湿漉漉的，说："雾真大，对面看不到人，难怪今天的车少，费了半天劲，才租到一辆破面包！"我心里想笑，都到这步田地了，还穷讲究，不就是去趟医院吗？

检查无大碍，服药就好。皎月不放心，恳求医生让我住院观察一天，一位矮胖医生不耐烦地说："我说过了，不需要住院！"

皎月扶我从门诊室出来，坐在大厅连椅上休息，一边挖空心思找熟人。这时，晓云走了过来，眼镜男紧随其后，十分亲密的样子。晓云看见我和皎月，不再避讳，拉着眼镜男介绍说："师姐、姐夫，我给你们介绍，这位是我家张先生，华科大董事长，昨天我们办了登记手续，下个星期日将隆重举行结婚典礼，届时二位一定要光临哦！"

华科大即华夏科技大学的简称，系全市最大一所民办高校，专为大中企业定向培养科技实用人才，办得十分红火，收入可观。教育暴利在中国已是不争的事实，出一个大学生出一个贫困户的说法并不鲜见……

张先生礼貌而不失热情地迎上来，与我和皎月一一握手，再次恳请我和皎月参加他们的婚礼，拉着我说："魏先生，晓云多次跟我说起过你，你是一位很有才华的大作家。如果魏先生不辞辛苦，愿意把我的创业经历和人生感悟写成书流传于世，将感激之至，当然，不能白白辛苦魏先生，我会付一笔丰厚的稿酬。"

晓云告诉皎月，她已经怀孕，B超检查是个男孩。她家"张先生"的前妻生过一个女孩儿，再怀还是女孩儿，接连流产几次，不敢再怀孕了，眼看万贯家业后继无人，祖宗香火就要中断，不期偶遇她，且怀孕得子，高兴得什么似的。

不知晓云给张先生嘀咕些什么，张先生立即拨通手机："阮主任，我有一位朋友受伤了，想住院观察几天，请你给安排一下好吗？"不大一会儿，矮胖医生走过来，拉住张先生热情洋溢地说："张董真是太客气了，有事打个电话就行了，何必亲自来一趟？"张先生不无炫耀地说："我还有别的事，太太怀孕了，想做个孕检！"矮胖医生讨好地说："我送您过去？"张先生客气地说："不必了，那边我有童主任，阮主任把我朋友安排好就行！"矮胖医生满口应承说："请张董放心！"

幸亏住了下来，上午十点多钟，高烧又起，而且来势凶猛。经医生会诊和

CT 检查，诊断为脑震荡和脾出血，由于治疗及时，才不致手术，落下后遗症。庆幸之余，未免后怕。

待到第三天，开始退烧，估计没有危险了，我叫皎月办理出院手续，不能再花她的钱了。皎月起初还嘴硬，说什么都不许我出院，坚持一会儿就没有底气了，最后说："你要向我保证，不硬撑，有不适马上回医院！"

皎月把我送回家，不放心走，也不好意思留下，左右为难，最后还是留下了。在认识那个有钱男人之前，皎月经常来，经常留宿，都是很自然的事，从未像今天这样扭捏过。

待到天黑，皎月借故出去，说是买点吃的东西。我猜想她是没钱了，要去想办法，于是劝阻说："大街上不比小旅馆，万一给人捅一刀，连个呼救的人都没有！"皎月知道瞒不住，只好安慰说："你放心，我在人多的地方！"我说："你在人多的地方，人家还敢来吗？"皎月无奈，叹口气说："不去怎么办啊？你的药只够用一天，我的钱也快没有了……"

我想起张先生说过的话，虚张声势地说："面包会有的，牛肉也会有的！明天我去晓云家的张先生那里签合同，预领一笔稿酬，就都有了。"皎月立即轻松下来，不无揶揄地说："半年不见，大有进步啊，学会为五斗米折腰了！"

半年前，皎月建议我给有钱人写传，还要出面帮我联系，美其名曰曲线救文学。我不屑一顾，因此大吵一架，闹得不欢而散。我苦笑："不是我学会为五斗米折腰了，而是五斗米撞我腰了！"

说笑一会儿，觉得轻松许多。皎月是个心里藏不住事的人，喜欢刨根问底，直截了当地说："你认识方洁？"我点头。皎月一下跳起来，吃惊地问："你们认识多久了，有过亲密接触没？"我笑而不答。她上前抓住我，急不可待地问："快说，你到底和她有没有过亲密接触？"看她急成那样，我不忍心再逗，便说了经过。想拿照片给她看时，发现口袋里的照片没有了，这才想起在东城花园弄丢了。

皎月轻轻舒出一口气："好人，可把我吓死了。"又说，"怪不得你挨打。是保安看到照片，把我当成你要找的人了。"我一头雾水，再三追问，皎月才说出，那个骗她的有钱人就是东城花园的主人。皎月说："你去东城花园找我，园主的看家狗还当你找麻烦来了呢，能不打你吗？"

按照皎月的说法，方洁从未去过东城花园，只是两人长得像。我说："如此说来，你认识方洁？"皎月歪头看着我，故意卖关子："岂止是认识。"世间的事情就是如此奇妙，歪打正着，得来全不费工夫！

皎月告诉我，方洁考取大学那年，她家里穷得买化肥、农药的钱都没有。接到大学录取通知书之后，她和父亲都哭了。那笔学费即便求遍所有亲戚朋友，也是凑不齐的。

绝望之际，村支书老黑找上门来。老黑是村支书的外号，因面相黑而得名。他近五十的年纪，半截塔的个头，脸膛黝黑，令人望而生畏。若是谁家小孩儿哭闹，只要母亲说一声"老黑来了！"小孩儿立即噤声。

老黑除担任村支书外，还建起一座皮革厂，拥有上千名工人，生产的皮衣专供出口俄罗斯，赚钱赚老了！方洁和父亲看见老黑上门，心里说不出是高兴还是不安，连打声招呼都忘了。老黑自己找凳子坐下，清一清嗓门，直截了当地说："我有一位俄罗斯客户，是个大买主，这几年一直与我做生意。为了答谢他的合作，我准备出五万元人民币，找个小姐陪他玩几天。考虑到你家困难，考上大学没钱交学费，就把这次机会留给你们了。"

方洁父亲不同意，说宁肯不上大学，也不叫女儿卖身！老黑训斥说："什么叫'卖身'？方洁娘嫁给你个穷光蛋，跟着受苦一辈子，有病没钱治，死了，那不叫'卖身'？真是猪脑子！仔细想想吧，想好了给我个话，错过机会可别怪我没有照顾你们！"

六

皎月告诉我，是方洁自己同意去陪老黑客户的。方洁说，那五万块钱的诱惑太大了。有了那五万块钱，就能离开贫困的农村，一步进入天堂！与其在农村苦苦挣扎一辈子，受罪一辈子，还不如以出卖一次肉体为代价，换来永远的幸福。

方洁万万没有想到，这一次付出的代价太大了！大四上半年开学不久，忽然发觉身体不适，到校医检查，诊断疑似性病，顿时绝望至极，精神几近崩溃。为了逃避隔离治疗，她悄悄离开学校，躲进郊区一间民宅，挨到寒假，准备回家找老黑算账。她苦思冥想，设计出几套方案，非要把艾滋病毒传到老黑儿子身上不可，叫他中年丧子，断子绝孙！

老黑儿子与方洁同龄，曾经疯狂地追求过方洁。谁知，方洁一到家，老黑就找上门来了，又一次拿出五万块钱，直截了当地说："本来，我可以通知卫生部门，叫他们把你隔离起来，因考虑到街坊情面，没有那样做。这五万块钱，足够你弟弟上大学了，你当姐姐的可以放心地走了。"方洁不禁惊呆在那里，半天，梦呓般地说："这么说，你早就知道了？"老黑叹口气："一年前，那位客户发病死了……"

说到这里，皎月已是泣不成声，泪流满面。我问："方洁失踪后，你们学校没有找过吗？还有校医，也没有追查吗？"皎月古怪地笑一下，纠正说："她不是失踪，是离校，经常有学生离校，找得过来吗？再说了，校医又不是只给学生治病，早就推向市场，面对社会了。方洁是何等聪明，疑似艾滋病了，还会填写自己的名字吗？"

我忽然想起一个十分可怕的问题：如果方洁也"背肥猪"，如果疑似艾滋病者都像方洁一样体检时不填写自己的名字，那……皎月仿佛看穿我的心思，认真地说："别人什么样我不知道，方洁在学校时是最安分的学生，从未背过"肥猪"。每个学期都被评为优秀，获得最高奖学金。离校之后，她单独住在一间民宅，直到免疫力完全丧失，自己走进火化场。她告诉我，经过一段时间的冷静思考，她觉得没有报复到老黑是上苍的安排。不然，老黑那种人，发现儿子感染上艾滋病，后果不堪设想！我就是在方洁的影响下，才打消了报复的念头，不"背肥猪"，转为"拔猪毛"。"

第二天上午，我和皎月正准备去晓云家，电话铃突然响了，火化场老头儿涩哑着嗓子喊："哎！你的骨灰盒还要不，不要给别人了！"我纳闷地问："老人家，你说清楚，是不是有人要领骨灰盒啊？"老头儿不搭我的话，发急地说："快送寄存费来，不然谁都领不到骨灰盒！""啪嗒"一声，电话挂了。

我叫皎月在家等着，自己去火化场看个究竟。皎月不同意，非要陪我一起去，一是不放心我的身体，二是想看看要领取骨灰盒的人。她说："我有一种预感，方洁家里来人了！"

上午的阳光很好，照在身上暖融融的。看门老头儿又在路边修剪小柏树。我讨好地说："老人家，您忙哪？"老头儿看我一眼，把大剪刀提在手里，转身想走，忽然看见皎月，慌忙停下来，上下打量一会儿，纳闷地说："不是说只有一个弟弟吗？"我赶紧解释说："她叫皎月，跟死者没有关系，只是长得像。"老头儿点点头，前边带路走了。

太平间门旁蹲着一个人，两臂抱膝，脑袋垂在膝盖上，把脸埋得很深。看上去有些面熟，走近一看，原来是在医保门诊跟我讨药吃的中年男人。我忽然明白了，原来他不是来打工，是来寻找女儿的。

中年男人看见我和皎月，一下子愣住了，双手抖动着展开一张报纸，就是登载寻尸主照片的那张晚报，看一眼皎月，再看一眼照片，反反复复比照，最后把探询的目光转向我。

我扶他站起来，才想解释，皎月碰我一下，轻声说："先回家吧。"我赶快转换了话题，说："大叔，您感冒好些吗？"中年男人懵懵懂懂，仿佛在梦中，语无伦次地说："好，好多了，多、多亏你，给、给我药……"

我掏五十块钱给看门老头儿，老头儿不接钱，从骨灰盒上撕下一张小纸片，公事公办地说："去收款处办手续！"纸片上一行歪歪斜斜的字，写着寄存骨灰盒的起始时间，算来刚好四天，每天拾元。我再一次把钱递过去，诚心诚意地说："老人家，五十元不找了，余下的给你买酒喝。"老头儿这才把钱接过去，对着窗口照一照，收起来，冲我咧嘴一笑。那笑容很勉强、很生涩，看上去有种荒诞的感觉。

走出火化场不远，中年男人停下来，从我手里接过骨灰盒，两眼含泪地说："小兄弟，我是农村人，没有钱，可心里不糊涂啊！在这里分手吧，迟早都要分手的！"不等我说话，他抱着骨灰盒匆匆走了，仿佛一个偷东西的贼，生怕给人捉住。

我紧跑几步追上去，安慰说："大叔，您放心，方洁是我们的好朋友，也是您的好女儿，她没有给您丢脸……"

　　中年男人摆一下手，哽咽着说："小兄弟，别说了，我的闺女我知道！不瞒你说，过年时我就觉得不对劲，她一个人关在屋里，跟谁都不说话。临开学那天，她把弟弟叫过，给弟弟一个银行卡，说是上大学的学费存在里面，密码是弟弟的生日。弟弟问钱从哪来的？闺女只说你别管，只要听话，好好上学，将来孝敬父亲就行！她走后，我越想越觉得不对劲，叫她弟弟打电话，人家说已经离校半年了……"中年男人终于忍不住，抱住骨灰盒往地上一蹲，哭起来。哭声低沉、压抑，仿佛从十八层地狱传出。

　　临分手时，我给他钱，中年男人无论如何都不要，哽咽着说："作为父亲，不能供儿女上学，不能保护自己的孩子，已经没有脸面了，再要你们的钱，我还是人吗？"为了表达一个无能父亲的歉意，他打算一路乞讨回家。

　　我说："大叔，您回去后去告老黑吧，是他害了您的女儿，我们都为您作证！"

　　中年男人面朝南跪在地上，迎着料峭的春风，"咚咚咚"磕了三个响头，大声喊："老天爷啊，您总算睁开眼了！"再磕三个，大声喊："老天爷啊，恶人总算得到报应了！"

　　原来，中年男人进城寻找女儿的前一天，随着一道闪电，一个火球打在老黑的皮革厂上，厂房、机器烧成一堆废墟，皮衣、皮料全部化为灰烬，老黑烧得蜷缩成一团，还不如一条狗大……

大地呐喊

一

我能在田家庄包队成功，是谁也没有料到的。

当然，所谓的成功，只是在完成乡里的提留任务上取得了比较顺利的进展。因此，我这个从来不被人当"豆"捏的文化站选聘干部，无形中便提高了些许威信，也给乡长在布置工作时增加了些许依据。设若有人对分配的工作不满意，乡长便说："咋？还不如人家一个选聘干部？"那人马上哑口无言，乖乖地执行去了。

田家庄，并非刁民盗匪盛行之地。五六百人的小庄子，建于一片沃土之上，树木葱茏之中。全村一田一唐两姓，邻里和睦，古风犹存。据说，有一年一家姓朱的逃荒至此，田、唐二姓热情收留了他。谁知，时日不久，田、唐人丁锐减，家境迅速败落，而朱家则是人财两旺，兴盛凌人。田、唐惊恐之际，请来方士指点，原来那朱（猪）既拱田又吃唐（糖），肥了自己，毁了别人，所以田、唐要败。于是一声呐喊，田、唐男女老幼齐出动，把姓朱的打了个抱头鼠窜。自此，田、唐团结如一，再容不得外人。

田家庄之所以成为乡里"老大难"，其原因之一，是离乡政府驻地远。一根羊肠子似的疙瘩路，穿一条学大寨时兴修的丰收河，过一条新中国成立后开挖的由水电部长傅作义视察过的十二连洼排水沟，和一道不知何年何月修筑的防黄（河）大坝，即传说中的古郓十景之一——金线岭。设若一场雨过，衣服没有湿多少，道路却是黏得寸步难行了。其二，是田、唐的"团结"。"团结"得让你水泼不进，针扎不进。比方说吧，明明一方良田，明明风调雨顺，明明亩产小麦七八百斤。

他们偏偏汇报四五百。不信你问吧，连吃奶的孩子都说四五百。

渐渐地，乡里对田家庄失去了信心。好在村小人少，影响不了大局。然而，"自古种田都纳粮。只要田家庄还是共产党领导，就得按照共产党的政策办！"孙乡长如此一番慷慨陈词之后，便把目光落到我身上。"小魏，你年轻，骑车快，去告诉田支书，今年的提留再不交，我就撤他的职！"

这样，算是对我下达了任务。因为无足轻重，便被派遣到一个无足轻重的地方去。

我是上午去田家庄的。出发前，天就有些阴，但阴得不沉。乡里其他包村干部都"拉马"（自行车）启程了，我也不敢怠慢。这是工作态度问题，确切点说，是对乡长的态度问题。乡长安排的工作，你不积极，什么意思？明知这是一个出力不讨好，甚至出力找难堪的差事，也得表现出高兴与积极，更何况你一个小小文化站选聘干部，还敢挑肥拣瘦？能分派你工作就是看得起你了！

不料，骑车刚刚行至中途，阴得不沉的天空竟然淅淅沥沥地下起雨来。我把自行车扛上，一步一滑地走向田家庄，直至暮时才到。我又饿又累，气恼地冲着田支书的大门，扯开嗓子叫阵似的喊："有人吗？"然后把车子对着新门楼砸下去。

田支书被喊叫声引出来，疑惑地上下打量着仿佛刚从烂泥塘里爬出来的我，不无纳闷地说："魏站长，你……"

"屁站长！除了我狗屁不是，才到这鸟地方来。"

田支书脸上不由讪讪的，僵了一会儿，笑笑说："到家说话吧。"

明知今天回不去了，但我嘴上还硬，说："当官的还在办公室喝茶等我回话呢。"又说，"我来也没有新鲜事，还是催提留，人家大官小官来了也不少，都没有完成，我完不成也没啥脸面可丢，只听你一句话，交还是不交，我回去交差就是。车子先放这里吧，路好了再来骑。"说罢，做出开拔的架势。

不知是田支书动了恻隐之心还是怎么，他一下子变得热情起来，紧紧抓住我的一只手，满脸堆笑地说："魏兄弟这样走，不是打我的脸吗？"然后冲屋里喊："快烧锅水，叫魏兄弟洗洗澡，换身干衣裳。"

在我洗澡的时候，田支书就把自己家里养的当年的小鸡杀了。待我换好衣服走出来，村长、文书、民兵连长什么的都来了，有的拿着烟，有的提着酒，有的怀里揣着鱼肉罐头。田支书把我连拉带扯地弄到桌子上首，支书、村长分坐两边，文书、民兵连长等依次排列，等鸡肉一熟，酒杯便斟满了。

我一个小小文化站选聘干部，哪里经过如此场面，坐在那里，傻子一般，人说吃我就摸筷，人说喝我就端杯，不知不觉中便醉了，怎么睡到床上的都不知道。

翌日醒来，已是日上三竿。我的衣服洗了熨了，平平整整地放在床头。外面的天气很好，蓝湛湛的天上，有轻纱似的白云飘。我刚在院中站定，田支书不知从什么地方过来了。我不好意思地笑着说："昨天喝醉了……提留的事……"

田支书看着我，说："提留的事你甭管啦！"

果然，三天之内，田家庄的提留完成了大半。

天哪！我这是烧了哪门子高香？多少头面人物都在田家庄栽了，我却露了脸。孙乡长在乡全体干部会议上表扬我，说："小魏同志深入基层，会做细致的政治思想工作，使一个落后村……"

笑话！我骂人、喝醉酒，竟然成了"会做细致的政治思想工作"？！

二

这日，孙乡长把我召到办公室单独谈话。孙乡长看着我的脸，说："小魏呀，你虽然是选聘干部，我可是把你当成国家正式干部使用的啊。"

那意思再分明不过了。可是孙乡长说到这里还是把话停下来，留出时间让我慢慢品味。这是谈话艺术，当领导的都懂得这门艺术。

我想是否得表现些什么。虽然心里明镜似的，明知这不过是哄着人出力而已，可我还是想表现些什么，但到底没有那样做。我不愿媚上，也不愿糟蹋自己。孙乡长见我迟疑不决，便转换了话题："听说，你最近写了不少文章，都登了？"

这是我最感兴趣的话题。我近乎麻木的神经倏然活跃起来，说："没发表多少。""还谦虚？同志们都传开了！等忙过这阵子，我到文化馆说说，给你转了！"谁管我们他都不知道，还"转了"？不过，能有这样一句话，就够我激动半天了。我说："目前的潮流是机关'消肿'，不是转。"

孙乡长不以为然，很自信地笑着说："'消肿'又不是消灭。只要有成绩，领导就会看得见。"这话我信。不知不觉中，我与孙乡长的距离拉近了。从前，没在一起交谈过，这一交谈，觉得孙乡长这人还可以，于是附和说："那是那是。"

交谈中，孙乡长委婉地透露，他想往城里调，路基本铺好了，只待组织部门来人考查了。因此，工作上要干出些能看得见摸得着的成绩，要有几个"硬件"给上级看，尤其眼下，"老大"派到省委党校学习去了，正是他露一手的好机会。

不知始于何年何月，乡镇干部进城已成为一种时尚。也不知他们这些人怎么想的，放着一方父母官不做，偏偏捏扁了头往城里挤。根基硬的，或提拔，或到某要害部门任职，倒也罢了；无根基的，随便放个地方，在任命书上加一个括号，正什么级，有级无权，名不正言不顺的。可还都乐此不疲，为一个括号争破头。

孙乡长要求进城，已是好几年的事了。他妻子在一家公司当出纳，为了和妻子团聚，他从部队转业到地方。心想堂堂一个正营职，到某科局任个正职或副职什么的，应该不成问题，谁知，不但在市科局没有任上正、副职，而且在乡镇也没有任上正、副职，甩给他一个宣传委员，爱干不干。

眼下，虽然离家只有十几里，可是还不如从前离着几百里上千里痛快呢。离远了，干脆不想了，这下倒好，天天狗咬尿泡似的，一辆自行车瞎折腾，人瘦了一圈又一圈。有时候想想，如此折磨自己，还不如同老婆一起辞职，去干个体户，却终没成。于是想，还是熬吧，熬几年弄个病退，再团聚吧。进城热让他如梦方醒，与其消极病退，不如争取进城。尽管从宣委到乡镇长或书记相差十万八千里，然而事在人为。想当年，一个农民的儿子在部队，不就是靠着一双肩膀两只手，拼死拼活、出力流汗才一步一步升到正营职的吗？果然，工夫不负有心人，宣委、副乡长、副书记、乡长，眼看离进城的门槛只差最后一抬腿了……

如此信任，我的心不由怦然而动，天降大任的感觉顿时笼罩了我，宣誓般地说：

"孙乡长，您放心，我一定把这次提留任务完成好！"

再到田家庄，找到田支书我便喊："集合开会！"又补一句，"全体村民会！"田支书疑惑地看着我，仿佛没听懂我的话。我进一步解释说："这次提留，时间紧，任务重，要求高，必须限期完成，斤两不差！"

田支书"哦"一声，然后笑着说："也好，你当着大家的面说清楚，免得我事后背黑锅。"

我想，我能当着大家的面说清楚的。去年冬天，市里组织骨干作者座谈会，还请了省里的作家、编辑，让我谈创作体会，当着那么多大人物的面，咬文嚼字的事都干了，给农民讲几句提留还不是轻而易举？

田支书却不放心地看着我，试探说"田家庄是老落后了，这次提留能完成大半，多亏你亲临坐镇啊！"我一时没品出这话的含意，说："我不过起个传话筒作用，真正做工作的还是你田支书。"田支书不高兴地转过身，把头靠在椅背上，旁若无人地吸起烟来。

但从他的眼神中，我分明感觉出一种轻蔑，一种不屑为伍的轻蔑。正自纳闷，门口忽然有个人影一闪，接着有人压低声音喊："支书叔。"

田支书不耐烦地"哼"一声，走出去，粗声粗气地问："啥事？"来人叽叽咕咕，很急的样子，像是遇到什么棘手事情了。不待说完，田支书提高声音说："你们别管他，该咋收咋收，小阳沟还能翻了火轮船！这不，乡里又派人督促来了，一会儿还要召开全体村民大会。

一番话让来人精神了许多，走起路来雄赳赳气昂昂。看背影，颇像民兵连长。一问，果然是民兵连长。田支书气呼呼地说："有个愣头青，想纠集村民抗粮不交。"我不由一怔，忙问："他凭啥抗粮不交？"田支书说："能凭啥，胡搅蛮缠呗！"顿一顿又说，"几年了，每一次提留，他都插一杠子，闹得村干部无法工作。"

原来，貌似团结的田家庄，还有如此不团结的因素，难怪每次提留都完不成。这一次，他又跳出来了。怎么办？

田支书仿佛看穿我的心思，说："一会儿到会上，你把这次提留的任务讲力些，最好当着村民的面，把田家庄狠狠训一顿，把我狠狠训一顿。你要是能张开嘴骂几声更好！"

我一头雾水。田支书见我迟疑不决，进一步解释说："我说的是实话，你该训的训，该骂的骂，我不怪你，还感谢你。你不知道，眼下的村干部有多难当，比当年的伪村长还难当。责任制，各种各的地，村民和村干部根本不是一条心。你收提留，他们就认为收给了你自己，就抗着不交。你当着村民的面，把我训一顿、骂一顿，我就好脱开身子了，收提留也好说话了。"

原来是为了打鬼借钟馗。村干部当到这份儿上，也真是无奈。幸好田支书提醒了我，不然，我还想在大会上把这次提留的进度和孙乡长的表扬作为激励，好好讲一讲呢。那岂不正好把劲儿用反了！

田支书看"火候儿"差不多了，一笑，站起身来，将话筒插头插进扩音器。紧接着，房顶上和院外的大树上，响起了田支书略带沙哑的声音："田家庄老少爷们儿！下地回来先别吃饭啦！一家一个主事人，都到小坑那里集合开会啦！"连喊三遍，树上的知了哑了许多。

村里没有办公室，广播设备安在支书家，召集个会议，或是谁家喊喊走失的小猪小羊，都很方便。恰巧村中有一方水塘，塘边有一片空地，空地上几株杨柳，树下三五条破石碑，便成了村民们相聚聊天或召开会议的场所。

我和田支书走进会场的时候，村民已经到齐。田支书把随身带来的一把椅子放在高处，让我坐上去。然后清清嗓子说："老少爷们儿，都别说话啦。耽误大家晚吃会儿，开个全体村民大会。下边请乡文化魏站长讲话！"

这就是开场白了。那个"乡文化魏站长"是为了给大会升升格儿，并非有意恭维。我看会场上不过三四十个人，或蹲或站，仨一群俩一伙，低着头叽叽咕咕，怎么看也看不出个开会的样子。可是开场锣鼓已过，我只好硬着头皮出场了。

我挪开椅子，起身向人群走近一些，先简要说明了会议内容，然后按照乡里的要求，循序渐进地讲起来。谁知刚讲到提留任务，人群中忽然站起一个人，朗声说："乡文化魏站长，村民们有个小小的请求，可以说吗？"

看时，是一个和我年龄相仿的青年人。小伙子长得挺帅，留一个大分头，仿佛刚吹过风，还用过摩丝、定型发胶什么的；脸膛白净，浓眉大眼，浑身上下透着锐气。我想，此人大概就是田支书说过的那个愣头青了。我看着他，说："你有什么要求，请说吧。"他不卑不亢地说："不是我有什么要求，而是村民们有个小小的请求。"

这小子连一个字眼儿都不肯放过，显然不是好惹的主儿。我没搭话，只是漠然地看着他，想来个以静制动。不料他根本不吃这一套，一边悠悠地吸着一支烟，一边微笑地看着我说："我姓唐，名大顺，其实我最不顺。每次提留，我都带领村民跟田支书要清单。这一次我跟你要，因为你是乡里派来的，还在这里给村民们讲话。只要你把这次提留的项目列清楚，又合理，不用催，说什么时候交，一句话！这一点请求，不算过分吧？"

我点点头，才想回答，田支书从旁边一下子横过来，与此同时，民兵连长也横过来，如临大敌一般。

田支书指着唐大顺，说："乡文化魏站长正在给大家开会，你想捣乱吗？"唐大顺一扬手，刚吸半截的烟头画一道优美的弧线划进旁边的水塘里，随着轻微的一声"哧"，火熄了。他说："田支书，你急什么？"

三

吃早饭的时候，头顶上飘着几片云。早看东南，晚看西北。我不知道头顶上这片云有没有雨。等了一会儿，见包村干部们开始上路了，我也跟着上路了。

经过乡邮电所门口时，我把车子扎在路边，去寄刚写的一篇小说稿。小说写一个村干部，被人请去喝酒，喝得酩酊大醉，回到家里给妻儿哭诉："我活不了啦！今天这家请，明天那家请，不去是脱离群众，去了不喝还不行，我早早晚晚要被他们请死！"因为颇得意于"请死"，才结构成这篇小说。

一出邮电所，看见孙乡长在路上。他没下车子，叉着腿，脚尖点着地，腚在车座上一颠一颠的，显然刚从城里回来，乐颠颠的。

我看孙乡长有话说的样子，猜想可能是提留的事，赶紧走过去，主动说："孙乡长，我有事正想请示您呢！"孙乡长一愣："嗯？"我把田家庄村民要提留清单的事简要说了。

孙乡长笑起来，说："这不用请示，你给他就行。我也知道这几年的提留比上级规定的多得多，可是不这样有什么办法？市里的提留项项重要，开大会叫乡长立军令状。乡里的提留压了再压，减轻农民负担。怎么减？我才到这乡来的时候，乡干部只有四十多人，才几年就增加一百多人，都张嘴要饭吃。还有民办教师补贴，村干部工资，这集资那摊派，一年到头不断的巡视团、检查团、调研团、达标团、验收团……无论吃的喝的，还是意思意思的纪念品，都从提留里出。这情况，你该给村干部讲清楚的给村干部讲清楚，该给村民讲清楚的给村民讲清楚。只有这样，别无他法！"

我想也是，不然，中央三令五申减轻农民负担，怎么就减不下去呢？

孙乡长见我要走，忽然又说："哎，小魏，你上次说的文化站达标定级的事，我已经考虑了，等提留工作一结束，我给你派几个人，拨几个钱，好好搞一下。"前几天他还说没钱呢，显然，这是一场交易，桌面上的说法是"互相支持"。文化工作在乡镇是软件，很少能与人"互相支持"，我甚是感动，不由暗下决心，这次一定千方百计与孙乡长"互相支持"好。

走到田家庄时，已近中午。田支书不在家，带领村干部收提留去了。一个矮胖子正在院里杀小鸡。他刀法娴熟，只把刀刃在鸡脖子上轻轻一抹，鲜血便淋漓而下。我不忍看，上街去找田支书，走到胡同口，看见一家门口聚着许多人。还有人正往那里跑，一边相告着谁家媳妇喝药了。我心里不由"咯噔"一沉，心想不会与提留有关吧？走近一问，还真是提留引起。

原来，民兵连长是个"二百五"，这家媳妇正好又是泼妇，与民兵连长早有腰带上的矛盾。这次来收提留时，泼妇说她家的责任田浇不上水，收成不好，交上提留就没有饭吃了。民兵连长正好借此拿捏她，说："没有饭吃也得交提留。"

泼妇说："饿死还不如喝药死！" 民兵连长说："你别吓唬人，有种你就喝！"泼妇说："你有种看着我喝！"民兵连长说："我不敢看着你喝我没爹，你不敢喝你没爹！"泼妇果真抓起农药瓶子嘴对嘴地喝起来。好在农药掺了假，毒性小，加上临近中午，人们都在家，几个青壮男人一齐动手，拿刀子撬开泼妇的嘴，用屎汤子灌得她吐，已脱离危险，只是她丈夫拉着架势要与民兵连长拼命，几个人抱着他。他吼着跳着，手里挥舞着一把菜刀。民兵连长也不躲，颇有些临危不惧。

突然，不知是谁打出一块石子，正巧击中民兵连长的左耳梢。他"哎哟！"一声，赶紧用手捂住，殷红的鲜血从指缝流到脸上。民兵连长气得暴跳如雷："哪个敢暗算老子？有种给我站出来！"

我正想出面制止，田支书不知从什么地方走过来，挺挺地站在院中，双手向下一压一压，示意大家不要说话，然后提高声音说："老少爷们儿们！都听我说……"恰在这时，村街上传来一声喊："失火啦！快救火啊！"

原来，是村前打麦场上升起一团滚滚浓烟。田支书神色一黯，把话顿住了。看热闹的人潮水般退出院子。田支书看看我，也不说话，匆匆向失火的麦场跑去。

赶到麦场时，几个青壮村民也提着水桶赶到了。麦子早已打完，烧着的是一堆麦秸。几年的麦秸堆在一起，接接连连山峦似的。火烧得很怪，整个大垛上没有一点儿火焰，只有滚滚黑烟耸入云端。有人推测，火是自里向外燃烧。大概放火者先掏空一个洞，放进火煤，再把外边封死。这样起初发现不了，一旦发现就晚了，火就成势了。

田支书木木地站在那里，一句话也不说，脸色一阵黄一阵白，身子微微抖个不停。救火的人咋咋呼呼乱作一团，却很少有人靠近泼水，因为已无济于事，火是暗火，不知烧了多久了。有人过来请示田支书，问他怎么办，田支书不答话，过了一会儿，突然骂一声："狗日的！"

我正纳闷田支书这是怎么了。忽听一声巨响，麦秸垛上的黑烟顿消，熊熊大火冲天而起，热浪扑面，呼呼生风。看的人仿佛都被这威势震住了，"啊！啊！"连连后退。

这时候，村头传来一个女人的哭骂声，尖溜溜的，如风吹破竹一般。近了我才听清，是哭麦秸，骂纵火人。

田支书又骂一声："狗日的！"转身往村里走，和哭骂的女人相遇后，扬起手对着女人的瘦长脸打下去，然后吼："滚回去！"长脸女人的哭骂声戛然而止，如中魔一般，乖乖地返身往回走。我认出是田支书老婆，同时也恍然是谁家的麦秸垛被烧了。心想放火的人也太过分了，有意见可以当面提出来，再不行还可以通过组织向上级反映，何必采取这样极端的手段呢？

回到家，几个村干部随后就到了。民兵连长耳朵上贴了一块白胶布，光荣花似的显摆着。他进门就喊："支书叔，有人敢烧你家麦秸垛，这不是反了吗？依我说，叫公安局派几个人，该抓的抓起来，开大会镇压镇压；还得把受的损失加倍分到大家头上，叫大家都骂放火的人！"别的村干部也跟着附和说："如不趁这次机会治一治，以后坏人更加猖狂，村里工作更不好开展了。"

田支书一直不表态，只是一口接一口地吸烟。过了一会儿，他忽然问我："魏兄弟，你的意思呢？"我知道这是田支书叫我替他说话，便说："这不是一般的问题。我回去先给乡里汇报，请领导派人查明原因，一定严肃处理！"

这回答显然出乎田支书意料，他沉吟一会儿，说："哪儿能呢，街坊邻居的，低头不见抬头见，一经官，往后咋相处？依我说，这事算啦。"

民兵连长不依："支书叔，怎么能算了？再迁就下去，人家就敢骑到您头上作威作福了！"

田支书一瞪眼："你懂个屁！"

这时候，杀鸡的矮胖子走过来，一边撩着尽是污垢、分不清什么颜色的围裙擦嘴角，一边满脸堆笑地说："菜好啦！"村干部们顿时精神起来，也不等田支书发话，民兵连长从门后搬出一张矮圆桌，其余的人都出去端菜。

菜全是生炒鸡。眼下正是吃生炒鸡的季节。嫩黄瓜炒仔鸡，味道好极了。再配上水浒特曲，酒香菜香，顿时弥漫整个屋子。田支书冲我一笑，拉我靠他坐下，说："这些鲜物都是特意为你准备的。"

他不说，我也知道这一桌子酒菜都会记到我头上。平时我不愿在村里吃饭就是怕这个。我一个人能吃多少，可是他们都陪着，猛吃海喝之后便把花的钱记作我的招待费。我看桌子上层层叠叠，不知多少只小鸡才能炒出这些菜。

矮胖子捧来一只大瓦盆，热气腾腾的，还是生炒鸡。我正担心桌子上放不下，矮胖子向东边小套间走去，田支书老婆在里边。田支书冲矮胖子的背影喊："别给她，这是公家饭。"矮胖子回头笑着说："一人省一口，就够她吃的了。"

田支书无话，气鼓鼓地把筷子操起来，拣一块白嫩鸡肉放嘴里，细细嚼碎咽了，又拣一块……这才把筷子"啪"地一放，说："行，有味！"

话音未落，村干部们如得进军之号令，一齐操起筷子，飞蝗般直扑桌面。顿时，言笑之声全无，嚼咽之声四起。

田支书轻咳一声，村干部们马上放下筷子，开始跟随支书起落如仪地陪我喝酒吃菜，同时随便谈些村野趣闻。我惦记着提留的事，无心久坐，急急地吃点饭，推说晚上召开包村干部碰头会，起身告辞了。

田支书送我到门外，恳切地说："魏兄弟，田家庄喝药、放火的事，请你就不要给乡里汇报了。俗话说得好，家丑不可外扬。"

四

麦收后的田野，禾苗还嫩，加上天旱，一些庄稼的叶子像被烟火熏过，被开水烫过，灰兮兮的，蔫巴巴的，看上去没有多少生机。烈日炎炎，空气如燃。我正匆匆赶路，忽然一个声音喊："文化站魏站长！"

下车看时，原来是唐大顺站在不远的渠闸上，身后是一株小梧桐树，阔大的叶子密密地罩在头顶上。此时，村民们正在家里歇晌，田间无一人劳作。唐大顺在这里干什么呢？他见我迟疑，冷冷一笑说："乡文化魏站长，不认识了吗？昨天，我替村民们要的提留清单还没有兑现呢！"

我说："你在这里等我要清单吗？"

唐大顺一扬头，很响地笑起来，说："你错了，本人做事向来光明磊落，不用偷偷摸摸。我在这里，是为了阻止一个过激行动，正巧遇上你了！"

我不解地问："什么过激行动？"

唐大顺吸一口烟，一字一顿地说："记得一位伟人曾经说过，哪里有压迫哪里就有反抗。如今，田家庄的村民已经不堪承受提留重压，无法容忍村干部的凌辱，就要起来造反了。这不，村里放了火，又到田里毁庄稼来了……"

尽管他的话有些危言耸听，但我也看到了，靠近路边的一方棉田里，确有席子大小的一片棉苗被拔了。我说："他们人呢？"唐大顺伸手向村口一指，果然有四五个模糊的身影在晃动。

我说："这是犯罪。"

唐大顺不以为然地说："你别吓唬老百姓。村干部贪赃枉法，鱼肉百姓，那才是犯罪！老百姓一怒之下，放把火，拔几棵庄稼苗，正是给他们敲警钟呢！"

我说："既然这样，你还阻止？"

唐大顺说："小不忍则乱大谋！"

我不由一惊："你……"

唐大顺笑起来。看他有话要说的样子，我便走过去。落脚未稳，唐大顺说："想听我的故事吗？"不等我回答，他又说，"我高中毕业后，当二道贩子，后来叫二郎神，现在是个体户，专营农药、化肥。方便了一方百姓，本人也发了点小财。地不种了，租给了种地能手，租金是替我交提留，外加给我意思点儿新鲜瓜果。可是这几年，提留越收越重，租地人风里雨里干一年，不但不挣钱，还得往里赔。种地能手不乐意种地了，要找我退地。所以，我要出面当这个楞头青，每一次提留，我都替老百姓要个清单。该交的交，不该交的不交！"

我故意刺他，说："这次提留，不是已经完成大半了吗？"

唐大顺说："岂止大半？应该说全部完成！从前，田家庄的提留也是全部完成。不过，不像今年这样顺利。你知道这是为什么吗？是你的面子！从前，我看过你写农民的几篇小说，觉得你还有良心，能为咱老百姓说几句公道话。否则，不让

你跑跑腿，那满肚子油水怎么消化？"

渐渐地，我明白唐大顺说的"完成"是什么意思了，即他认为该交的部分。我说："你这样做未免太偏激，乡里多提留一点，也是事出有因。"

唐大顺立即瞪圆了眼睛，说："是多提留一点吗？比上级规定的两倍三倍还要多！我已经调查过了，提留任务在市里就加了码，可是到乡里又加码，到村里仍然不放过，还加码，甚至比市里加的还要多！农民种地容易吗？从麦种下到地里，浇水、施肥、锄草，一遍又一遍，好不容易盼到麦子熟了，又怕刮风下雨，没白天没黑夜地抢收，连平时走路都走不动的老人也下地割麦子，再宝贝的儿子也得丢在家里任他哭，那时候当官的都到哪里去啦？在办公室里喝茶看报闲聊天，坐在饭馆里革命小酒天天醉！麦子收下来又来了，什么人民教育人民办，人民城市人民建，还有鸡打针狗挂牌，门排号树划片，只要能往提留里加的都往里加，像挤牙膏一样，把农民挤了又挤，直挤得他们对脚下的土地失去了信赖。你想，农民一旦对自己的土地都失去了信赖，还能信赖什么？"

他的声音不高，说的时候脸上还带着些许微笑，可是一字一句都掷地有声。令我想起在田里劳作的父母，他们被烈日晒成古铜色的皮肤，因负重而弯曲的脊背，浮雕一般出现在我面前……

"乡文化魏站长，"唐大顺戏谑地重复着田支书的话，神情却越发严肃起来，"我知道说这些你不会认为我是攻击党和社会主义，我只求你加班熬个夜，写几篇小说，就说因提留太重，有的农民不种地了，到外地打工去了，大片大片的土地已经荒芜，这是一个十分严重的问题，应该引起党和政府的高度重视，引起全国人民的高度重视，题目就叫'大地呐喊'。"

我不禁点头，觉得唐大顺不是为个人私利出风头，而是具有忧患意识的新一代农民。我惊愕而又敬佩地看着他说："土地问题，确实是一个大问题。你的想法很好，我一定写进小说，也算尽我一份微薄之力！"

唐大顺伸手送一支烟过来，我说不会，谢绝了，他便自己点燃了吸。我心里忽然一动，想起那句"小不忍则乱大谋"，便试探地问："你说的那个'大谋'

是什么？"唐大顺摇头说："我不能告诉你。一、这是秘密；二、怕你受连累。"我说："放火毁庄稼的事都干了，总不能杀人吧？"唐大顺说："像民兵连长那样的'二百五'，杀他个碎尸万段也不解恨，只是我还没有那样傻。跟狗一般见识，人们嘲笑的是人而不是狗！"

五

回到乡里，已是下午三点。大院里空寂无人，唯有树上的知了不知疲倦地聒噪。包村干部中午大都不回驻地吃饭，留在村里与村干部们加深感情，偶有回来的，早已迷糊午觉去了。我急于找到孙乡长，汇报田家庄的工作。喝药和放火的事，我想还是汇报了好，已经把田家庄闹翻了天，提留无法进行了，万一唐大顺再生出什么事来，田家庄还不知要怎么样。如果请领导出面，把发生的问题妥善解决，或能避免。只是不知道孙乡长此时是独自午觉还是在跟上级来人加深感情。正走间，忽然看见通信员提一把大水壶从招待室走出来，我眼睛一亮，赶紧走过去。

通信员平时爱看故事书，常找我借看，因此颇有些哥们儿。此时他也看见了我，见我有事的样子，提着水壶迎上来。我向招待室努努嘴："孙乡长在里边？"通信员点点头，说："嗯。"我说："哪一部分的，如此恋战，都下午三点了还不收兵？"通信员看着我，说："想找乡长？今天怕是不行了。"我说："他醉啦？"通信员说："他那酒量，喝醉比过年还稀。"顿一顿又说，"他刚才挨训了，心里正烦呢。"说罢，晃晃水壶，打水去了。

我只好回到自己屋里。刚喘息一会儿，房门被轻轻推开了。通信员悄没声地走进来，随手把门关上。我说："战斗结束啦？"通信员说："刚到高潮。"我说："孙乡长为什么挨训？"通信员说："提留，咱乡倒数第一。"不等我说话，又说，"他越想露一手，越是露不了。"小家伙仿佛深知内情，又有不吐不快的样子，悄声说："其实，乡长这把椅子，早就被周副书记盯上了。两个人暗里争了很久，结果，孙胜周败。表面上，他们有说有笑，有时赶在一个酒场，还把杯子碰得叮当响。在暗里，矛盾可大了。前不久，周副书记给他一个亲戚办二胎准生证，孙乡长硬是给卡了，现在孙乡长想进城，你想能如愿得了？"

官场里钩心斗角是常事，我不想参与这些，也怕通信员小小年纪惹是非，提醒说："往后，这种事无论真假，都不要说。"通信员感激地点点头，说："除了你，我谁都不说。"怕酒场要水，他赶紧走了。

临近傍晚，我去找孙乡长。孙乡长正和文书隔着桌子说话，叽叽咕咕，见我进来，把话顿一顿，须臾又继续说起来。我见没有避我的意思，便在一旁找地方坐了，拿张报纸消磨时光。首先闯入眼帘的是两行大字标题：克罗地亚战事又起，波黑局势进一步恶化。没看内容，现在的报纸不用看内容。眼睛向左一扫，又是一行大字标题：国产防弹背心达到国际领先水平。心里便笑：人尽给自己找别扭，没枪时造枪，造了枪再造防弹背心，这是何苦呢？同样没看内容。眼睛向下一滑，是一则广告：心灵丸。自然少不了冠以省优部优什么的。顿时，看报纸标题消磨时光的兴致也没了。报纸拿在手里，耳朵却向着说话的那边。

他们在说提留落后挨训的事。孙乡长认为有人捣他的鬼，越说越气愤。他说："本来，我想早点把位子让出来，可人家偏偏不让走。盛情难却，就只好再委屈他一段时间了！"乡文书只是意味深长地笑，却不接孙乡长的话。忽然，乡文书"噢"了一声，指着眼前的提留进度表说："孙乡长，你看这不是问题吗？"孙乡长拿起提留进度表，左看右看也没看出个所以然。乡文书解释说："黄河滩区几个乡，从前麦子年年熟得晚，提留也交得晚，今年怎么都提前了呢？"

孙乡长再看那张表，果然看出了问题，不由笑起来，说："眼下没有正事了！"乡文书显然很得意，说："我早就说过，只要上边规定几号前完成有奖励，肯定出问题。"顿一顿又说，"依我说，咱也把数字报上去，留下窟窿慢慢补。"孙乡长只是笑，始终不表态。过了一会儿，他给乡文书一支烟，说："伙计，你掂量着办吧。"起身往外走，走到门口，回头喊："小魏，你来。"

我糊里糊涂地跟着孙乡长走到他屋里。他不坐，也不让我坐，只顾收拾头发和胡子，准备回城会老婆。我被丢在一边，左站不是右站不是，说话也不是。他收拾完了，推起车子就走，说："把门给我锁上。"我不由一愣，忙喊："孙乡长，我还有事向你汇报呢！"

孙乡长骑上车，用脚尖点着地，头也不回地问："什么事？"我说："田家庄田支书的麦秸垛给人点了，还有一个村妇……"孙乡长不等我说完，便笑起来，说："我当啥新鲜事，放火拔庄稼，多啦！"说着，优哉游哉而去。

我愣愣地目送孙乡长出了乡政府大门，正不知如何是好，忽听通信员在招待室门口叫："魏哥！"我问："什么事？"他说："帮我打扫打扫战场。"我走过去，见偌大一张桌子上，鸡鱼只吃了一点，大块的牛羊肉更是看不出动过，只有几色素菜翻动过。打开的白酒，罐装的啤酒，天然果茶，满桌都是。

通信员不用筷子，伸手扯一个烧鸡腿，一边吃一边说："哥们儿，想吃就吃，想喝就喝，随便！"见我愣着不动，催道："快吃啊！"我心里正有一股莫名的烦乱涌动着，一点食欲都没有，甚至连话都不想说一句，转身往外走。走到门口，还听得通信员在里边喊："不吃白不吃！"

第二天早饭后，我正在犹豫是否还去田家庄，通信员忽然来找我，很神秘地说："孙乡长叫你。"然后压低声音说，"小心点，他脸色不好。"

我不知道发生了什么事，心里忐忑着去见孙乡长。孙乡长脸色果然不好，铁青铁青的，一手端着一杯水，一手托着几粒黄药片，立在门口作沉思状。我在离他不远的地方站住，等他回过神，吃了药，把漱口水喷得如雾一般消失了，才走近他，小心翼翼地说："孙乡长，您找我？"

孙乡长点点头，回身往屋里走。我跟他走进去，站在一旁等问话。孙乡长点燃一支烟，慢慢吸着说："田家庄带头闹事的，是不是叫唐大顺？"我一愣，不禁脱口说："您……怎么知道？"孙乡长不搭我的话，抬腕看看表，说："通知派出所老贾，叫他带上两个人，跟我去田家庄。"接着补一句，"你也去！"

六

像过电影一样，我把与孙乡长接触的场面和谈话内容过了一遍又一遍，也没有找到提及唐大顺带头闹事的事，孙乡长是怎么知道的？而且还要派出所老贾带人去，他要干什么？

在一个路口，通信员看似无意实则有意地遇上我，机警地环顾着四周说："孙乡长找你，是不是田家庄唐大顺的事？"

我不禁惊得张大嘴巴，半天说不出一句话。这就怪了：孙乡长刚说过的话，通信员是怎么知道的？假如此前孙乡长已经告诉了他，为什么刚才还神经兮兮地提醒我要小心点？显然，他也是刚刚知道的，前后不过几分钟……

通信员接着说："唐大顺是周副书记的小舅子。田家庄的民兵连长呢，曾经和孙乡长战友过。昨天傍晚，孙乡长在门口被战友拦住了，恰巧又被周副书记看见了。刚才孙乡长一找你，周副书记就……"我顿时恍然了，不由气恼地一挥手："别说了！"恰在这时，有人喊通信员，通信员赶紧走了。

明明是一场权术之争，却非要嫁祸一个无辜者！

孙乡长叫我前边带路，派出所长老贾和孙乡长中间并行。两个装束整齐的公安员殿后，一路严肃一路威武。我心里十分慌乱，暗自为唐大顺捏着一把汗。经过十二连洼排水沟时，我一不留神车轮打偏，连人带车摔倒在路边上。孙乡长来不及刹车，不知怎么一扭车把，人和车子一起栽进排水沟。幸好天旱，沟里无水，也不怎么深，孙乡长只是身上脸上沾点泥，并无大碍。派出所老贾到底行伍出身，四十大几的年纪，遇事还似青年人一般干练敏捷，下车下沟直至扶起孙乡长，仅在一刹那之间。两个公安虽然年轻，却明显不如。

孙乡长一边拍打身上的泥土，一边气恼地盯住我。我料定这顿训斥是脱不过了。谁知孙乡长突然转怒为乐，语气温和地提醒道："晚上写文章，要注意休息，不能影响工作！"话中的分量，一听便知。我心里骂：狗屁工作！面上却装得浑然无知，傻乎乎一笑，扶起车子继续带路。

民兵连长早已迎候在村头了。他看见孙乡长和公安干警，如看见天神，跟头流水地跑过来，抓住孙乡长的手，又摇又晃，哀哀诉说："领导哎，我可把您给盼来啦！"

孙乡长甩开战友的手，指着派出所老贾介绍说："这位是派出所贾所长，有名的神探！"民兵连长赶紧去拉贾所长的手，一叠声地喊："欢迎大所长大神探光临！"接过贾所长的自行车，在前边推着，引大家往田支书家走。一进院子，就扯开嗓门喊："支书叔，您看谁来啦？"

田支书从屋里走出来，看见来人，先是一愣，然后在脸上弄出一些笑，寒暄着说："各位领导大驾光临，欢迎欢迎，请坐请坐！"

这样的热情明显透着冷漠，孙乡长有些不痛快。好在民兵连长跑前跑后，搬凳子倒茶，把场圆下来。孙乡长抿一口茶，渐渐严肃了脸，郑重其事地说："田家庄发生的事我们知道了。我和贾所长来，一是代表乡党委、政府向你表示慰问，看看家中有什么困难；二是查清事实，严打犯罪分子，帮你把田家庄的正气树立起来。你先谈谈情况吧。"

民兵连长鼓动说："支书叔，领导叫说，你就说说呗！有领导做主，咱不怕！"田支书微微一笑，半开玩笑地说："你小子光知道贫嘴！领导来了，还不快去赶集，拣好吃的买来。顺便通知大师傅，中午给领导做饭。"民兵连长说："领导不是外人，不用赶集，拿咱的土特产——生炒鸡就行。"田支书一瞪眼，生气地说："你懂什么！给领导吃土特产，民兵连长不想干了？"民兵连长不敢分辩，赶紧往外走。

田支书吸一会儿烟，看我一眼，把嘴角挑起来，不无揶揄地说："我一个乡下大老粗，没文化，不会说话。乡文化魏站长承包田家庄，情况都清楚，还是请乡文化魏站长谈谈吧。"

显然，这是田支书报复我，他认为家丑给我外扬了，各位"领导"也是我带来的。虽然一肚子委屈，我也不想把事情说穿，于是浅浅一笑，轻声说："田支书你错了，我承包田家庄的任务是收提留，分内的工作还没有做好，哪有心思再管别的事？"田支书顿时尴尬了脸，知道把我冤枉了，赶紧赔笑说："魏兄弟别多心，我叫你说是想叫你替我说，没有别的意思。"

我端起杯子佯装喝茶，不搭话。

孙乡长开门见山地说："据反映，田家庄有个叫唐大顺的人，经常带头闹事，这次放火、拔棉苗估计也是他带头干的。老田有什么线索或有什么想法，尽管说出来，今天我和贾所长都来了，一定为你撑腰！"

田支书沉吟一会儿，说："田家庄是有个叫唐大顺的人，每次提留都是他带头闹事，闹得村里工作无法进行，不过放火、拔棉苗的事不是他干的。"孙乡长追问说："你怎么知道不是他干的？"田支书说："烧的麦秸、拔的棉苗都是我家的……"

不等田支书说完，派出所老贾插话说："这样吧，老田，你把唐大顺叫来，我问一下情况。"田支书犹豫着，不放心地问："是问带头闹提留的事，还是问放火、拔棉苗的事？"老贾说："都问。"田支书说："提留的事是公事，放火、拔棉苗的事是私事。私事我自己解决，只问公事吧。"老贾含混地说："叫来再说吧。"

田支书去叫唐大顺，本想到外边走一趟，说找不到回来交差的，不意刚到街上，便与唐大顺走了个顶头儿。唐大顺笑着搭讪说："听说孙乡长带来了公安，抓谁呀？"田支书看见唐大顺能不够的熊样子就生气，不禁脱口说："抓你！"唐大顺依然嬉笑着说："好啊！我正怕人家没工夫听咱说理呢，既然来抓了，那就快去吧！"说罢，竟然前边走了。田支书一愣，想说什么，却没有说出来，只在心里狠狠地骂：熊样儿，能不够！

唐大顺早就想和孙乡长谈谈提留的事，只是没有时间也没有机会谈。有一次，他去乡里找孙乡长，孙乡长到外地参观学习去了。给姐夫说，姐夫不让管，说管也管不了。唐大顺便对姐夫很不满，说："你们只知道花钱从提留里要，不知道失去的是什么！"

唐大顺走进屋，本想坐下来心平气和地与孙乡长谈一谈，把田家庄提留、喝农药的事，放火、拔棉苗的事，以及正在酝酿的事，该谈明的谈明，该暗示的暗示，总之要让孙乡长知道，提留重负农民已不堪承受，如不尽快采取措施，后果将不堪设想。谁知，落脚未稳，身后突然蹿出两名公安，一左一右将他死死扭住了。紧接着"咔咔"两声，双手被牢牢铐住了。

这是唐大顺万万没有料到的，突如其来的打击惊得他"啊啊"张大了嘴，却说不出一句话，紧接着，是不可遏止的愤怒和无比的屈辱汹涌而至，整个身心顿时被冲击得摇摇欲坠，仿佛置于风口浪尖难以驾驭。

田支书见状，也着实吃了一惊，但他很快镇定下来，问派出所老贾："你不是说问话吗？"老贾轻描淡写地说："带回去问。"田支书想分辩，孙乡长在一旁说："老田你要站稳立场，分清是非！"田支书固执地说："你们不能把他带走！我是村支书，不经过我同意，谁也不能在田家庄抓人！"

七

上午十点多的阳光很好，金灿灿的；天空也很好，蓝得像海水一样透彻；大地也很好，到处都是鲜亮亮的，甚至树上、房顶上的灰尘也是鲜亮亮的……

唐大顺被两个公安推搡着走出屋，有些不适应。他觉得头晕目眩，口干舌燥，胸腔里燃烧着一团火，极想找一点清凉的东西喝下去，或是去一个阴凉的地方避一避，然而，已是身不由己了。

走出胡同，走到大街上，眼前出现的情景使抓人的和被抓的都惊呆了！不宽的大街上，密密麻麻地排满了男人和女人，还有一些老人和孩子，大墙似的堵在前边，纹丝不动。按说，此时正是在田间劳作的时间，正是带人的好时机，这些人是怎么得到的消息呢？怎么来到了这里呢？

孙乡长看一眼派出所所长老贾，示意他带人快走。老贾按一下腰间的手枪，大步跨到前面，虚张声势地喊："干什么干什么？唐大顺煽动群众抗提留不交，还带头放火、拔棉苗搞破坏，他被拘留了。今后谁敢带头闹事，这就是下场！"

"大墙"不动。

老贾提高声音又喊："大家让开！我们是执行公务，妨碍公务是犯罪！"

"大墙"依然不动。

老贾暴怒起来，用力拍一下腰间，把枪举在手里。与此同时，"大墙"也把抓钩、铁锨高高举起来，一边"当！当！当！"敲得山响，一边齐声喊："放开唐大顺！放开唐大顺！"

孙乡长环顾四周，没有看到田支书，便扯开嗓子喊："老田！老田！老田！"喊几声没人应，方想起因带唐大顺跟田支书闹翻了，田支书在家没出来。他忽然意识到，乡长的权力是那么渺小、那么空洞，而真正强大坚实的则是面前的"大墙"。多年前，他就坚信"群众是真正的英雄"。部队转业从政之后，也曾想过"为人民服务"，怎奈身为一乡之长，不能不为繁杂的开支而考虑，不能不为自己的升迁而忧虑，正所谓"人在江湖，身不由己"。然而现在，面对声势浩大的"大墙"，孙乡长更是身不由己，不敢树敌。他慢慢退开一些，伸出双臂向下压着，示意"大墙"安静，并极力搜寻着温和的语言说："大家护着唐大顺，心情是可以理解的，因为唐大顺替你们想办法少交提留。我也想叫大家少交提留，甚至不交更好，可是行吗？上级的提留是上级按数分配的，乡长立下军令状，完不成就撤职！乡里的提留一个萝卜顶一个窝，缺一不可！我乡长有什么办法？只有动员大家交提留。对个别蓄意破坏提留工作、煽动群众闹事，甚至带头搞破坏的人，只有采取抓典型的办法。唐大顺，就是这样一个典型！""大墙"听了这番话，非但没有动摇，反而把抓钩铁锨举得更高、敲得更响，呐喊之声更响亮了："放开唐大顺！"

恰在这时，赶集操办食物的民兵连长回来了。自行车后座上驮着一只大条筐，筐里装满鸡鸭鱼肉。见一堵人墙高举抓钩、铁锨，又敲又喊，眼看孙乡长、贾所长等人就要招架不住了，顾不得把车子扎稳，直奔过来，火线营救。自行车也倒了，筐里的鸡鸭鱼肉散了一地。一只狗跑过去，叼起一块肉飞快地跑了。

闭门在家的田支书听得街上闹得凶了，怕闹出大事，赶紧出来看个究竟。正巧遇到民兵连长追狗夺肉，气得把手一扬，往那张汗涔涔胖乎乎的脸上打去，然后大声骂："都是你小子惹事！"民兵连长像个陀螺，在地上转着圈子，支吾着说："我、我……"田支书问："你说，唐大顺替大家要提留清单有啥错？"民兵连长说：

"没错啊！上级不是叫给大家清单吗？"

田支书转向孙乡长，含笑地问："孙乡长，你都听到了？"孙乡长情知拗不过，嘴上还是说："即便要提留清单没有错，放火、拔棉苗也一定要严惩！"田支书禁不住笑起来，说："放火？谁放火？那是我家的麦秸，我嫌占地方自己点燃的；棉苗也是我家的，我看它旱死了拔了种大豆……"

孙乡长无话可说，向派出所老贾挥一下手，跳上自行车走了。我跟着走出田家庄，还听得抓钩铁锨的敲击声和人们的呐喊声响彻云霄，盈天匝地……

"屠城"

一

直到现在，它才彻悟这一生原来是场骗局！就连那些自命不凡的人类，也无外如此。只可惜人类都被所谓的高官厚禄、荣华富贵迷惑了，使得大部分人至死不能觉悟。它认为，人类不但愚蠢，而且麻木，或者像喝醉了酒一样癫狂，像追求异性一样痴迷……总之，人类很糊涂，也很可怜，正如他们自己所说："死了也不知道怎么死的。"

现在，它明白自己为什么落到如此地步了：是主人不用它了，它与主人无益而且是累赘了。只有一点令它迷惑不解：主人为什么不早点儿把它送进屠宰车间，像屠杀所有牲畜一样倒挂在吊车上，剥皮、开膛、分割，然后打包、冷冻、运往各地，换回大捆大捆的金钱呢？然而对它，却像踢一堆破烂似的踢了这么久！既然已经沦为破烂，迟早都会被处理掉，何必再踢来踢去的呢？莫非主人良心未泯，感念它一生劳累，而且两次冒死救过他性命？若如此，那么现在又是何必呢？

在被当作破烂踢的时候，它曾不止一次地想到过死。而且主人也曾不止一次地提示过它，杀它是早早晚晚的事。那时候，它真想让主人早点儿动手，它已经尝够了当破烂的滋味儿，也已经受够了生的苦难。

自从主人发迹之后，它的厨房即被推倒，建成了高大的屠宰车间和与其配套的冷库，以及汽车库、工人宿舍、工人食堂。它被赶到一个角落的厕所旁边，备受风吹雨淋、日晒露浸、严寒酷暑的煎熬，同时，还有那些道貌岸然的男女，如厕时放出的臊臭气味，和路经它身旁时的责打。

不知从哪一天起，有人备下一根木棍，只要它稍稍靠近路边，如厕的人操起棍子啪啪便打，同时怒喝："蠢驴，滚一边去！"更有那些不满意工作和薪水，甚至受了什么委屈的人，无端地向它发火，借此来排解内心的苦闷和烦恼。饲草更是想起来才给它一些，也不是用刀细细铡过的那种，而是整整一捆，远远地往地上一扔，爱吃不吃。有时三天五天、十天半月不送一次，它便捡食地上的草根，苟延生命。有一次，新任女主人送来一捆谷草，它远远看见了，便急忙站起来，张嘴眯眼作一副献媚样，并且讨好地摇头摆尾，踏动四蹄，企图换取她的欢心。谁知她不但不领情，反而恼怒地抡起木棍向它劈头盖脸一阵猛打，同时狠狠地骂："老熊样，铁铁随了主人！"

于是它便想自己到底随了主人什么？这不可能，它怎么可能随主人呢？它甚至不可能随任何人！尽管人类对它十分蔑视，经常鄙夷地骂它"蠢驴"，好像它永远也长不大似的，可是它对人类也不怎么佩服。人类有什么了不起，不就是投胎时选了一个叫"人"的爹娘吗？否则，说不定还不如它呢！它吃苦耐劳，不图名利，不计得失。而人呢？树世界万物为敌，恨不能据天下一切为己有，那么自私，那么贪婪，那么残忍，它怎么可能与他们为伍呢？它不屑与他们为伍！

在它刚刚离开母亲，来到主人家的时候，也曾有过美好的憧憬，热血也曾沸腾过。尤其第一次拉起主人那辆崭新的胶皮轱辘大车，踏上远征的路程，眺望着一望无垠的原野、连绵起伏的山峦，呼吸着清新潮湿、弥漫着花草芬芳和泥土清香的气息，简直是惬意极了，神气极了。它不由得暗暗下定决心，从此一定要尽心尽职，为主人拉好这辆车，按照主人的意图，把要送的货平平安安地送出去，把要拉的货平平安安地拉回来。并且还想，只要自己全心全意地为主人拉车，主人不会看不见，更不会亏待它。它这一辈子就依靠主人了！

可是，生活很快就把这一切打碎了。它发现自己所处的地位不但低下卑贱，而且完全受人奴役，工作上只要稍有懈怠或疏忽，立即便会招来无情的责骂和鞭笞。渐渐地，它失望了，心冷了。起初的热情和理想，烟消云散而去，孤独和苦恼像蛇蝎一样纠缠着它。好在那时饲草不缺，而且主人还很注意为它调剂。每当一天奔波之后，它都能香甜地美餐一顿。因此，它才有了力气再走第二天的路，才能日复一日、年复一年地继续工作，它的生命，也才能在无休无止的劳作中得以延续。当然，这一切现在都恍然了，主人那样做，根本不是关心它，更没有犒赏之意，而是为了让它生命不息，拉车不止，继续为他卖命。

现在回想起来，它简直不敢相信那些个日日夜夜是怎样过来的。那时候，主人兄弟俩配合得很好。老大练就一手娴熟的刀法，一头活牛到他手里，用不了半个时辰，就能把肉、骨和五脏六腑分离得清清楚楚，利利落落。看刀在骨肉间行走，简直如书法大师笔走龙蛇，令人瞠目结舌。他带领几个身强力壮的伙计，工作一天，便可制造出一大堆脏兮兮的皮，一大堆血糊糊的肉，一大堆白森森的骨，一大堆乱七八糟分不清是什么东西的下水。它的任务，就是把这一大堆一大堆一点儿不剩地运出去。老二是一个天才的外交家和指挥家，他与人交往，犹如老大持刀在骨肉间行走一样老到，而且还精通数学，无论多么复杂细小的数字，他都能既快又准确地口算出来。

老二指挥它运输，更是得心应手。往车辕上一坐，或往车厢里一躺，悠悠然吸一支烟，哼呀呀唱一支歌，想快想慢，想左转想右转，只需把鞭子轻轻一扬即可。当然，这是顺心的时候，不顺心的时候，那打骂也是一流的。他想打你左耳花，绝对打不到眼角上，并且还能把你打得揪心地疼，甚至窒息，表面却不留一点儿痕迹……

跟老二日子久了，不但经历和目睹了他的全部才能，还发现了他的一些秘密。最主要的一个秘密，就是他收了钱不如数交公，而是存起来"自肥"。后来，老大有了觉察，找老二问话，老二不但矢口否认，还委屈得呼天抢地，以罢工要挟。老大苦于分身无术，而且觉得换了别人更不放心，只好忍气吞声，睁一只眼闭一只眼。再一个秘密，就是老二经常与卖煮下水的那家女儿鬼混。每次装车的时候，他就计划好了。如果这一天有兴趣，就把运下水的任务放在最后，好趁天黑行事。那家人，也是睁一只眼闭一只眼，趁乱马虎点斤两。老二大概早已看穿了这些，于是在与那家女儿做事的时候很沉稳，如猫儿戏鼠。什么时候玩得心满意足了，玩够了，才完事。

然而有一次，它仅仅向异性表示点爱慕之情，老二就不允许，真是霸道极了。当时它也是年轻气盛，也是异性的诱惑不可抗拒。它长啸一声，不顾一切地向目标扑去。就在这时，"叭！叭！"两鞭，一左一右打在它两边的耳花上，顿时浑身痉挛，四肢瘫软，眼前金星乱迸，耳内犹如狂风大作，窒息感如一块巨石重重地压在身上。它想自己就要死了，它真想就此死去。谁知良久良久之后，它又慢慢苏醒过来。看见四周围着许多人，喊喊喳喳，心想那些人一定在责备老二下手太狠。仔细一听，却是称赞老二鞭子打得好，说他年纪不大却是老把式了！

天啊，这些人，心难道不是肉长的吗？老二在一片赞扬声中，越发得意起来，炫耀地把鞭子在空中甩一个五花，然后猛地往上一挑，"叭！"一声脆响，鞭梢如锥刺一般击在它脑门上。它不禁打了个寒战，挺身站立起来。围观的人又是一片喝彩。自此，它恨死了老二，也恨死了人类。曾不止一次地呼唤过风沙、冰雹、火山、地震、洪水、瘟疫……这些大自然的天之骄子、正义之神，都来惩罚万恶的人类吧！

二

这一次，老二真要动手了。当着它的面，老二对身边一个人说："它迟早都脱不过这一刀，还是杀了吧？"那人说："它有啥？"老二说："有皮，有大件儿。"

它认得这个人，原是老大的得力助手，老大死后，便成了"一把刀"，现在是车间主任，实际是一个二工头，主人老二的帮凶。他的刀法，虽不如老大娴熟，但练就一手点穴绝技，手持七寸匕首，轻轻往牲畜脑门上一点，那牲畜顿时昏厥瘫倒，从无失手。因此，"一把刀"的名声很响。在同行中，人们对"一把刀"的崇拜，不亚于中小学生对歌星、中老年人对气功大师的崇拜。也曾引得几家大国营厂、大公司的人前来聘请，许以高薪，他都没有答应。据说主人老二早已预料到会有这一天，便在"一把刀"和女工鬼混的时候，偷偷拍下几幅照片，只要"一把刀"敢背叛他，他就把那些照片挂到大街上的宣传栏里去。"一把刀"有苦难言，可是对外说起来，却慷慨陈词："一人不侍二主，人生能得一知己足矣！我若贪图那点蝇头小利，背信弃义，岂不让人耻笑？"

它最讨厌的就是人类的虚伪。本来心里恨恨的，甚至暗藏杀机，表面上却是笑脸相迎，满口恭维。这种假象与谎言，注定了人类的悲哀，使得人与人就像两棵并生的树，相近却不能相知。于是，人类不得不为了保全自己而算计别人，同时又怕被别人算计而提心吊胆，层层设防，根本不像它们畜类，要爱就爱个痛快，要恨就恨得切齿。它觉得人类这样太孤独，也太劳神了。

这种对人类的蔑视和不解，自从感受到人类对它的蔑视和不解之后便产生了。不过这绝不是报复，它认为无须报复。人类已经退化到不但精神脆弱得即将崩溃，而且貌似强健的身体也弱不禁风，甚至失去性功能。人类祖先群居山林时，茹毛饮血却能繁衍生息，而他们现在，大街小巷贴满了治疗性病的海报，有的商店还陈列着激发性欲的器具和药品，可见人类已经退化到何种境地。现在，设若自然之神颁布一道法令，让世界上所有的物种来一次公平竞争，或者由自然之神出面筛选，优胜劣汰，肯定是人类不能入围，首先被淘汰。那些高楼、服饰、电器、汽车，甚至补品、补药，都救不了人类。所谓的人类文明、智慧结晶，在伟大的自然之神面前，只不过是小孩子玩的肥皂泡，或者用泥巴捏的小泥猴，简直不堪一击，不值一提。一个丧失了性功能的物种，还有什么希望呢？

它万万没有想到，那个胖得满面红光的税官儿也会失去性功能。在一个飞霞满天的傍晚，满面红光的税官神采奕奕地走进门来。老二看见了，如看见天神，又惊又喜义小心地迎上去，拉着税官儿的手走进客厅。喝一杯茶的工夫，酒菜便上来了。

税官笑笑："还喝？"

老二也笑："当话肴呗。"

酒至半酣，税官儿问老二："伙计，咋不来个大件儿尝尝，莫非都留给大人物了？"老二忙说："这里除了您哪还有大人物！咋？'枪'不好使啦？"税官儿点点头："不太好用……"老二拍一下胸："这事儿交给我了！从明天起，一天一个大件儿供您吃！"税官儿面露不悦："明天？好小子敢忽悠我。告诉你，要不是为了大件儿，今天我还不来呢！"老二赶紧解释："我平时不杀驴，只杀牛。牛鞭行不？牛鞭更有劲！"税官儿摇摇头："牛鞭一根筋，不好吃。大件儿面抖抖的，吃着就来劲！"老二沉吟片刻，忽然来了主意："借它个大件儿！"

两个人走到厕所旁边，在它近前停下。老二一手持刀，一手拿棍子轻轻捣它的性器。税官儿渐渐看得明白了，也找一根木棍帮助老二。

它几天没有吃东西了，生命正在垂危，别说用棍子捣，即便用异性吸引，怕也无济于事。两个人忙碌了半天，终不见成效。老二有些急，便扔了棍子，用手抚弄。须臾，果然有了成色，只见皮下一截渐渐粗大起来。老二甚喜，越发抚弄得细致入微，另一只手则紧紧握住刀子，单等大件儿露出面目，充实坚挺起来，把刀一挥，大件儿便鲜鲜活活地落到手里了。

忽然，老二觉得手上一热，用力抓时却是一股黏稠的液体，并且随着液体的流淌，皮下那截希望迅速萎缩消失了。再用手抓捏，仿佛一点都没有了。不知税官儿觉得开心还是什么，"嘎嘎！"笑得很响。老二有些尴尬，一边在地上擦手，一边狠狠地说："我叫工人加班，杀了它狗日的！"税官儿却潇洒地一挥手："算了。看它一身癞皮就恶心！"

回到酒桌前，税官儿的酒便喝得索然无味。老二极尽能事地劝他喝了两杯，见不能起兴，便叫来小姨子给税官儿斟酒。这女子好似早晨带露的鲜花，楚楚动人，满身芳香，令人陶醉。只二三次对视，税官儿便不能自已，酒兴大发，眉眼手脚都灵活起来。

老二趁机说："上季度生产不景气，仨月停产俩月。"税官儿捏一下女子的下巴儿："我不管这些，只管照章办事，你停产你拿出证据来。"老二说："证据我有。"税官儿便揽住女子的腰，盯视着老二说："伙计，别尽拿空话打发人，要动真的你舍得？"老二喝干一杯酒，大方地说："舍得！权当今天没大件儿，给您补过！"

也不知这事过了多久，女子的姐姐知道了，质问丈夫："你还是人吗？"

老二不解地问："你什么意思？"

"她是我妹妹！"

"你妹妹怎么啦？难道你妹妹就不兴找男人？"

这时候，那女子走过来，轻轻推姐一把，说："姐，你管得是不是太多啦？"

这话更出乎姐姐的意料，她愕然盯视妹妹良久，轻声骂道："真不要脸！"

女子咯咯地笑起来，笑够了说："姐，咱们都是女人，将心比心，女人找男人有什么不要脸的？你不是也找男人了吗？别以为你找的男人和你登过记就有什么优越，登过记的男人不也是男人吗？再说了，你认为和你登过记的男人就是你的啦？你知道和你登过记的男人在跟你睡觉时想的是谁吗？"

女子走近老二，抱住他先是一个吻，然后说："姐夫，你说呢？"老二将女子抱起来，笑着问妻子："你是听我说，还是看行动？"

此时，她如坠阴冷的深渊，周围的一切都是那样陌生，又仿佛在做梦，她似曾做过类似的梦。这一次，她还希望是做梦，于是梦呓般地喃喃着："你们、你们……"

她觉得自己如一张单薄的纸片儿，被一团灼热的气流托浮着，忽上忽下，忽左忽右，在无边的旷野飘飞。心里却是很急，仿佛去赶一个盛会，迟到就不好了。行至河湾的上空，忽然看见如茵的草滩上堆放着几件衣物，潺潺的河水中有一群孩子在泼水嬉戏。其中一个虎头虎脑的小男孩大概呛了水，憨态十足。她似曾见过这个孩子，可是记不起在哪里见过了，想必是很久以前的事情了。过了土丘，突然听得一片毕剥之声，低头看时，原来土丘下支着一口锅，锅下燃烧着熊熊烈火，毕剥之声即是从那里传来的。再看锅内，热油滚滚，无数颗人头翻滚攒动。人头看见她，欢呼着拥过来，向她张开空洞的大嘴。她忽然明白了，匆匆赶去的盛会，原来就是这个样子！她禁不住笑起来："哈哈哈哈！原来是这个样子，原来是这个样子！"

老二从床上爬起来，替女子套上外衣，然后给自己套上。他对女子说："你姐可能疯了，打电话要辆车，把她送精神病院吧。"女子叹口气："唉，真可怜！

她一辈子，还没有快乐过。"老二看一眼大笑不止的妻子，向女子努努嘴："你看她现在不是很快乐吗？"女子莞尔一笑："或许是吧。"两个人说笑着走出去了。

她在里边把门关上，上了闩，将身上的衣服一件一件脱下来，直脱得一丝不挂，再把衣服一条一条撕开，缠在身上。她觉得这个游戏好玩极了，开心极了，快乐极了。于是，缠呀缠呀，甚至还唱着一首歌："不要问我从哪里来，我的故乡在远方……"这时候，就有一根电线顺着布条爬上来，像毒蛇一样缠绕在她身上……

此时大约上午九点，屠宰车间的工人上班不久，一头黄牛刚刚经了"一把刀"的手，瘫软地倒在地上，后腿被吊车吊起半截，就吊不动了，而且照明灯也暗下来。外边的高压线"啪啪"打起火来。有人分析："可能哪里短路了？"于是都放下手里的刀，跑到院子里，惊慌失措地询问着："怎么了？怎么了？"

有人闻到一股糊臭气味，顺着气味寻到一个窗口，便看见里边有个像人的东西已经烧成黑乎乎一团了。

于是，女子顶替姐姐，做了它的新任女主人。

这个决定，是姐姐死后的当天晚上产生的。那时候，她一个人躺在床上，夜很深了还没有一点困意。恍惚间，就听一个声音说："你知道你姐夫有多少资产吗？你知道你姐夫在找一个什么样的妻子吗？你姐夫再找了妻子还是你姐夫吗？你姐夫再找的妻子能容你在这里干你想干的事情吗？"于是，她就决定嫁给姐夫了。当然，她相信自己不会像姐姐那样软弱无能地受摆布，甚至连如何掌管姐夫的家——不！她自己的家，如何约束姐夫——不！她丈夫，都想好了。那些方案，犹如临战的士兵，只一声口令都迅速集结在她面前，单等她选择使用了。

她觉得今后有她掌握着丈夫，家业定会更加兴旺发达。有一句名言：每一个成功男人的背后都有一个为他牺牲的女人。不！这句话应该改成，每一个成功男人的背后都有一个管束他的女人！男人没有女人管束就像脱缰的野马，断线的风筝，迷航的船只，就会沉湎于酒色不能自拔，迷恋于权财不能自持……

老二似乎有些不放心，他说："你嫁给我，就是我自己的了，往后不能再让别人沾了。"她说："这不是废话吗？"老二沉吟一会儿，忽然后悔起来："早

知道这样，就不把你给税务局那小子了，一想起他那熊样儿，我就恶心！"她却没事儿似的笑起来："你呀，就是用别人的东西不心疼！"

三

太阳偏西了。天地间仿佛扬起许多朱砂，又仿佛拉开一道道棕红色的帷幕，总之，很浑浊，甚至呼吸都觉得有什么东西进入气管，一层层黏在管壁上，堵塞着气道。远视更是不可能，别说寻找蓝湛湛的天，即便远处的房舍，都迷离恍惚，有隔世之感。它觉得这是一个不祥的征兆。

屠宰车间又开始洒水了，"哗哗哗！哗哗哗！"可以想见，那些积存了一天的血液和污物，还有浓重的死亡气息，都将被冲进阴沟，然后汇合着众多工厂排出的废水，"周游列国"。天天如此。

它有些纳闷儿，甚至有些失望，既然已经决定杀了，为什么过去一天又一天，还不动手呢？莫非因为它身上值钱的东西不多而不杀了？记得当时谈论杀它的时候，"一把刀"脸上的神情十分不屑："它有啥？"天啊，辛苦一生，到头来连被杀的资格都没有了！

它看见"一把刀"如厕回来了，慢慢站起来，用仇视的目光盯住他，恨不能对准他的后脑踢几下，像踢脆瓜似的踢烂他。"一把刀"在离它几步远的地方停下来，忽然一拍脑门说："忘了，再忍一天吧，伙计。"听这么说，它心里顿时宽慰许多，踢"一把刀"的念头消失了。忘了，并非不杀，也并非不值一杀。它立即换上另一副目光，热切地注视着"一把刀"，试图给他留下深刻的印象，让他记住杀它。"一把刀"看它一眼，仿佛明白了，点头说："明天吧，伙计，明天吧。"

"一把刀"回头时，看见一个女工来如厕，便用套马杆似的眼光紧紧套住她，说："你看它有啥？"

女工说："有皮。"

"一把刀"摇摇头："拣值钱的说。"

女工几乎喊起来："哎哟！它还有值钱的？"

"一把刀"便笑出一脸神秘："大件儿不值钱？"

女工脸一红："你吃吧。"

"一把刀"炫耀地说："咱不吃也好用！"顿一顿，又说，"哎，晚上去我办公室，有事儿。"

女工说："不去，没好事。"

"一把刀"说："给你加薪。"

女工说："加多少？"

"一把刀"说："去了就知道啦。"

女工笑一下，算是答应了。

它心里有一股怒火烧起来。倒不是因为他们加薪的事，它没有闲心管那些，而是忽然明白了，主人之所以要杀它，原来它身上有皮和大件儿。若是没皮和大件儿，就不杀了吗？就没有被杀的资格了吗？这真是充满交易的年代，连死亡都充满了交易！

渐渐地，它觉得自己向往的死，企盼的杀，已经失去了诱惑。一旦经了交易，一切都变味儿了，死，就不是那么纯粹了。它想，自己的命运自己做不了主，难道自己的生命自己还做不了主吗？譬如撞墙，譬如绝食，这不都能结束生命吗？何必等他们施舍一刀，甚至用自己的皮和大件儿换取一刀呢？它怨恨自己，从前怎么就没有想到这些呢？真是一头蠢驴！

它记起一条小河，水清而潺潺，银带子似的从西向东横在田野上。河滩里长满野草，绿茵似的铺在地上。它想，倘若躺在那里静静地死去，该是多么美妙啊！

夜幕拉开一道又一道。它想逃出去，现在是时候了，也是最后的机会了。如果"一把刀"不忘的话，明天就要向它动手了，它就只能用皮和大件儿做交易换取一刀了。可是逃走谈何容易？偌大一片建筑，四周有很高的围墙，铁大门只有过汽车时才打开一次，那扇供工人出入的小门，也是持了"一把刀"的批条才能打开一次。还是撞墙吧，现在撞墙还来得及。撞墙虽不如静静地躺在小河边的草地上死，

但也比用皮和大件儿做交易换取一刀好得多，毕竟是自己争取的！

它慢慢支撑起身子，用力挣脱脖子上的绳索，一次、两次……十几次都没有成功。绳子太结实了，难怪往脖子上一套就决定了它一生的命运。经过一番挣扎，它对绳索的理解又加深了一层，觉得绳索不仅系在它脖子上，而且系在它心坎上，每挣扎一下，心尖都疼得像刀割，全身不住地痉挛，虚汗淋漓如洗。眼看就支持不住了，就要倒下了。它暗暗提醒自己，千万不能倒下，或许此番倒下就永远站不起来了……

恰在这时，铁大门响起一阵敲击声，和破锣般的喊叫声："大憨，你在哪里？"

它知道是老大的老婆又来了。这女人，有时候好好儿的，有时候犯了病就到处乱跑乱喊："大憨，你在哪里？"或者跑到这里敲铁大门。在平时，老二便拿一些钱给她，她双手接过钱，先是饿鬼似的捧着看，仿佛那钱里一只烧鸡，里一块肥肉，恨不能一口吞下去，可是很快又像触电一样，浑身痉挛，双手一抖，把钱还给老二，惊呼一声仓皇遁逃。

有人说，这是因为老大的死把她吓成了这样。老大为钱而死，所以她怕钱。街上有不少闲汉喜欢拿钱逗弄她。今天老二没有兴致，他在家与一个女人鬼混，被新任老婆撞上了，现在跟他闹翻了。

要说新任老婆还真有两手绝活儿，撞上之后既不惊呼也不叫骂，反而谦恭地冲着缠绕在床上的一对男女微微一笑，说："打搅了。"然后转身退出去，冲好两杯热咖啡送进来，放在床前，依然谦恭地微微一笑，说："慢慢玩。"转身退出去。

如此一来，老二和那女子便有些丈二和尚摸不着头脑，忙作劳燕分飞。谁知，这边女子刚刚离床，新任老婆从街上领着两个粗壮男人回来了。她冲丈夫摆摆手，说："劳驾给个空儿。"又说："待会儿送两杯热咖啡。"然后旁若无人地开始脱衣服。

老二虽然自知理亏，却也受不住如此羞辱。他先冲那两个粗壮男人狂吼："滚！都滚！"然后抓住老婆便打。她不还手，也不躲避，甚至连大气都不出一声。等

老二打累了，她说："今天你欠我一次，我早晚都要你补上！"

此时，老二正在给新任老婆写一份保证书，保证今后不再染指别的女人，并以此为条件请求宽恕。新任老婆倒也宽宏大量，得饶人处且饶人。她说："行，不过得有个条件，你若再有一次，就得许我两次；你若再找一个女人，就得许我再找两个男人！"

老二恼了，把笔一摔，大声骂："你什么东西，一个破烂货，也来管我？"

新任老婆两手一摊："我没有管你，是你管我。"

老二说："你是我老婆，我就管！"

新任老婆说："你呢，不是我丈夫吗？"

老二讲理不是对手，便在床上蒙头睡了。

疯女人依然不知疲倦地敲门叫喊。守门人忍不住了，出来撵她，拿棍子吓唬她，都无济于事，无奈，只好拿出钱逗她。疯女人果然触电似的扔下钱，惊呼一声夺路而逃。钱落在铁大门外边。守门人开了门，拾起钱，顺便对着一个墙角撒尿。门就那样宽阔地敞开着。

它看在眼里，心中顿时燃起希望的火焰，直烧得它口腔冒烟，浑身颤抖，仿佛灵魂出了窍儿，只留一个躯壳在那里发呆。不知过了多久，它忽然看见守门人撒完尿提着裤子往回走了，才猛然醒悟，才想起应该挣断脖子里的绳索，赶在锁门前逃出去。可是，那绳索太有韧性了，任凭它怎样努力都挣不断。它的力气却是很快耗尽了，而守门人已经开始往回走了，眼看就要走进大门了。它绝望了，顿时变得像个疯狂的赌徒，在心里狂吼着："我还有最后一次机会，最后一次机会！"

它深吸一口气，往后倒退几步，像跳远运动员那样，就要起跑时，它忽然改变了主意，想起上几次失败的原因，都是因为冲力太小，而冲力太小的原因，正是脚步没跟上。它的脚步已经不似从前那样灵便了，现在跑起来，有如棍子绊在足下，这样怎么能挣断绳索呢？于是，就像当年救主人坐后　一样，它把双足插在坚实的地面上用力往后坐，再加上整个身子的重量，力气肯定会比往前挣大得多。"天啊！这是最后一次机会了，助我一臂之力吧！"

它在心里滚过一声狂涛般的呼喊，选择好一个位置，开始实施这个方案了。脖子里的绳索顿时绷得很紧，发出近似古筝上弦般的"铮铮"之声。这时候，它听见脖子里的骨节有"叭叭"的断裂声，同时还听到脖子里的绳索也有"叭叭"的断裂声。它不由一阵狂喜，更加努力起来。那断裂声越来越响，突然轰隆一声，它便什么都不知道了……

待它苏醒过来，夜已经很深。四周一片沉静，一片死寂。隐约可以听见大地的喘息，犹如小儿的梦呓，仿佛老人的沉吟。一阵冷风吹来，它觉得身上凉飕飕的，湿漉漉的。不知什么时候，天上下起蒙蒙细雨，雨丝儿轻巧得仿佛生怕弄出声响，把夜惊醒。它渐渐记起一些事情，可它又不敢相信那些事情，如做了一个梦，现在刚刚醒来，或者还在梦中。脖子里的绳索却是无可置疑地断开了。那条束缚了它一生、剥夺了它全部自由的绳索，此时竟如一条被斩断的僵蛇，毫无生气地躺在那里。可是它心里却没有一点胜利的喜悦，反而懊丧极了。本来，它这一次是可以如愿以偿的，可以凭借着夜色的掩护走出大门，找到那条美丽的小河和如茵的草滩，在那里结束自己的生命，如今，因为自己的无能，把一个绝好的机会错过了。

它强忍着脖子乃至全身的疼痛站起来，沿着靠厕所的那道大墙慢慢往前走。它知道，前边有一个用钢筋和铁丝网围成的园子，里边圈着它的同类，都是主人花钱买来待杀的。那些同类，有的已经年老，不能为主人效力了，便被几个小钱打发到这里；有的还很年轻，因性烈惹恼了主人，或因意外事故致残丧失了劳动能力，也被几个小钱打发到这里。只要来到这里，就没有一个能活着出去的。在园子里关一天两天，便被送进屠宰车间，过"一把刀"的手。它想在自己死亡之前，去看看它们。它们和它一样，都是苦命儿，因身上有值钱的东西，才得以换取一刀的。

经过一眼井的时候，它不由顿足。它熟悉这眼井。这眼井不但供给屠宰车间和生活区用水，还让老大结束了生命。它曾目睹了老大被人用挂肉的钩子拉出井口的惨状。老大是头朝下栽进井里的，肚子被豁开了，肠子流出来，拖了老长。他老婆大概就是看到这一幕后才疯的。老大太不值了，凭他的聪明和能力，会干

得很好，可是他不但白搭了一条性命，还白搭了全部的家业和名声……

四

老大越来越不满意老二的行为，而老二则是有意作对似的，不时制造出种种劣迹。最使老大不能容忍的，是老二与税官儿的交易。自老二小姨子荣升为老二夫人之后，他便经常在街上找来姑娘给税官儿取乐。有一次，竟然打一个在校中学生的主意。学生的父母要告，老二只好托人求情，用重金封口，税官儿还一百个不乐意。再就是往肉里注水，老大主张适量，老二则坚持尽量。老大急了，说了老二几句，老二送货回来，就把钱扣了三分之一。问时，他说："买信誉了，你不是要信誉吗？"这样的伙计怎么还能合作下去呢？老大忍无可忍，只好提出分手。老二击掌一乐："好啊！我正等你这句话呢！"

于是，他们请助手"一把刀"作中人，将机器、厂房、汽车作价。兄弟二人，一人要实物，一人要现金。老二说："我要实物。"老大明知道实物合算，也不去计较，自己兄弟，吃亏沾光不是外人。他置下一片地皮，准备重建厂房，东山再起。可是他万万没有想到，跟随了他多年的助手"一把刀"竟然背叛了他，投靠了老二，并且散布一些十分不利于他的言论。最致命的一点，即老大忒狠毒，不容人，连自己同胞兄弟都不容，还能容谁呢？这话经"一把刀"的嘴说出来，等于给老大贴上一个"靠不住"的标签。

老大依稀觉得陷入一个圈套，可是也没往深处想。他相信身正不怕影子歪、日久见人心之类的古训，相信事实会替他说话，证明他的为人。于是，他越发努力，决心干一番轰轰烈烈的事业，做个清清白白的人。

谁知，在他才买下地皮不久，土管局的人便找上门来，要收他的个人征地税，数额大得惊人。才想申辩，来人拿出一份红头文件，一二三念了一遍，然后说："照章办事吧。个人征地应先申请，你违反了条例，加罚百分之三！"无奈，老大只好如数交钱，生怕再违反什么条例，传出去于他不利。谁知，破土动工之际，城建局的人找上门来，不但勒令其停工，还让补交什么金和私建罚款，数额也是大得惊人。他不敢再申辩，知道来者手里还会有红头文件，赶紧交钱、道歉，补办一系列手续。两次折腾，再加上买地皮的投资，手里的钱已所剩无几。但这并没有挫伤他的积极性，他还要继续干下去。

于是，悲剧便不可避免地发生了。

老大的执着仿佛饮下一杯强力迷魂汤，令他不能面对现实，不能冷静地思考发生在身边的事情。因此，他至死也不知道，"一把刀"的背叛，两次巨款的付出以及后来发生的诸多事情，都是胞弟一手操纵。他知道同行是冤家，可是他不相信老二会生灭他之心。他们是一母同胞的兄弟啊！他们自幼丧父，母亲再嫁，是老大带着老二相依为命长大成人的啊！是老大从小帮人家扯猪腿，学会了屠宰，才一步一步发展到今天的啊！况且，眼下市场这么大，供不应求，别说他们兄弟两个有屠宰车间，即便再多上十个八个屠宰车间也不至于把谁挤垮啊！

厂房建成之后，老大的积蓄都花光了，购置设备的钱要靠借贷了。他去银行贷款，人家大概已经听说了他的为人，都不敢贷款给他，当然人家也不说不贷，而是说你去找个有经济实力的单位担保吧。他试着找了几家，人家都说担保就等于借钱给他，没钱，要有钱就干脆借钱给他了。或者说正准备上项目，想贷款还没找到担保单位，怎么再给他担保呢？

正在走投无路之际，有原先挺热络的人给他出主意说："你不用找别人担保，你把自己的厂房和地皮办个保险，拿保单押到银行贷款就行。"这办法好，贷款很快就到手了。

这一天，老大正准备外出购设备，就有一中年一青年两个人找上门来，都携大提包戴眼镜，文质彬彬的，自称是某机械厂的推销员，还拿出名片、介绍信以及产品价目表给他看。老大暗喜神助，设备正是这种型号，而且价格也适中，于是提出去考察。两个人自然同意，带着他在厂里参观一遍。设备质量没有问题。老大回来携了现金，跟随两个人去提货。行至途中，客车停下来吃饭，老大却仰躺在车座上呼呼睡着了。那两个人大大方方地携上他的钱，消失在茫茫人海之中。

待老大苏醒过来,手上的香烟燃得只剩一截过滤嘴。他记得这支烟是中年人给他的。老大慌忙追到机械厂,拿出名片、介绍信以及价目表给人看,都说不认识这两个人,而且介绍信和价目表都是伪造的。

银行的人听说了老大的遭遇,立即走马灯似的找上门来催贷,并且限定日期,届时还不上即办理财产抵押过户手续。老大无奈,只好硬着头皮求助胞弟。老二冷着脸说:"你不是讨厌我吗?怎么又跟我攀兄弟来了?钱我有的是,就是不能借给你,我正准备购地皮建厂房添设备呢!这样吧,看在爹娘的情分上,我不跟你一般见识,你到我厂里来干吧,我给你高薪,足够你养家糊口的。"

老大愤怒了,他辛苦半生,到头来却落得如此下场!他恨老二冷酷无情,更恨世道险恶。他要报复,要有很多的钱。当他张着双手奔波求助一无所获之后,决定把厂房和地皮过户给银行,自己再从杀猪干起,而今迈步从头越。他相信自己有能力重新拥有一份产业,比老二还要大的产业!

可是接下来的事情,就像鬼使神差一样。他不由自主地走上一条河堤,隐约听到一个女子的呼救。那时候,他脑子一片空白,对外界信息反应十分迟钝,一声呼救并没有引起他的注意,只是条件反射地寻着那声音看了一眼,只见河堤旁一片尚未抽穗的玉米,在烈日下如被沸水烫过,或是被浓烟熏过,蔫巴巴灰朴朴的。别的就什么都没有了。

谁知,就在他收回目光的那一瞬,却看见不远的地方,有一辆倒着的红色变速车,车把上一只鼓囊囊的棕色包,拉链拉开一条缝,一束很强的光芒射过来,直刺老大的眼。当他意识到包里是什么东西时,一颗心不由得收紧了,甚至整个人都缩成了一团儿。他不知道自己是怎么拿着那包回家的,当他把包里的东西哗啦往床上一倒,他和老婆都惊得半天没有说出一句话。太多了,真是太多了!甚至比他用来购设备的钱还要多,而且全是崭新的百元大钞。他一手抓一把,合在一起拍打着:"我又有钱啦!"

他老婆扑上去把钱抱住,生怕被人抢走似的,"呜啊"一声,不知是哭是笑,半截便卡在喉咙里,"咯咯"响了半天,才又连哭带笑起来。老大不管老婆,只顾自己拍打着钱，又跳又笑："哈哈哈哈！我又有钱啦！"

消息很快传开，说那个被劫持到玉米地遭强奸的姑娘，原是一家合资企业的出纳。那天从银行提了款行至途中，遇到色鬼，角逐中，色鬼发现了她的钱，便先奸后杀，卷款而逃。另一种说法，她还在银行取款时，便被歹徒盯上了。歹徒跟踪至没人的地方，把她劫持到玉米地，饕餮了美色，卷走了巨款，一箭双雕。

总之，这案子非同小可，公安局出动了大批干警，对所有商场、货栈，歌厅、宾馆，凡是能花钱的地方都做了周密部署。因为那钱是新钱，号码都是一个挨着一个的，只要发现了那些号码中的任何一张钱，都能叫训练有素的警犬嗅着那张钱上的气味找到凶手。

老大看钱上的号码，果然都是排着的，不禁大吃一惊。原以为这些钱是老天爷的垂怜，解救他于水火之中，不料却是魔鬼设计的圈套，把他拉进血腥的命案之中！

天啊！倒霉的事情怎么都降临到自己头上了？他曾想去公安局自首，把来龙去脉说清楚，听凭发落，可是又没有那勇气，担心这种事无法说清楚。钱在你手里，你说没强奸没杀人，谁信？去自首还不是自投罗网吗？世上冤假错案多了，谁给申冤？也曾想过把钱藏起来，可是这一藏不等于把强奸杀人的事情都揽到自己身上了？一旦被人找出来，纵然浑身是嘴也说不清了！

最后，他想烧了吧，烧了就没事了。他试着烧了几张，气味大得很，很快弥漫了整整一屋子，半天散不尽。那气味，别说训练有素的警犬会闻到，路过的行人也会闻到。天啊，这可如何是好？这可如何是好啊？！

他觉得自己连一点退路都没有了，甚至觉得身边就有一张无形的大网正在迅速收紧，灭顶之灾犹如一只巨大的黑鹰，正自高空向他俯冲下来，眼看就要降临到头顶了。这一切都是那个叫"钱"的东西引起的，设若没有它，他不至失魂落魄地走上河堤，也不至落到眼下的境地。他恨死了钱，扑上去将那些钱又撕又咬，恨不能一口吞吃了，忽然又胆怯地连连后退，唯恐避之不及。这样一连折腾了三天三夜，在一个霞光万道、晴空万里的早晨，老大携着那些钱，一头栽进深井里。

五

它想这就是一个圈套，人类自己为自己设计的一个圈套。他们先制造出一些叫"钱"的东西，像放飞黑蝴蝶一样放出去，然后再去追去寻去争夺，都想据为己有，其执着和贪婪犹如喝了迷魂汤一样，甚至不惜出卖肉体，出卖灵魂，出卖生命，真是太不可思议了！人类除此之外还应该有许多别的事情可做，为什么都偏偏钻进这样一个圈套里呢？

当它目睹了老大和那些被捞出的所谓的"钱"之后，不由深深地感到了人类的悲哀，人类的可怜。那些被人类奉为至宝的钱，一旦经了脏兮兮的血水浸泡，再在白花花的太阳下一晒，变得皱巴巴的，随风满地乱滚，与卫生纸差不了多少。

可是老二却拿着那些钱，买回了许多荣誉。他把那些钱晒干捆好之后，给公安局拨通了电话。公安局的人询问了一些关于老大生前的情况，又对尸体拍了几张照片，那悬而未决的抢劫、强奸、杀人案便告破了。尽管有的办案人员提出一些异议，比如现场的脚印问题，还有更高深的精液化验问题，等等，怎奈上级领导对此案十分关注，限定了侦破期限，既然现在能结案并且能提前向领导报捷，何乐而不为呢？

那家合资企业业主很是感激报案人，以重金酬谢。老二接钱在手，突然号啕大哭，一边哭一边喊："哥呀，你好糊涂啊！"然后，全数捐给了一所小学，为的是让孩子们记住这血的教训，好好学习，天天向上，将来做个有益于人民的人。

此事好像长上翅膀的小鸟，很快传开了。报社、电台、电视台的记者们，蜜蜂一样赶来采访，用一支支生花妙笔塑造出一个大义灭亲、无私奉献的英雄。每当有人问及他们兄弟反目的原因时，老二总是矜持一笑，说："那是我们生意上的事……"越是避而不谈，记者们越是好奇。这时候，老二便示意"一把刀"代言。"一把刀"也不推辞，既胸有成竹又大方自如地从自己如何给老大做助手谈起，一直谈到老大如何往肉里注水，如何不择手段地偷税漏税，老二如何制止都无济于事，所以兄弟反目，所以自己易主。

宣传很快便引起市里领导的重视，得到捐款的那家小学还请老二做了名誉校长。一时间，老二成了名人……

它想，人一旦到了这个分儿上，也就没有什么意义了。既然事实都可以改变，话都可以随便说，这跟做游戏或者演戏，还有什么区别呢？它想，人生大概就是做戏或者演戏。不然，他们为什么表面一套背后一套呢？为什么口里说的和心里想的都不一样呢？

夜，越来越深了。细雨依然缓慢而固执地飘洒，仿佛一个毫无希望而又不甘寂寞的物种，有气无力地坚持着。它看到井口铺着的水泥台板上，和用来汲水的橡皮管子上，落满了苔藓样的水，在夜的微光映照下，青幽幽的，阴森森的，仿佛卸装之后的人脸。它不禁打个寒战，急忙离开井口，向前边的园子走去。

园子里的同类都没有睡，紧紧地挤在一个角落里，身上和它一样被冰凉的雨水打湿了。它不敢也不愿意惊动它们，慢慢沿着园子往前走，试图寻找一个离它们最近的地方。

不知是雨水还是汗水流进它的脖子里，揪心的剧痛使它就要忍受不住了，几次差点叫出声来。它坚持着，努力使身子保持平稳，把步子迈得扎实一些。它不能让自己倒下去，它知道一旦倒下去就有可能再也站不起来了。

终于，它走到园子的一个边上，距离同类更近了，已经清晰地听到了它们的喘息声，也真切地嗅到了它们的气味。它把身子紧紧靠近铁丝网，把头向上扬，尽量与它们靠近、再靠近。它很想加入到它们的行列中，与它们一起又跑又跳。渐渐地，它觉得自己走进园子里，和它们在一起了，心也跳在一起了，血也流在一起了，整个身心都融在一起了。它已经感受到了从未有过的温暖，幸福犹如一片白云托着它，犹如一阵春风吹拂着它……

第二天一上班，"一把刀"便吩咐一名男工："把它牵来吧。"男工迟疑一下，便去了。片刻之后，男工满脸诧异地走回来，颤抖着声音说："它、它死了……"顿一顿又说，"真怪，它怎么死在园子边上了？""一把刀"也觉得怪，跟着男工去看个究竟。果然，它紧靠在铁丝网上，扬着头，已经死了。用脚一踢，硬邦邦的。"一把刀"沉吟了一会儿，忽然莫名地叹息一声，对男工说："拿锹挖坑埋了吧。"

一会儿，男工回来了，说："老板不让埋，要剥下皮和大件儿。""一把刀"便不悦："我操，这皮还能剥下来？"谁知，老二随后就到了，正赶在话音未落上。"一把刀"显得很尴尬。老二脸上掠过一片阴影，随即笑笑说："我要大件儿，做汤喝……"

"一把刀"持刀，把它往园子旁边拉一下，看准那个部位，一边在心里暗暗祈祷：老天爷，保佑我吧！一边颤抖着双手举起刀，对准大件儿砍下去……当他把大件儿拿进厨房，做成汤送给老二喝下，才想说点什么时，突然觉得浑身一紧，手里的刀子"当啷！"落地。看时，双手已经变成紫黑色，而且那颜色正沿着手臂往上扩展。他不禁惊呼起来。"一把刀"操刀多年，听人说过有种非常非常可怕的病毒，每一滴液体甚至每一块皮毛，都能致死一条人命，却从未见过。

老二过来看时，"一把刀"的上半身已经被那颜色浸染，人躺在地上，身子扭曲成一团，面部表情十分复杂。老二盯凝视良久，忽然叹口气说："真是太可惜了！"

"一把刀"明白老二的意思，可是依然像从前一样，傻乎乎地笑着说："我也不知道会是这样……"

老二笑笑，轻声说："放心，我会照顾好你的家——包括你老婆！"话音未落，一阵彻骨的寒意袭上心头，低头看时，胸口已经变成紫黑色，并且正向四周迅速扩展。老二禁不住笑起来，笑声干涩，像风吹破竹，然后身子一软，瘫倒在地上，两眼空洞地望着前方……

通天路

一

田家宝与小菊相好，是今年春天的事。

那时候，小菊的丈夫打工走了刚半月，她便有些熬不住。田家宝是村民小组长，春天事务多，今天通知浇麦，明天催买化肥、农药，一来二去，便相好了。

其实，那天田家宝并没有真想干那事，只不过像众多男人那样，半真半假地想讨点小便宜。谁知，他只用手在她身上轻轻一碰，她便像断木一样倒在他怀里了。没有过度，没有试探，甚至没有语言，整个过程简单明了，水到渠成。直到事毕，两个人精疲力竭地躺下来休息，才忽然想起刚才忘了关门，不由生出些后怕。小菊吐一下舌头，才想下床关门，田家宝说："别关了，我还有公务。"田家宝把衣裳穿到一半，回头再看小菊，不禁大吃一惊。原来，她的身段是如此娇娆！刚才怎么就没有发现呢？仿佛猪八戒偷吃人参果，没顾得仔细品味儿便稀里糊涂地吞下肚子，不免有些遗憾。倏忽间，田家宝又生出重来的念头，说："你关门吧，我要仔细品品味儿。"

这一品，还真别有滋味。从前，村里人都说他媳妇长得好，他也觉得媳妇长得好，因此，媳妇之外，再没有染指过任何女人。谁知，不比不知道，小菊不仅具备了他媳妇的所有优点，而且还有他媳妇没有的好处。她那一双小手，在他身上轻轻一拂，如春风吹过，让人有种说不尽的舒服。和她在一起，又恍如置身于波涛汹涌的大海，既能体验随时被海水淹没的恐惧，又能享受被海水托浮的神秘。田家宝不能自拔了。

是日，田家宝又仰躺在小菊身边，微眯双眼，面带微笑，回味刚才的经过，觉得幸福自心头汩汩流出，整个人就要融化了一般。不知过了多久，忽听耳畔响起一个声音："家宝哥。"睁眼一看，见是小菊，便说："你有事？"

小菊侧着身子，用一只手支着下巴，柔长的秀发披下来，抚着他的脸，他的胸，含情脉脉地说："家宝哥，都这么多回了，你只顾自己品味儿，也不为俺想想。"

田家宝一愣，说："你这话啥意思？"

小菊撒娇地噘起嘴，说："人家养花还知道浇水呢！"

田家宝便明白了，心里顿时腻腻的，仿佛吃美味吃出个苍蝇来。可是又想，她说得也对，眼下这社会，什么不是交易呢？于是问："你要多少？"

她咯咯笑起来，笑够了才说："这还有价？"

他起身扯过上衣，翻找兜里的钱。不巧得很，兜里只有一张拾元和一张百元的钞票，是前天买化肥从村民身上克扣的，还没交给媳妇呢。拾元少了点，有些拿不出手；百元太多了，又舍不得。

小菊在一旁嗤鼻说："还男子汉呢！几个钱就像串在肋巴骨上。其实，我要钱也不是自己花，是给你媳妇买喜欢。要不一回一回的，没有不透风的墙。我想现在买她个好，等将来被她知道了，为情面也得让着我。"

田家宝便想起饭桌上的咸鸡蛋，媳妇身上的碎花衫，暗暗佩服起女人虑事周到。他发狠地掏出那张百元大钞，"啪！"地一拍，人随之也压上去。

村民是水，他是鱼，只要乐意张口，总会有水喝。

可是日子久了，到底还是被媳妇发现了。最初引起媳妇怀疑的，是他的"公务"越来越多，而夫妻之事越来越少。后来有一次给媳妇他洗衣裳，明明看见兜里有一张伍拾元的，待他"公务"回来就没有了，问时，还推三阻四，支吾不说。于是，媳妇便在暗里跟踪，一跟便跟到小菊家，顿时，如遭雷击，木呆呆立在小菊家门口，半天没反应。怎么办？孩子怎么办？这个家怎么办？丈夫虽然背信弃义，可是也没有对她不好。小菊也是时时讨好她，巴结她，如欠下她的债。想来这都是因为小菊的丈夫不在家，她一个人熬不住，大抵如同向邻居借牛耕几亩地，或是走路渴了在人家地边摘瓜吃，也情有可原吧……

她一个人回到家，心里空落得难受，仿佛有什么心爱之物丢在外边了。必须想办法把丈夫拉回来，把他的馋和野统统消灭在萌芽之中。

半夜，田家宝从小菊家回来，见妻子还没睡，正坐在床边想心事，心里不禁一惊，赶紧上前套近乎："还没睡？"媳妇不答反问："才回来？"田家宝说："公务缠身。"媳妇把嘴角轻轻往上一挑，挑出一丝不易察觉的冷笑："就你公务多！"

既然丈夫不肯把隐私坦白出来，她也不去追究。不坦白说明他还有羞耻之心，还想维护与妻子的关系，还想维护这个家，坦白了就十有八九要摊牌了。

她起身到灶间端来一碗早已准备好的荷包蛋，让丈夫趁热吃，一边心疼地说："你看，公务把你累得又黑又瘦，都快没有人形了。咱找上级说说，别当那个组长啦。"

田家宝过意不去，想到媳妇的种种好处，几次发誓再不去找小菊了。可是日子一久，又禁不住想她。有时他从小菊门口过，小菊正好在门口站着呢。有时他从村口小路过，小菊却早他几步在前边等着了。他无法摆脱小菊，更无法摆脱这种诱惑，只好把从村民身上克扣下来的钱，一分为二，一半交给媳妇，一半留待"浇花"。日复一日，却也相安无事。

这天，田家宝去乡里开会，内容是发展市场经济，其中有一个词儿叫"搞活"。想起自己"浇花"的事，觉得用"搞活"形容很合适，而且越想越合适，得意之下，不觉忘了形，竟然嘿嘿笑起来，引得旁边的人侧目。台上讲话的马书记陡然把话顿住，疑是哪儿讲错了，想想并没什么错，于是恼怒地盯视着田家宝，质问说："你笑什么？"

田家宝一时慌乱，急不择词地说："搞活"。

马书记释然了，微笑着启发说："你谈谈，你对搞活有什么想法？也就是说，你打算怎么做？"

田家宝放下心来，随口说："养花"。

马书记越发高兴起来，说："到底是青年人有开拓精神，敢想敢干……养花可以美化环境，好！这计划很好！"

散会之后，田家宝一路扬扬自得地回到家，看见小菊和媳妇正在一起包饺子，知道又是小菊来买媳妇的好。媳妇把脸扭向一边，假装没看见，不理他。小菊更是不敢造次，也不搭腔。恰在这时，村民田石头在门口喊："田组长，不好啦，村前公路上要出人命啦！"

二

这是一条自县城通往省城的交通要道，每日运货载人的车辆来往不断。离村二三里处，不知为什么，好端端的公路竟然塌坏一个缺口，深有齐腰，宽足两米，恰好切断道路。因此，便有司机自作主张，顺着路边农民运肥的小道绕行，并不断披荆斩棘，往葱茏处拓宽。庄稼正是灌浆时节，怎禁得如此辎重辗轧？车过处，一片残浆败绿，狼藉不堪。主人看见后火冒三丈，嗷嗷蹦跳着要与司机拼命。怎奈车队如龙，笛声不断，蜗居在乡间的村民不知如何下手，只急得像热锅上的蚂蚁一般，团团乱转，却不能把车队挡住。

田家宝来到后，首先看准一辆货车，因载重车速缓慢。司机面相和善，四十几岁的年龄，胖墩墩的赤红脸，而且是一个人。田家宝从旁人手里要过一把铁锨，大吼一声，跳将起来，一下把车上的挡风玻璃砸个粉碎，然后铁锨一横，利刃直抵司机咽喉。

司机吓得脸色煞白，慌忙把车刹住，哀求饶命。见田组长如此勇猛，人们也陡然生出雄风，一个个横眉立目高声喊着："把他拉下来！把汽车砸烂！"

在一片叫喊声中，田石头忽然着魔似的，跳上去往下拖司机。司机不肯出来，死死抱住方向盘不放。田石头腾出一只手，握成拳头直往司机头上脸上砸。田家宝原想叫田石头吓一吓司机的，不料这小子竟真动手了，赶紧上前制止："不许打人！"田石头住了手，却纵身爬上汽车，解开拴货的绳子，大声喊："来呀，把东西搬走！"

田家宝不由一惊，心想拦车也就是为了把车拦住，不让继续糟蹋庄稼，也算尽了组长的职责,在村民中争个体面,岂料田石头这小子逞能,打了人又要抢东西。抢东西可不是闹着玩的,是犯法!设若这一车东西给抢了,上边追查起来,首先要找他组长问罪,而且车又是他拦住的,到时候纵然浑身是嘴恐怕都说不清了。于是大喊:"你小子找死啊?快下来!"好在田石头听话,乖乖下来了。

前边的车一停,后边的车也停了。仿佛集合排队似的,来往车辆以缺口为界,迅速向两边排延开去。司机们熄了火,三五成群地找树荫吸烟去了。唯有乘客赶路心切,纷纷围住田家宝和村民,声称有急事要办,班车班机都不能误点,恳求高抬贵手放行。

田家宝有心放行,却怕这样放行了,自己面子上不好看,村民也会有怨言,可是不放行又能怎么样呢?为难之际,乘客中有好事者,絮絮叨叨地向田家宝说:"人死不能复活,庄稼毁了也不能再生。其实轧毁庄稼的也不是这几辆车,是一开始那几辆车。一开始那几辆车早已跑得无影无踪了。这就叫事有凑巧,偷牛的走了,逮着个拔橛的。逮就逮吧,只要兄弟高抬贵手行个方便,让咱们过去就行。我带头捐10块钱,赔偿你们的庄稼损失怎么样?"他也不管对方同意不同意,就把一张拾元票子拿出来,扬在手里,然后提高声音喊:"乘客们,乘客们!我带头,大家都把钱凑凑,赔农民兄弟的庄稼损失吧!"经他这一喊,还真有不少人响应,有的10元有的5元,都举了起来,甚至有人给好事者出主意:"你快替农民兄弟把钱敛起来吧。"

这倒提醒了田家宝,对!让他们赔偿损失!天经地义!而且收点钱把车放行了,此事就算完了,乘客、司机都乐意,自己有个台阶下,村民得到实惠,真是一举多得,心里不由涌出一股对好事者的感激,可是表面上却摆出一种冷漠,不动声色。他不愿让人说他为了钱才拦车。那对自己没好处。

田家宝的目光越过一片黑压压的人头和晃动的人民币,无意间落到不远处的一个土坎上,看见一群司机正在那里吸烟闲聊,悠然自得的熊样儿顿时让他光火,他们倒没事儿人似的躲到一边去了,还高兴得那个熊样儿。

倏忽间,田家宝想出一个主意:庄稼损失应该叫司机们赔,而且从现在起直到公路修通，天天都能在这里设卡收钱。司机人少，不敢不交。况且他们的钱回去能报销，不是自己掏，不心疼。一辆车收多少？10块？对，就10块！一张票省事，拿的方便，收的也不麻烦。小车呢？小车多官人，就免了，万一收到当官的头上，怪罪下来就吃不消了。

主意一定，田家宝便向那好事者摆摆手："停！停！"好事者顿住，一脸茫然和讶异。他已经敛了不少钱。田家宝又说："把钱都退了！"好事者不由得愤愤然起来，大声说："真没道理，我们赔偿你损失还不行？"众乘客也喊："太过分啦！"

田家宝在脸上闪出一个笑，说："大家不要急，都听我说。庄稼是司机们开车轧毁的，损失怎么能叫你们赔呢？应该叫司机们赔！并且，还要狠狠地惩罚他们，扣他三天三夜，非把他们饿扁不可，看他们是不是吃粮食长大的。不过，看在大家的面子上，就饶他们一回，叫他们快快赔了损失，开车走人吧！"

这一手太高明了！田家宝话音未落，众乘客"噼噼啪啪"鼓起掌来。接着都四散开去，喊司机交钱开车。司机抵不住乘客们催促，更怕村民拦车砸玻璃，都乖乖地把钱交出来。

村民们纷纷围拢过来，众星捧月一般，尤其田石头，跑前跑后唯命是从。田家宝自当村民小组长以来，哪里得到过如此厚爱？从前，村民们都骂他是黄世仁（催提留款如逼债）、催命鬼（逼人家女人引流产），像躲瘟疫似的，远远看见他唯恐避之不及。要不是明里暗里能得到一些好处，他这个小组长早就不干了。可是今天，小组长却给他带来如此享受，看来权力的大小不在职位高低，而在会用。权，真是个好东西啊！

在收钱的过程中，遇到一点不算麻烦的麻烦，就是有的司机交钱时索要收费凭证，回去好报销。有的村民不以为然，说："鸟事不少！轧毁庄稼俺跟谁要凭证了？"

田家宝正色训斥道："你懂个屁！人家公家人花钱，哪能像你赶集买仨茄子两辣椒不用记账，人家花一分一文都得过手续，没凭证怎么过手续？"

于是，他马上挑选精干二人，火速进城，连夜赶印收费凭证。可是派去的人回来说，印收费凭证要单位证明，不然人家不给印。田家宝问："要哪一级单位证明，咱村民小组的证明行不？"那人说："没问。"田家宝生气地骂："真没用！"

那人不敢怠慢，连喘口气都顾不得，又返回城里，很快问清楚了，说村民小组是一级政府，可以。而且还捎带着问了，要印上是哪种收费凭证，不能只印"收费凭证"四个字。

田家宝发动村民："大家赶快想想，印上什么合适？也就是找一个合适的说法！"村民们喊喊喳喳，有的说："他轧毁咱庄稼，当然要印'轧毁庄稼赔偿损失收费凭证'喽！"有人反对说："忒啰唆，就印'轧毁庄稼罚款凭证'。"

这时，田家宝心里豁然一亮："集资修路！"他觉得这理由再响亮不过了，无论官方还是私方都能说得开。他生怕别人也想到这里，显不出他组长英明了，急忙挥挥手，做出一副不耐烦的样子说："算了算了！我看你们呛呛三天也是瞎呛呛。你们只知道把眼睛盯在那几棵庄稼上，就不会看远点，想大点？依我说，就印'集资修路收费凭证'。"果然博得一片喝彩。

三

这天，田家宝正带领村民拦车收钱，马书记坐辆绿色吉普车匆匆而至。离着十几米远，便下了车，却不往这边看，双手叉腰作伟人极目远眺状。乡党办秘书小关招着手急急地喊："田组长！田组长！田组长！"

田家宝看那架势，心里不由"咯噔"一沉，猜想可能是拦车收钱的事。田家宝走过去，看见马书记一张铁青的脸，本想上前打声招呼，马书记却先开口了："田家宝，你好大的胆子！中央一再明令禁止乱收费，你却在这里明目张胆地私设路卡收过路钱，我看你是吃饱撑昏了，非到黑屋子里清醒清醒不可了！这不，上级已经追查下来，责令乡党委、政府尽快查处。现在我宣布：一、马上拆除路卡，停止收费；二、所得非法收入，全部上交乡财政；三、你停职检查，听候处理！"

田家宝听罢，不由倒吸一口冷气。他压根儿也没有料到，拦车收几个钱，会与乱收费联系在一起，更没有料到，上级还会追查，还会责令乡党委、政府查处。在他看来，有很多收费的理由还都不如他集资修路充分。别管这理由是真是假，总算还有块遮羞布盖着，而口口声声"人民集资为人民"的那些，连块遮羞布都没有了，分明就是公开敲竹杠。譬如县里兴建滑冰场集资，每人两元，还有乡里棉站收棉花，价钱比市场上低得多，但规定任务每人交售二十斤，不交罚款六十元，老百姓明明看着赔钱的买卖也得干。这样的钱，人家都堂而皇之地收了，咱收几个轧毁庄稼的钱，怎么就成了乱收费？

　　忽然，田家宝意识到自己犯了一个错误，就是事先没有向上级领导汇报，没有取得合法化。好在年轻人心眼灵活，转得快，面对马书记的训斥，田家宝渐渐由惊慌变为愧疚，同时还有些委屈，像一个做了错事的学生面对老师，可怜巴巴地说："马书记，都怨我考虑事情太简单。起初，我只想瞒着您集几个钱，把村民的损失补上，把公路修好，到那时再向您汇报，给您一个惊喜，叫您高兴一下子。谁知，给您惹出这么大的乱子。我、我……"

　　马书记五十几岁，在乡镇工作多年，经验丰富，见田家宝这样，火气消了一些，叹口气说："你的话我相信，可是怎么叫乡里其他同志相信呢？怎么叫县里领导相信呢？你说你集资是为了修路，有什么证据？"

　　田家宝说："马书记，乡里人都听你的，县里你熟人多，我出钱你舍脸，他们也会相信的。"

　　马书记有些忍俊不禁，笑起来，说："你小子还真有办法，三下五除二没有你的事了。能这么简单吗？一说就完了？"

　　田家宝看马书记不像先前那样凶了，便放下心来，说："马书记，我知道这事不好办，不过我想您出面，能大事化小，小事化了。只要能把这事化了了，花多少钱我听着。"看马书记无话，便知道应允了。赶紧回去拿钱，一千元分别放在两个口袋里。先拿五百给马书记，马书记摆手说："你先拿着，明天我在乡里等你，咱俩一起去县里，请客、送礼花多少钱，你往外支。"

田家宝又拿出五百元。马书记气得直骂："好啊，你小子敢给我玩把戏，看我今后怎么收拾你！"于是，让乡党办秘书小关把钱收下，钻进吉普车，一溜烟走了。

临近傍晚，田家宝带上两千元，走进马书记家。看见马书记在吃饭，也不坐，站着把两千元掏给马书记，说："请马书记多费心。"马书记摆手说："你交给小关吧。"

田家宝难为情地说："又不是他去舍脸。"随手把钱丢进马书记身边的抽屉里，转身往外走。马书记拿着钱追到门口。田家宝头也不回地说："马书记留步吧。"马书记说："先放这里，待会我给小关送去。"田家宝心里说："你骗谁呢？"

回村后，田家宝令人找来一块门板，叫木匠修好，又送到村办小学，请教语文的"却车老师"（因将"卸车"读成"却车"而得名）用红漆写上：集资修路（小字）收费处（大字），立在路口。又挑选一批年富力强有文化的村民，分作三班，日夜轮流拦车收费，并制定了奖惩条例。看看这一切都规范化、制度化起来，田家宝方钻进小菊家。小菊百般迎合，说："家宝哥，大家都夸你有能力呢！"

田家宝心里高兴，嘴上却说："那些人，都是属狗的，眼皮子浅。从前，谁拿我这个小组长当豆捏？这会儿看我能给他们挣钱了，恨不能趴在地上叫我爹。"小菊说："能给好汉牵马坠镫，不给癫汉当祖宗，就是这个道理。"田家宝叹气说："过路财神，还能多久？不定仨月俩月，一年半载。"小菊说："这路要是永远不修多好！"

渐渐地，收费处增添了一些景观。先是有人从家扛来几领秫秸箔，半遮半掩地围在地头上，供人方便，收些不用花钱的粪尿。接着，又有人摆起瓜果摊点，很快，一路两沿摆满了。眼下正是瓜果上市的季节，村民们采摘下来，不用走多远的路便可出售，还免了这税那费，价钱自然便宜，又新鲜。更可喜那些初登市场的农家女，一个个含羞带笑的，比瓜果还招人待见。乘客们趁司机交费的当儿，纷纷下车，有的和农家女逗着开心，拣可口的瓜果买一些，带回家尝新鲜。就连那些充满敌意的傲慢司机，也禁不住如此诱惑。再后来，刚成熟的毛豆角，新出土的红薯、花生也上市了，卖茶水的、卖鸡蛋的、卖油炸麻花、油炸果子、小笼蒸包的也有了。居然有人摆开桌凳，拉起布棚，扯开嗓子吆喝："来啦！里边请！"

田家宝毕竟不是等闲之辈。路边市场的兴起，渐渐引发出他对兴建旅馆、饭店的构想。不过，这一次他接受了上次的教训，不敢再独断专行，先去找马书记汇报。

马书记正发愁一个发展第三产业的调查报告无内容可写，听田家宝这么一说，马上拍板赞同，说："好！这正是我上次会议布置的。你放心大胆地干吧，有什么困难来找党委、政府，我一定大力支持！"

从此后，田家宝便用集资修路款建起一幢坐北朝南的司旅酒家，又在对面，建起一幢司旅别墅。都是两层单面小楼，刷成乳白色和杏黄色，十分惹眼。服务员都是本村和临村招聘来的年轻姑娘，青春靓丽。田家宝叫媳妇出任酒家经理，小菊出任别墅老板，他自己出任总经理。

开张伊始，生意十分兴隆。田家宝把所得收入分为三份，一份给职工发工资，一份给村民赔偿庄稼损失，一份留待应酬之用。可是村民人多，一碗水泼下去，每人只得零星一点，渐渐便有了怨声，而且开始怀疑应酬钱的去向。也有人试着向田家宝提过几次意见，但都无济于事。

田石头有一块责任田靠在路边，他私下联络村民集资，准备在责任田里大兴土木，兴建加油站、汽车维修部什么的。还真有村民动心，一千两千的答应下来，动工之日如数入股。

这事很快被田家宝知道了，他无论如何不同意。要另立山头？他这个组长还给谁当？他心里恨恨的，可是脸上却不表现出来，没事人似的召集村民开会，诚恳地给大家算了一笔账，说开张之初各方面都需要打点，所以花费就大。留作应酬的那笔钱都花在应酬上了，一分一文没有装进个人腰包。分给村民的钱是少了点，可是分钱少是因为挣钱少，如果把经营项目增加一倍两倍，把规模扩大一倍两倍，可想而知，收入也就会增加一倍两倍。

如此算来，大家觉得还真有道理。田家宝便乘机把计划公布出来，说已经请示乡领导批准，下一步要扩大规模，增加经营项目，如建加油站、汽车维修部、理发店、百货商场什么的。然后宣布，沿公路责任田是村里集体财产，要收回统一使用，决不允许个人私自开发。然后发动村民集资，一千元一股，按股分红。另外，凡是外村人来投资的，三年内免费提供地皮。谁家亲戚朋友有钱都发动吧！

村民们看见组长有大动作，而且按眼下的收入推算开去，将来有利可图，有钱的都拿钱入股，也有去拉亲戚朋友来投资的。田石头无钱入股，也没有有钱的亲戚朋友，可是责任田却被收走了，他不干，天天带领老婆孩子扛着抓钩铁锨在田头巡逻，扬言谁敢动他一棵庄稼就跟谁拼命。田家宝只好在暗里许下一个加油站经理的职务，他才答应下来。

不久，村民集资上来了，外村人投资的也来了。加油站、汽车维修部什么的一齐动工，一路两沿好不热闹！外村人有的为了得到一块有利地皮，相互之间发生竞争。起初，田家宝心里害怕，生怕两败俱伤，坏了大事。后来，竞争双方都给他送烟送酒，甚至有人送红包许以暗股，这使他对权力的体会更加深了一层，干劲更足了。

等加油站、汽车维修部什么的一竣工，马书记马上召集全乡致富能手、乡村干部来开现场会，并请市领导莅临指导。期间有一位跟随市领导实地采访的报社记者，听了田家宝的介绍之后，顿时感慨万端，立即用生花妙采写了篇通讯，刊登在报纸头版上，通栏大标题是：《黄土地上升起一颗璀璨明珠》。副题是：田家庄兴建农民城采访纪实。行文洋洋洒洒，浓彩重墨。文章说，农民城即农民自己的城，是安置农村剩余劳动力，引导农民致富奔小康的必由之路。紧接着，市电视台又来录像，农民城和田家宝都上了电视。田家宝成了名人。

四

吃过早饭，田家宝一如既往地走在农民城大街上（其实是公路上），一边用一根细软的扫帚苗子剔牙，一边踱着方步，优哉游哉。和煦的阳光泼洒在街面上，泼洒在他脚下，每前进一步都有升高的感觉，一路两沿，偌大一片崭新建筑，突兀在广袤平原上，果然如那个报社记者所述，在黄土地上升起一颗璀璨明珠。而这颗明珠的缔造者，是他田家宝。

这样想着，他不知不觉地笑出声来，笑声很响，以致自己都被吓了一跳，甚至怀疑那笑的人不是自己而是别人。他停下来，下意识地转动着身子，向四周环顾，没有看见笑的人，却看见加油站有个小姑娘正在打扫卫生，柔细的腰肢一扭一扭，线条很美，便想多看几眼。那姑娘也看见了他，马上站直身子向他含笑地打招呼："田组长您早！"

他惬意地点点头，才想与她攀谈点什么，心里忽然生出些别扭：田组长？我现在还是组长吗？我是一城之主，是总经理！于是，他不悦地质问那姑娘："你最近没看电视报纸吗？"

小姑娘一愣，茫茫然嗫嚅良久，说："我……刚来。"

田石头听见说话声，慌忙从里边走出来，讨好地说："田、田总经理，她、她哪里做错了吗？我、我来教训她。"田家宝冷哼一声，说："我看你是该教训教训了，不然我就得永远给你大经理当小组长啦！"田石头顿时明白了，赶紧赔笑说："都怪我没说清楚……"田家宝走远了，还听得田石头训斥那姑娘："往后记住了！"

他走走停停，走到公路缺口处。不知为什么，自公路塌坏后，不但没有人查问，而且也没有人修。后来，还是田家宝叫人用建筑废料填上了，疙疙瘩瘩，凹凸不平，汽车减速勉强可以通行，和在农田里绕行差不多。他要的就是这个效果。这样才能使汽车减速，才能留住客人，只是不收费了。尽管收费理由多么充足，也是做贼心虚。自从司旅酒家和司旅别墅落成之后，他就把财源转移到经营上了。可是，他不能忘记这缺口，他的发迹，他自身潜能的发掘，都是因了这缺口。缺口使他的权力一天天扩大，有时候，他甚至想，如果这缺口能保存就好了，留待百年之后，让子孙们像瞻仰革命圣地那样瞻仰。

距缺口不远，是外地人投资兴建的一座迷你发廊并卡拉 OK 歌舞厅。女老板二十几岁，带领一群二十几岁的姑娘，描眉涂脂，裙装打扮，理发、唱歌、跳舞，引得过路的人和临近村里的人常常泡至深夜。开业那天，田家宝应邀来过一次，女老板请他跳舞，他不会，之后再没有来过。他不习惯在众目睽睽之下搂着女人扭动，也害怕人多嘴杂，影响不好。

　　不知从哪一天起，他开始注意影响了，就连与小菊在一起，都变得小心翼翼，穿戴也变得齐整考究了，还特别注意新词汇的积累，常在饭后拿一张报纸看，专找里边的时髦名词填充脑袋，诸如市场经济、第三产业什么的，讨好上级，训示下级。有一次，田石头上班晚了，他便训斥说："还市场经济、第三产业呢，屁！像你这样该上班时不上班，一个产业也产不出！"

　　这时候，"迷你"老板出现在门口，晨风中像带露花朵儿一样，招招展展向田家宝摆手，说："田总经理，进来坐坐喝杯茶呀。"田家宝只看一眼，便不由自主地迈了步，嘴上说着"还有事呢"，人却到了近前。

　　恰在这时，身后响起一串汽车喇叭声。回头看时，是乡党办秘书小关从车里跳下来，招着手叫他："田总经理，省里记者采访你来了！"田家宝满心惊喜，顾不得与"迷你"老板告辞，匆匆钻进车里，倒是小关向"迷你"老板随意地一挥手："拜拜。"

　　上了车，小关指着车上的人告诉田家宝："这位是省里来的訾记者。"訾记者与田家宝热情地握过手，又递上一张名片。田家宝看那訾字好半天，也不认识。再看人，戴一副眼镜，文质彬彬的，便生出几分敬意。

　　小关说："田总经理，你找个安静地方谈谈吧。"田家宝想了想，说："去司旅别墅吧。"路上，小关私下嘱咐田家宝："你是在全乡经济工作大会之后兴建农民城的，要多谈对马书记讲话的感想。"

　　田家宝会意，心想也只有这样说，拦车收钱的事是万万讲不得的。谈完，他又带訾记者参观，最后走到"迷你"门前，小关喊一声："老板！"女老板应声迎出来，热情地说："领导来啦！请坐请坐！"

　　田家宝不知他们是怎么认识的，看样子还挺熟，心里便不是滋味，尤其那一声"领导"。他是一地之主，并且从女老板投资到现在，一时也没有离开过他的支持，却从未听她叫过他"领导"，此时，对一个乡党办秘书，倒叫起"领导"来了，真是的！

"领导，请喝茶！"

田家宝正自鸣不平，耳畔忽然响起一个轻柔的声音。抬起看时，原来是女老板，捧一杯香茶，一双含笑的眸子看着他，不由一喜，才想表示点什么，女老板放下茶杯，留一个迷人的笑，又给另两位倒茶去了，只说："请喝茶。"田家宝乐了，由此断定在门口的那一声"领导"也是叫他的。这才对，他才是这里真正的领导。

过了一会儿，田家宝悄悄问小关："中午饭怎么安排？"小关说："回乡，马书记等着呢。"田家宝说："我怎么表示？"小关说："你看着办呗。人家訾记者专门为你从省里下来，马书记又专门为你陪着，我跑前跑后就不用说了，咱哥们有情后补吧！"

田家宝觉得小关言之有理，只是还不知怎么办才好，于是进一步请教说："兄弟是见过世面的人，给老哥出个主意呀。"小关问："有没有土特产？比如红豆绿豆什么的？"田家宝说："有。"小关说："你各装三十至五十斤，放在车后就行了。"从村里回来，田家宝说："红豆不多了，只有三十斤。绿豆装了五十斤。"小关说："也行，再拿两条好烟，两箱好酒，准备几个钱，快走吧。"

到了乡里，马书记和几个副职、市委宣传部陪訾记者来的副部长，已经等候多时了。正中两个空位，显然是给訾记者和田家宝留下的。訾记者略略谦让一下居中坐了，田家宝却是无论如何也不敢坐，最后只好让宣传部副部长坐，副部长又让马书记坐。马书记却坐到刚才副部长坐的位置上，田家宝则被拉到马书记刚才坐的位置上。

小关等大家落座后，找一个空位在靠门的地方坐了，可是屁股刚沾座又站起来，赶紧提壶给大家斟酒。从訾记者、副部长、马书记依次斟起，秩序井然。田家宝看了，心里不免生出些自豪和惬意，同时也有些同情和可怜小关。

马书记说："由于起初思想认识不高，农民城起点较低，或者说就称不上农民城，充其量也就是个农村集市。刚才訾记者看到了，整个格局，都没有脱出小农意识，丝毫看不出农民城的气派。我的设想，要打破旧格局，重新规划，力争把农民城建成一个具有农村特点和时代特色，集游乐和农贸为一体的，能与现代化城市相媲美的新型农民城。"訾记者连声说："好，好，到时候我再来。"

田家宝更是按捺不住，胸脯一挺一挺的，说："马书记，您说怎么干，我听您的！"马书记说："也不能全听我的，领导是人不是神，万事不能都考虑到，还得靠大家共同努力。"又对訾记者说，"小田同志接受新事物快。上次乡里召开动员大会，我在主席台上还没有把话讲完，他就坐不住了。"

小关不失时机地拍了一句："那是因为马书记的讲话太有启发性了！"

訾记者顿时来了新闻敏感，问田家宝："当时，马书记的什么话给了你启发？"田家宝只好将错就错，说："搞活"。訾记者马上首肯，说："可见，'搞活'是促进创新的翅膀。唯有搞活，人民才能富强，国家才能昌盛！"显然，訾记者已经得到这次专访的主题了。

饭后，送訾记者和宣传部副部长走时，却不见了小关。田家宝不知道送给訾记者的红豆绿豆和烟酒放在哪里，也不好到处乱问，心里急得火烧火燎的。等人走后回过头来，小关却微笑着站在他面前了。

小关递给他一支烟，神秘兮兮地说："你这一场很好，很成功！"又说，"刚才结过饭钱了，正好二百五。"田家宝迟疑一下，掏出二百五。小关领田家宝走到休息室，说："下午等马书记上了班，有重要事情安排。"田家宝心里鼓囊囊的，禁不住又问："那东西给訾记者带走了？"小关不悦地说："咋，我办事你不放心？"虽还不明白，但田家宝也不敢再问了。

等到下午三点，田家宝估计马书记该上班了，便向他办公室走去。马书记正一个人翻阅文件。田家宝立在门口，不敢贸然闯入。马书记抬起头来，看见是田家宝，谦和地笑着说："哦，是小田，你没走？"

田家宝说："关秘书说您有重要事情安排。"马书记依然微笑着，说："来来，这边坐。"田家宝走进去，在马书记指定的位置坐下。马书记身子轻轻一转，正好与田家宝坐个对面。原来，马书记的座椅会转。田家宝心里一动，遂又仔细看了一眼，看见有个细细的立轴明光光的。还想进一步细看，又怕马书记责怪，便收回目光，虔诚而恭敬地看着马书记的脸。

等了一会儿，不见马书记安排重要事情，田家宝便主动开口说："马书记，您今天的话，我很受启发。回想起来，农民城确实没有脱出小农意识，显不出咱农民的气派，更不要说有农村特点和时代特色，能与现代化城市相比美了。我主意已定，决心已下，一定按照您的指示，打破现有格局，重新规划打造出一座新型农民城！"

马书记点点头，说："你精神可嘉，不过，你考虑过没有，资金从哪里来？"田家宝说："依靠群众集资呗。"马书记沉吟良久，点头说："可以从这三个方面考虑：一、大力发动群众集资；二、申请银行贷款；三、如果有条件，可以吸引一些外商投资。不过你要有思想准备，真正做起来，肯定不会一帆风顺。"

田家宝经马书记一点拨，顿时觉得眼前一亮，道路宽又广，全身的血液都沸腾了，马上站直身子，发誓般地说："马书记，您就等着看咱新农民城的样子吧！"马书记也站起来，轻轻拍打着田家宝的肩，说："好，我看你的。"然后将他送出了门。

五

从乡里回来，田家宝真要大干一场了。

当然，他也明白，真把农民城建得能与现代化城市相比美，绝非易事，而且马书记也不会完全按照那样的标准要求，只不过提出个奋斗目标，你往那儿努力就是。因此，田家宝采取了折中的办法，旧的暂不打破，新的按新规划进行。他的总体构想是，从"迷你"起，向东为文化游乐区，从酒家和别墅起，向西为农贸购物区。第一步，先在农贸购物区，即路北那片阔大的玉米地上，兴建一幢豪华购物商厦，至于是八层十层，还是二十层三十层，当然要视资金而定。接下来，再在文化游乐区，即路南那片阔大的花生地上，兴建一座豪华影剧院。再接着，田家宝想，先不用考虑那么多，待购物商厦和影剧院竣工、使用之后，用赚来的钱再建，总之要像滚雪球似的，滚来滚去就滚出个能与现代化城市相比美的新型

农民城!

可是，田家宝满怀信心地把这一宏伟蓝图在村里公布后，却出乎意料地遭到了众人的反对，尤其年长者，又摇头又叹息，还出言不逊，说："尽是瞎折腾！"更可恨的是田石头，在这节骨眼上散布了一条极坏的消息，说："自加油站开业起，挣的钱还不够工人吃饭。而建加油站投的钱，存银行吃利息也比这多得多！"

这一下简直把台拆塌了！幸好田家宝见过世面，市场经济、第三产业什么的一说，又把各经理、老板召集一起开会，分析原因，结论是，效益不高是因为规模太小。没有梧桐树哪来金凤凰？只字未提田石头散布谣言惑众的事。

待头头脑脑们统一了思想，田家宝马上召开村民大会，号召民众要发扬先建城后建家的集体主义思想和共产主义精神，把准备为儿子建房娶媳妇的钱拿出来支援农民城的建设。优惠政策将一如既往，谁拿钱，谁入股，谁分红。当然，对个别自私自利、只有小家没有大家的人，也决不迁就手软。不想入股也可以，每人交一千元垫底金，到村北沙地领一份责任田种菜去吧！

村民到底是胆小怕事，经田家宝这么一说，果然没人出面反对了。只可惜村民财力有限，再加上上几次集资，有钱的人已经把钱拿得差不多了，也有些人处世谨慎留了后手，因农民城一直无红可分。

田家宝一连等了好几天，也没有人拿出钱来，便采取一刀切的办法。他从乡里借来四五个治安员，按每人一千元垫底金挨门排户收缴，没钱就牵猪羊、装粮食。

恰巧田石头住在村头，首当其冲。这小子计划生育超生，被罚得只剩两间破土屋，屋里只有一张睡觉的床和床上一堆小孩穿的烂衣服，还有两个盛粮食的大肚子缸，别无他物。

田家宝心想，真是冤家路窄，咬一咬牙，伸手一指粮食缸："装！"治安员都是年轻人，眨眼之间便把两缸粮食装个精光。

田石头老婆上去争抢，一群孩子尖哭如笛。田石头顿时牛性大发，随手操起一把铁锹，跳至门口，一边把铁锹抡得呼呼生风，一边叫骂："谁他妈敢拿我一粒粮食，我叫他站着进来躺着出去！"田家宝冷冷一笑，说："有劲你就抢！"

让治安员到一边吸烟休息。看的人早已在门口围得水泄不通，见田石头这样，便有人起哄：真乃黑旋风李逵转世，一夫把门万夫莫出！

田家宝听得明白，心里又气又恨，却也不敢树敌于百姓。等田石头渐渐抢累了，田家宝冷笑："抢呀，有本事你抢呀！"看见田石头无力再抢，如脱水草鱼般张着嘴出气，田家宝向治安员一挥手："把他的铁锨拿下！"治安员蜂拥而上，不费吹灰之力便将田石头的铁锨拿下。田家宝又喊："把粮食过称、装车！"治安员应声而动……

田石头如被人抽去筋骨，拘走了灵魂，仿佛一具活尸在院里转动，陀螺似的，晃晃悠悠，转着转着，突然把头一伸，直对破屋墙撞去，潮土落了一头一身。

田家宝知道，撞这样的墙死不了人，况且还有众多村民在场，他们不会眼看着有人撞死不管。于是表现得十分沉着、冷静，一点显不出惊慌。

田石头老婆却没这涵养，不顾一切地扑上去，抱住丈夫的腰，又哭又喊，然而无济于事。她的哭喊仿佛强心剂，使得本来疲软无力的田石头越发要死个痛快。他挣扎着，甚至哭喊着，一蹦一跳地向屋墙努力。玩猫吊老鼠似的，也不知是妻子拉他，还是他带动妻子，在院子里滴溜溜乱转。引得几个孩子尾随其后，号啕助阵。

村民中有好事者，向田家宝进言，说："看他一家怪可怜，就宽他一次吧。"田家宝友好地向那人笑笑，说："看在你的情面上，该宽他一次。可是我宽了他，往后工作怎么做？再遇上个田二牛、田三牛，我怎么办？再说，这小子也太不识抬举，今天我为工作装了他的粮食，明天他没饭吃了，我看在乡亲的情分上，还能看着他一家人挨饿啊？可是他要死要活，这是给谁看？吓唬谁？分明是欺我无能，向我示威。既然这样，我想宽他也不能宽他了！"

好事者无话可说了。

此时，治安员已把粮食过了称，装到街口停着的卡车上。田家宝问过斤数，算出钱数，还不够一人的垫底金，只好再把田石头在加油站工作的工资补上，才勉强够一人到村北领一份沙地种菜。至于田石头在加油站的经理职务，田家宝当众宣布："立即撤职！"

有一个田石头铺路，后边的路果然好走了。有钱的拿出钱来，没有钱的自动卖猪卖羊，或求亲告友筹借，差不多都能按人头交上垫底金。只有少数人被装走了粮食，但像田石头这样的闹事者不多。整个过程中，只有一莽汉阻拦，并辱骂治安员，被治安员群起痛打一顿，罚小麦二百五十斤了事。另有一泼妇阻拦不成，跳水塘，被围观村民捞出。只可惜村小人少，集得金额不甚理想。

田家宝唉声叹气地给马书记汇报完毕，马书记沉吟良久，然后说："你打个报告，去银行贷款吧。"田家宝问："贷多少？"马书记说："你先贷够建主体工程的，等主体工程一起，差多少再贷，或者采取带资投劳的办法，让参加工作的人每人带几千，凑凑就够了。"田家宝觉得这主意好，便打报告贷款一千万。把报告递上去，又请马书记通融，以农民城现有资产做抵押，贷款很快批下来了。田家宝拿着一百万，到市里找到一家据说是最有实力的建筑队，交上钱，签订了合同，建筑队便浩浩荡荡地开进田家宝指定的那片近秋的玉米地。在一串鞭炮声中，大片玉米倒下，脚手架高高立起。自此，运料车辆不断，搅拌机声轰鸣，整个工地灯火通明，一片沸腾。农民城越发显得生机勃勃，前途无量。

建筑队头头姓甄，四十岁上下的年龄，戴一副变色近视镜，文质彬彬的，人称甄总。甄总不但精通建筑，而且对天文地理、风土人情、文学艺术，等等，无所不通，每每摆龙门阵，总是口若悬河，滔滔不绝。每天晚上，他都携秘书小姐去"迷你"又唱又跳，如入无人之境。那份潇洒自在，令田家宝羡慕至极。尤其那个秘书，一颦一笑，让田家宝的妻子或小菊都变得索然无味。相形之下，田家宝觉得自己真是白活了，更加要大干一场。

施工一个多星期，八层楼房建到二层差一道圈梁的高度，突然停工了。田家宝去找甄总，秘书说："他有事回城了。"问："为什么停工？"秘书说："不知道，等甄总回来你问他。"等了一天，甄总没回来，田家宝有些急，傍晚去找秘书，秘书也不在。一个炊事员模样的人告诉他，秘书说回城看看，马上就回来。又等了一天，还不见甄总的影子，秘书也没回来，而且有的建筑工人开始卷铺盖准备撤离了。田家宝觉得大事不好，看看天色尚早，拦住一辆过路客车，搭车进城，找原来的引荐人,他不在,到南方做生意去了,要一个多月才回来。

凭印象,田家宝在偌大一片高高低低的建筑中问了两个多小时,才找到甄总的家。大门半遮半掩,屋里亮着灯,还有几个男人说话的声音。猜想可能是甄总在家和人喝酒呢!他心里不由一喜,敲门进屋,不禁又是一惊。屋里是冷面孔警察,有四五人。田家宝刚刚放下的心又一下子提起来。大概提得太猛了,有些揪疼的感觉,窒息的感觉,昏厥的感觉。他把手扶在门框上,支撑着身子,喃喃地说:"甄、甄总呢?我、我找甄总。"

甄总老婆从里边走出来,两眼红肿,显然刚哭过。她说:"你找他,我还找他呢?谁知道跑哪去了!"说完,双手掩面,哭着跑回里屋去了。

田家宝直着两眼,也不知道该向谁追问,只是急急地喊:"他怎么跑了?他怎么跑了?"身边一个警察告诉他,他承建的一座宾馆,因建筑质量问题,使用不到一年倒塌了,砸死砸伤多人,经济损失逾亿……

田家宝脸色煞白,呆若木鸡。这突如其来的变故,仿佛一束强烈的亮光,把他从美妙的梦境中惊醒:"甄总跑了,贷款怎么办?农民城怎么办?"

田家宝连夜赶回乡里,敲开了马书记的门,双腿一软便跪下了,哭着向马书记诉说了事情的经过,请求马书记想办法救救他。马书记他沉吟良久才说:"你向公安局报案吧。"田家宝不敢怠慢,踏着早晨的浓雾赶到公安局,报了案。之后,他一天一趟地跑,探问甄总的消息。甄总仿佛从这个世界上消失了,公安局派出许多人追捕,连一点踪影都没有。那个秘书,据说也是受害者,关键时刻被抛甩了,连甄总的去向都不知道。

过了几天,银行的人找上门来。他们料定甄总卷走的钱是追不回来了,田家宝无力偿还贷款了,一见田家宝便把财产抵押合同拿出来,说:"咱们办理过户手续吧。"田家宝看他们几个人,都是曾经与他碰过酒杯、称道过兄弟的人,而他一旦真有困难了,却都翻脸不认人了。

现在的人,都他妈势利鬼!田家宝在心里恨恨地骂了一句,嘴上没好气地说:"急啥?还不到还贷日期呢!"银行的人说:"不是我们急,是为你着想。我们怕到时候农民城散了，你拿什么还贷？"田家宝说："农民城的事不用你们操心，到时候没钱还贷我有命一条！"银行的人说："我们不要命，要命没有用。"

田家宝只好去找马书记，想请马书记到银行通融一下，让他们宽限些日子。可是一连去了好几趟，都没有见到马书记，说是进城了。田家宝不知道马书记为什么老进城，小关一脸神秘地说："最近县里有人事变动，准备提拔一些在改革开放中做出突出贡献的乡镇干部进城，都找熟人拱门子去了。"田家宝心里空落落的，告辞出来，像一只断线的风筝，颤颤抖抖地走了。

六

当秋天来到的时候，小菊的丈夫打工回来了，一进村便听说了小菊与田家宝相好的事，不禁火冒三丈，一把揪住含笑相迎的小菊，不管轻重，挥拳便打，抬脚便踢。

小菊自知东窗之事已败露，不敢反抗，任凭丈夫打足打够，才从地上爬起来，说："你打完了，气也出了，从前的事权当做个梦吧。"打工仔不同意，坚决地说："没门儿！我年轻轻的被你戴绿帽子！"小菊看求情无望，换上强硬的语气说："你想怎么样？"打工仔说："离婚！"小菊只当丈夫在气头上说气话，便说："离就离。"

打工仔拉了她就走，走到半路上，小菊沉不住气了："还真离啊？"打工仔头也不回地说："不离是孬种！"小菊说："咱们夫妻一场，就不能打个商量？"打工仔嗤鼻说："夫妻一场，你还背着我偷人？没得商量了！"小菊哭起来，挣着再不肯往前走。

田家宝找打工仔好话说尽，打工仔只冷冷一笑，说："叫你老婆跟我睡半年，我和小菊就不离婚了。"田家宝给呛得半天没有说出话，灰溜溜地走了。

很快，打工仔与小菊离了婚。小菊无家可归，一个人住在司旅别墅，关起门来哭了三天，然后去找田家宝，对他说："他跟我离婚，你要负责任。"田家宝支吾着："离婚是你们的事，我怎么负责任？"小菊说："你娶我，不然我就死给你看！"

一天深夜，田家宝刚入睡，突然被一阵敲门声惊醒。开门看时，是两个警察。他当是小菊出事了，吓得双腿一软，差点坐地上。跟警察走到"迷你"，里边还有两个警察。靠墙一溜儿蹲着七八个衣衫不整的男女，女的都是服务员，男的大都面熟，其中一个竟是小关。

小关披大褂穿裤头，与"迷你"老板铐在一起，看见田家宝，获救似的站起来，向警察讨好地笑着说："我有田总经理担保，可以走了吧？罚多少钱，我明天一早送到。"警察假装没听见，没搭理他。

田家宝在一张纸上签上字，四个警察一齐动手，把一群男女赶鸡鸭似的赶进一辆囚车，开走了。田家宝万万没有想到，"迷你"竟是一个淫窟，小关竟也是嫖客。

连日来，甄总卷款出逃的事已被村民传得沸沸扬扬，"迷你"风波也不胫而走，再加上小菊见缝插针地逼婚，银行人走马灯似的讨债，简直如骤然刮起的十二级台风，把个农民城刮得摇摇欲坠。田家宝招架不住了。几家外来投资者也准备撤离，计划着先拆运贵重设备，再拆房子运砖瓦。

田家宝上门恳求他们等等，或许能找到甄总呢？可没用，他们说："我们是来挣钱的，挣不到钱，亲爹都留不住！"田家宝狡辩说："你们糟蹋这么一片土地，不能说走就走！"回答是："我们赔老鼻子了，不走你补偿？"田家宝知道恳求无望，便回村发动村民，说："外地人把土地都给糟蹋了，留下一堆烂砖碎瓦要走人，咱不能答应他。谁想走，就把房子留下来！"

村民们肚里有火正无处发泄，经田家宝一点拨，顿时如梦方醒，"呼啦啦"一下拥进农民城，挥舞着抓钩、铁锹，众志成城地捍卫自己的资产，把对田家宝的怨恨统统抛到了脑后。外地人没料到田家宝会来这一手，更没料到村民还会听田家宝的话，一时措手不及，纷纷败下阵来，答应再维持一段时间。

田家宝知道，这样的维持不会太久，只好加紧往公安局跑，探问甄总的消息。问了几次，人家就不耐烦了，冷冷地说："添什么乱，一边等着去！"一边等了几天，他心里火烧火燎的，又去找马书记。

　　马书记恰巧在家，正一个人吸烟看电视。田家宝说明来意，马书记便笑了，说："正好，我明天进城，你跟着把事办了吧。"田家宝看马书记答应爽快，心里很高兴，忙问："还请人家吃饭不？要请，我准备几个钱。"马书记说："现在不好定，你先准备着，到时候再说吧。"

　　第二天，田家宝跟马书记到了公安局，情况果然不同。马书记熟人很多，有人远远跟他打招呼，有人迎上来跟他握手，亲亲热热有说有笑。起初，田家宝只在一旁看，后来渐渐醒悟了，在脸上堆出笑，跑前跑后地替马书记敬烟。人家接过烟，或向他颔首一笑，或跟他轻描淡写地拉一下手，他便满足得不得了。

　　一个矮胖子，碌碡似的熊样儿，与马书记握过手，只顾说话，看也不看田家宝敬上的烟，田家宝被晾在那里。只听矮胖子说："伙计，你的事办妥了，等批文吧。"马书记说："好好，改天我请客！"

　　转过一段走廊，又遇上一个大胖子，胖子真多！大胖子笑眯眯的，拉着马书记的手，一边摇晃一边说："伙计，刚到？"马书记也笑眯眯的，说："这不，正去拜访大局长呢！"田家宝听说大胖子是局长，比矮胖子官还大，不敢贸然敬烟，赶紧退到马书记身后。大胖子说："伙计，你那事我安排分管同志了，等等吧。"马书记说："再等五十年，我们都进火化场了！"大胖子笑起来，说："伙计马上高升了，巴结还来不及呢，哪敢叫你等那么久？"马书记也笑起来，说："今天先巴结巴结大局长，中午十二点在你家吃！"大胖子问："还叫分管同志不？"马书记说："你随便！"

　　田家宝看见大胖子摸口袋，便不失时机地迎上去，以最快的速度掏出烟，递上一支，说："局长请吸烟。"大胖子倒没有官架子，笑眯眯地接过烟，顺势拉一下田家宝的手。田家宝再掏出一支烟，敬给马书记。马书记这才想起田家宝，"哦"了一声，说："伙计，我打听点事，那个承建宾馆的包工头，有下落没有？"大胖子看一眼田家宝，没答话。马书记解释说："农民城的建筑款在他身上呢。"大胖子摇头说："宾馆的事我知道，农民城的事我怎么不知道？"然后转向田家宝，郑重地说："我给你问问吧。"

走到大街上，马书记炫耀地说：“你看你看，这么大的事，上边没通气，局长还不知道呢！”田家宝感动得不得了。如果不跟马书记来，不知局长什么时候知道呢！马书记又说：“局长答应给问问，就是想帮这个忙，你今后靠他就行了。”田家宝茫然地听着，不知道局长怎样帮这个忙，也不知道今后怎样“靠”局长。

转过一个路口，街上行人多来。马书记叫司机把车停在路边，指向前边的超市说：“小田，你过去看看，要有好烟就买一条，有好酒就买一箱。”田家宝不敢怠慢，径至烟酒柜前，两样都买了。

回到车上，马书记叫司机沿一条行人稀少的小街走，尽头是一个肉类市场，红红白白、腥腥臭臭地排列开去。马书记说：“小田，你买十来斤鲜羊肉，三四只白条鸡，中午就不下饭店了，饭店浪费，也不卫生。”

买完东西，马书记却不去大胖子家，叫司机开车沿街慢行，一路观光。田家宝心里害怕马书记再让买东西，带的钱差不多花光了。心里想，不早点把东西送过去，到时候怎么来得及？

谁知到了中午，一进大胖子家，人家早把酒菜备好了。马书记叫司机把带的东西放到另一间屋子里，说：“今天吃局长的。”田家宝一头雾水，猜想城里大概兴这样。

在马书记洗手的时候，大胖子打电话叫来三个人，都和马书记熟，拉拉扯扯的，好大一会儿才落座。酒喝得也热闹，人们轮番和马书记碰杯。起初，马书记喝得很实在，谁碰跟谁干，后来渐渐支持不住了，开始耍赖，眼看把酒倒进嘴里了，而且酒杯已经底朝上了，结果一检查还剩一半多。大胖子不放过，非要执法如山。马书记只好找田家宝替，因此又提起农民城建筑款的事。

大胖子看着三人中的其中一个人，说：“你们要尽快查出结果，给农民兄弟一个满意答复。”那人颔首承诺，并举杯与田家宝轻轻一碰，然后一饮而尽。马书记醉眼蒙眬地看着田家宝，说：“你的事妥了！”田家宝也觉得没有问题了，一高兴，每人碰喝两杯。

回到乡里，已近黄昏。田家宝也不停留，推上自行车就走。中午喝多了酒，骑在车上晃晃悠悠，感觉如飞似飘，心情却豁然开朗许多，仿佛那些郁结于心、排解不开的烦恼和忧愁，恍然之间都消失了。

路上车辆匆匆，行人匆匆，田家宝也匆匆。他不知道为什么，也不知道前边等待他的是什么，只是给一股莫名的兴奋鼓动着。进了村，远远看见家门口聚着许多人，还隐约听到女人的叫骂声。及至到了近前，方看见媳妇正与小菊扭打在一起，叫骂在一起。

原来，小菊来找田家宝，他媳妇说："他已经够烦了，你别再缠他了！"小菊说："我被甩了，无家可归，更烦！"他媳妇说："怨谁？你自作自受！"小菊说："一个巴掌拍不响，他也有责任！"

二人便吵起来，打起来。田家媳妇显然不是对手，小菊一手揪住她的头发，狠劲往地上按，一手在上边抢着，想打哪打哪。田家媳妇则像一个濒临溺死的人，东抓一把西抓一把，可就是抓不到实处。

田家宝顾不得把车子扎稳，大喊一声："住手！"冲上去揪住小菊的头发，用力向上一提，接着往外一甩。小菊如无根浮萍，飘飘然直对一个墙角栽过去，哼一声都没有，身子一软，不动了。

第二天上午，田家宝被押上了囚车，路经农民城时，他从小窗口看见许多人正在灿烂的阳光下搬东西，那座未起的购物商厦也蚂蚁似的爬满了人，争争抢抢，拆砖扒钢筋。整个农民城一片嘈杂混乱，一片乌烟瘴气。田家宝此时的心境，却像小窗口透进的阳光一样，通亮得出奇，仿佛置身于温柔的梦乡。

囚车颠簸了一下，他心里不禁一动，知道是那个缺口的缘故，于是便想，这条路什么时候才能修平呢？

采稗籽

一

入了夏天，雨水渐渐多起来。老黄河积了水，半尺深浅，烈日晒得烫热，小鱼小虾无法生存，专长一种水草，叶如稻叶，籽如黍米，俗称水稗子草。交秋之际，稗籽成熟，人们可下河采收一季不用播种、不用劳作的野生饭食。

采收之前要举行仪式，叫作"开彩"。"开彩"仪式十分隆重。可惜，我没有看到。我记事的时候，老黄河下游开挖了新河，水路变得畅通，雨水不能积存，稗草也不能生长。听祖父讲，"开彩"的前一天或者前几天，四邻八乡的人们都云集到这里。有亲的投亲，有友的靠友，没亲没友的便在岸边用草苫子、席片子搭设帐篷，盘起锅灶，携儿带女，安下营寨。"开彩"这天，天刚蒙蒙亮，人们便点燃一炷香，跪在岸边面对河道，合唱一首无字的《谢河神》："呜呜哇，呜呜哇……"仿佛刮起一阵风。

霞光渐渐洒满河道，只听三声炮响，人们开始下河采收了！在此之前，谁也不敢偷采，洞察一切的河神看着哩，谁敢私吞大家的食物，河神就在谁的食道里下一个噎食卡子，叫他永远不能进食！

在祖父和我差不多大，正是充满梦幻、想入非非的年龄。一次"开彩"仪式上，祖父在霞光中惊呆了，一对鲜亮的东西若隐若现地出现在他眼前，祖父的心仿佛停止了跳动。不知过了多久，祖父听到一声充满讥讽的鼻音："哼"，两道雪亮的目光凌厉地射过来。祖父顿时贼一般慌乱地躲避着那目光，将头深深低下去。

姑娘轻轻扯正衣领，把不知怎么松开的梅花纽扣重新系紧，声音冷冷的："好大的胆子！敢偷看，像个偷腥贼！"祖父被激怒了，昂起血性男儿的头，正想回击，谁知，姑娘已经换上另一副神态，含羞带笑的，辫梢在手里捏弄着。小巧的身材，穿一身素花裤褂，一条大辫子从肩头滑落到胸前，亭亭地立在那里。顿时，我祖父怒气全消，上前搭讪说："我知道你叫叶儿，住在栈台。"姑娘看我祖父一眼，微笑着说："我也知道，你在渡口，叫大成。"

栈台和渡口是两个相互毗连的小村子。

翌日，我祖父又见叶儿，笑着迎上去："咋又来这汪了？"叶儿依然微笑着，反问说："你不是也来了？"这是一个小河汊，人不多，赶"头彩"的人都去主河道里了。那里稗草茂盛，穗儿大，籽粒饱。我祖父和叶儿偏偏往小河汊里跑。叶儿问："你不去赶'头彩'？"我祖父盯住叶儿："你就是头彩！"

毋庸赘言，他们相爱了。充满爱的秋天在紧张和愉悦中一闪而过。采收后的老黄河一片颓败，不堪。我祖父依然踏着初冬的薄冰在老黄河寻找遗落的希望。疲惫的太阳一次又一次地坠落在西天，灰蒙蒙的栈台在暮霭中如梦如幻，村口依然静悄悄。我祖父收回失望的目光，迈动如铅的脚步。吊在胸前的小口袋，装着寻找了一天的稗籽，左摇右晃，撞击着我祖父的心。我祖父气恼地掏出来，一把一把撒向结着薄冰的老黄河。

稗籽是为叶儿采收的。叶儿母亲去世早，父亲瘫痪在床。起初，我祖父把稗籽留一半给自己，分一半给叶儿。后来采得少了，自己就不留了，都给叶儿了。就在最后一把刚刚出手，稗籽孤苦伶仃地在冰面上跳跃的时候，灰蒙蒙的栈台村口突然一亮，闪出一个娇小的身影。

几天不见，叶儿消瘦许多，春潭似的眼睛红肿得犹如一对葡萄，丝绸似的秀发散乱如一蓬枯草。她站在几步远的地方，吃惊地看着我祖父。我祖父鞋子破了，露出红肿的脚指头。裤腿湿透半截，结着一层薄薄的冰。脸色铁青，嘴唇苍白，大概一天没有吃东西了。"好人！"叶儿发一声喊，踏着薄冰扑过来，扑进我祖父怀里，"呜呜"哭着说："好人！别再来啦，俺爹有钱啦，也有饭吃啦。"

我祖父倒是很冷静很清醒，知道叶儿已经作为商品为她爹换来了钱和粮食，只有长叹一声。当疲惫的太阳完全沉没于西天之后，我祖父推开怀里的叶儿，轻声说："你走吧，我不怪你。"

二

这就是生我养我的渡口。说起来实在令人汗颜，设若是地地道道一个渡口倒也罢了，而它偏偏是一个村庄，稀稀落落无精打采的样子。无街无院，低矮的草房前横着几根树枝，或者堆着一些杂草，便是这家与那家的分界线了。算起来不过十几户人家，三四十口人。然而就这么一个小村庄，新中国成立前却有一家十里八乡闻名的富户，显赫时建了三间青砖包皮大厅房，筑起高墙，养起家丁，雇了长工。现在街上偶尔看见的青色瓦砾，即是当年厅房的遗迹。可是，到我祖父因家境贫寒娶不起叶儿的时候，富户却面临着断子绝孙的窘境！

富户姓李，因小时候脖子长疮，脑袋歪到一边，人送外号"李歪脖子"。"李歪脖子"矮胖，头很小，且无须发，活脱一个秃巴子葫芦。

有一年冬天，"李歪脖子"的祖父在老黄河搂干草，搂着搂着，突然搂出一个死人。看穿戴像是南方商人，腰里缠着一个鼓囊囊的包，包里全是钱。"李歪脖子"祖父把死人埋了，把包背回家，从此发了。到"李歪脖子"这一辈儿上，已是良田百亩，牛羊成群，只人丁却不旺。"李歪脖子"一连娶了仨老婆，几十年只得两位千金，据说还是邻居帮忙。转眼到了花甲之年，按说应该耳顺，不会冲动了，可是鬼迷心窍，老死不承认是自己的血脉不行，无论白天黑夜，想起来就干。三个老婆三块地，可就是没有芽苗生出来。于是，花甲之年，又娶了小老婆，就是叶儿。

我祖父再次见到叶儿，是"李歪脖子"娶亲的第二天。"李歪脖子"套上骒马大车，拉着叶儿去栈台走"二天"。我祖父在老黄河搂干草，闲不住的人们都在老黄河搂干草。一垛一垛堆在那里，来年春天背回家修房顶，或者当柴烧。

小路沿老黄河蜿蜒向前。骒马大车每行一处，搂干草的人便停下来看热闹，

嗷嗷地喊些无聊的话，唯独我祖父听而不闻，视而不见。骡马大车经过的时候，祖父越发把身子弯下去，叉开双腿，挥舞着竹耙，"唰！唰！唰！"干草旋起一堆，草屑与尘土一起飞扬……

"李歪脖子"当是逗他玩儿，于是笑着骂："你小子眼睛长到后脑勺上啦？没看见四大娘路过吗？"按辈分儿，我祖父应叫"李歪脖子"大爷（即大伯），叶儿是"李歪脖子"四老婆，排行四大娘。

我祖父手不停头不抬，狠狠抛出一句："没谁拦路！"

"可呛哩。"

"嫌呛别从这汪走！"

"李歪脖子"不知道何故，大喜的日子不能扫兴，赶紧赶着车走了。我祖父的心也随着车走了。整整一天，丢了魂儿般，不想搂草，也不想吃东西，直挺挺地躺在草垛上，瞪着两眼看天。

夕阳西下时，骡马大车回来了。"李歪脖子"喝了酒，醉醺醺的，一边摇晃在车辕上，一边哼哼呀呀地唱一首歌：

一进门，黑洞洞，

俺给新人来送灯。

金灯对银灯，

瓦房对楼厅，

八仙桌子配圈椅，

十八的大姐配……配……

"李歪脖子"不想让十八的大姐配书生，但一时又找不出合适的词儿。这时候，他看见干草垛上躺着的祖父，大声喊："大成，回家不？坐我的车。"上午的不愉快大概已经忘记了。人在高兴的时候最和善。我祖父不答他的话，拿眼直看叶儿。这一天，我祖父想好了，不能把叶儿白白便宜老东西！

叶儿也看着我祖父，低着头，顺着眼，平静得几乎没有一点儿表情。单薄的身子裹在一件石榴红棉袄里，抖着肩。那条能从肩头滑落到胸前的大辫子，变成一只丑陋的小发髻，乌龟壳似的扣在后脑勺上，随着大车颠簸。我祖父盯着那发髻，真想扑上去，一把揪下来。

"李歪脖子"停住车，不解地看着我祖父，想起了上午的不愉快，不悦地问："大成，我咋得罪你啦？"

"你不是人！"我祖父毫不示弱。

"李歪脖子"愣了愣，又问："你说，我咋不是人了？"

"你坏良心！"我祖父说着扑上去。

"李歪脖子"人老体弱，自知不是对手，早已怯了几分，手里拿着鞭子，却不敢打下来。我祖父夺过鞭子，对准辕骡的后腔"啪！啪！啪！"猛砸，辕骡受了惊，扬蹄狂奔。大车一路颠簸，"李歪脖子"坐不住，从车辕滚到车尾，眼看就要滚下车了，叶儿伸手拉住他。"李歪脖子"指着我祖父，气恼地喊："咱俩没完！"

那天中午，阳光暖暖的，远处搂干草的人收了工，坐在草垛前，一边休息，一边啃食从家里带来的干粮。我祖父也向自己的干草垛走过去，离三四步远，突然愣住了——草垛边儿上，真真切切地站着一个人——是叶儿！

叶儿还是一副平静的样子，脸上显不出什么表情，眼神幽幽的，静静的溪水般。我祖父盯视着她，向她走过去……渐渐地，我祖父觉得自己变成了一条鱼，跃进溪水，尽情地畅游起来。

此后，叶儿经常借故看望"有病的父亲"，来老黄河与我祖父相会。日子久了，"李歪脖子"有了察觉。那天，叶儿前脚刚走，"李歪脖子"带着两个家丁随后就跟来了。

老黄河十分空旷，十分冷清。搂干草的人星星点点，分布在广袤无际的老黄河，身边弄出一股一股白烟。干草垛有远有近，一垛一垛，如小蘑菇。心细的人，还在"蘑菇"上插了芦苇或树枝，作为标记。

叶儿在一个插着芦苇的草垛前站住，然后一闪，不见了。"李歪脖子"看那草垛，比任何一个都大，觉得颇像窝人的地方，于是吩咐家丁："捉贼捉赃，拿奸拿双，一定要给我成对儿地抓！"

走近细看，大草垛果然与众不同。前边毗连几个小垛，看上去像是主人偷懒，

散乱地堆在地上，其实正是匠心所在。中间一片空地，幽静而舒适，是主人营造的安乐窝。我祖父就在里边与叶儿相会。"李歪脖子"带领家丁走到草垛前，正好听到一串亲昵的说话声："……轻点。""咋啦？""俺……""咋啦？""……有啦。""有啦？一定是我的！""傻样！""……"

为首的家丁用胳膊碰一下主人，轻声提醒说："抓吧？正好一对儿！""李歪脖子"仿佛没听见。为首的家丁再说，"李歪脖子"就不耐烦了，压低声音吼："傻样！没听见四奶奶说话吗？她有啦！抓掉了我的大厅房咋办？"家丁装糊涂："那……不管啦？""李歪脖子"故意提高声音说："谁说不管啦，这不是等四奶奶吗？等她玩完了，好生送回家歇着！"

很显然，这是说给我祖父和叶儿听的。我祖父知道躲不过，扶着叶儿走出来，向"李歪脖子"说："要杀要剐冲我来，别难为叶儿！"

"李歪脖子"看着我祖父，虚张声势地喊："大成，别得了便宜卖乖！我的老婆我不知道疼，还用你小子咸吃萝卜淡操心？"然后转向家丁："愣着干啥？还不快送四奶奶回家歇着！"

两个家丁应声而动，一左一右搀扶着叶儿走了。"李歪脖子"走两步，回头又说："按说，你给我的地下了种，我该感谢你，得请你喝一壶。可是你小子不识好歹，偷了我老婆，还给我瞪眼睛抢拳头，我怕你啥？像今儿个，我带着人来了，想捉奸就捉奸，想送官就送官，全凭我一句话！"我祖父看着叶儿远去的背影，不说一句话。

"李歪脖子"越发得意了，说："大成，你放心！看在咱爷们多年邻居的情分上，今儿的事就不声张啦，权当没有过。只要你答应，从此跟四大娘断了就行……"

我祖父如梦方醒，大声说："我不怕声张，想说你就说，想告你就告，想叫我跟叶儿断，门儿也没有！也不尿泡尿照照自己，仗着有几个臭钱，糟蹋人家姑娘，不怕坏良心、天打五雷轰啊？"

"李歪脖子"仿佛被寒风噎住了，张大嘴巴，半天才说出一句话："大成，咱们走着瞧！"

三

我祖父回到草垛前，仿佛寻找什么似的，看着那个地方。那地方压得平平的，很容易产生联想。我祖父咧嘴一笑，有些情不自禁，然后在那里躺下去，微眯双眼想心事。太阳挂在头顶上，红火火的，暖融融的。往日此时，正是跟叶儿亲热的时候。

不知过了多久，我祖父觉得饿了，从草窝摸出一个小包，是叶儿带来的。每一次，叶儿都说"去看有病的爹"，带一些好吃的。有时候，揉几个白面馍馍，夹几片红腊肉；有时候，擀几张大油饼，卷几个咸鸡蛋；有时候，包几个大包子，圆鼓鼓的，里面全是粉条肉……我祖父长这么大，许多没有吃过的好东西，叶儿都给他吃了。这一次，是油炸荷包蛋，外边薄薄的一层皮，炸成金黄色，酥脆酥脆的，里边却是软软的，很嫩，吃起来很可口。我祖父拿起一个，仔细地咬了几下，觉得很好吃，准备留几个，带回家慢慢吃。谁知那东西到了嘴里，自己就化了，化成一股油，不知不觉就流进肚里。眨眼工夫，一包荷包蛋还剩仨，肚子已经饱了，却还想吃。三个不值得放了，干脆吃了吧。这样想时，一只手早已伸过去，捏起一个放进嘴里……

暮霭四合，我祖父回到家，仰面躺在床上，舒舒服服喘了口气。忽然响起敲门声："嗒嗒嗒！"是谁呢？不会是"李歪脖子"真带人报复来了吧？我祖父警惕地跳下床，操起一根顶门棍，紧紧握在手里，沉声问："谁？"

门外响起一个干涩的笑声："嘿嘿，还能有谁？大成大侄子，我是你大爷。"是"李歪脖子"！但听声音不像带人来报复。我祖父放下顶门棍，疑疑惑惑地打开半扇门。"李歪脖子"仄着身子走进来，轻声说："大成大侄子，大爷在外面等你多时啦。大爷备了几个小菜，一壶水酒，想请你过去拉呱儿。"

黑暗中，我祖父看不清"李歪脖子"的脸，不知道是什么表情，但那干涩的笑声听上去很别扭，仿佛吃瓜子突然吃出个臭虫来。"李歪脖子"见我祖父不说话，几近哀求地说："大成大侄子，上午那会儿，大爷在气头上，说的话别往心里去。

有啥走着瞧的，街坊邻居的，低头不见抬头见，谁不知道谁啊？大爷说错了，给你赔不是！"中午的油炸荷包蛋早已消化干净，这时肚子也饿了，看"李歪脖子"也可怜，老婆被人偷了，还觍着脸给人赔不是，祖父便随他去了。

李家大厅房的八仙桌子上，已经备好酒菜。六个菜盘，六个果碟，三只酒盅，三双红筷。我祖父正纳闷，"李歪脖子"指住中间一个座位说："大成大侄子，你坐那汪，那是你的座。我坐这汪。"指一下对面，"待会儿四大娘来了，叫她坐那汪。"还有叶儿？我祖父越发纳闷了。

待我祖父坐定了，"李歪脖子"斟上酒，端起酒杯说："大成大侄子，端吧。"我祖父指一下身边的座，说："有人还没来呢？""李歪脖子"说："咱爷俩先喝，她一会儿来，娘们儿家不会喝酒。"我祖父固执地说："我也不会喝。""李歪脖子"无奈，只好向外边喊："叫四奶奶！"外边的人应一声，叶儿进来了，坐在"李歪脖子"对面，我祖父右侧。眉眼往下顺着，神情依然淡淡的。

我祖父看叶儿，眼睛乌溜溜的，不像哭过的样子，便放心下来，只不知"李歪脖子"葫芦里卖的什么药。"李歪脖子"清一下嗓子，站直身子，端起一杯酒，捧着送到我祖父面前，郑重其事地说："大成大侄子，你借给我一颗种，我敬还你一杯酒，两抵了！"我祖父觉着很好笑，接过酒，应一声："两抵了！"一饮而尽。"李歪脖子"很满意，率先操起筷子，说："吃菜压压，吃菜压压。早知道大成大侄子通情达理，为人厚道。……常言说，不孝有三，无后为大。我不能对不住列祖列宗，断了李家香火不是？"然后看着叶儿说，"家里的，你陪大成大侄子喝两杯，摔杯吧！"

摔杯？我祖父这才恍然。老黄河一带兴这个，谁家男人不顶事，结婚多年生不出孩子，夫妻俩就商量着找个男人，名曰"借种"。待怀孕之后，便设宴请客。请客的目的，一是答谢劳作人，二是"摔杯"或曰"掰勾"，即从此断交。这是有讲究的。喝"摔杯"酒之前，你是座上宾，尽可光明正大地去播种，设若丈夫遇见了，笑笑说："兄弟忙吧。"转身便走。只要喝了"摔杯"酒，就不能再黏黏糊糊的了。谁乐意自己的老婆给人睡？再黏糊，十有八九要碰壁。

从前，我祖父听人说过，只是说的听的都当笑话，没谁把它当回事。然而今天，这"笑话"就落在我祖父身上了！而且实实在在就要"摔杯"了！顿时，被戏弄、污辱的感觉，像蛇一样爬上我祖父的心，火辣辣的、烦腻腻的。我祖父拿眼看着叶儿，叶儿依然低着头，神情淡淡的，便知道一定是"李歪脖子"的主意，于是揶揄说："大爷，人家'借种'，都是先请客后'摔杯'，你还没有请客，咋就'摔杯'了呢？"

　　"李歪脖子"支吾着说："刚才不是敬酒了吗？"我祖父一本正经地说："刚敬酒就摔杯？也忒便宜了！""李歪脖子"说："你、你想咋样？"我祖父说："看在多年邻居的情分上，也不必太讲究，今每儿就算你请客了，赶明日我来，你给留着门就行！"

　　"李歪脖子"气恼地说："大成，别太过分了！你年轻轻的，往后的日子还长哩，不像我一个入土半截的人，眼一闭腿一蹬啥都不管了。吵闹出去，于我不好，于你更不好！"我祖父心里明镜似的。"借种"的人没有不想保密的，不然被人知道了，生下的儿子还怎么续香火？我祖父说："你上街说去吧，我不怕！""李歪脖子"迟疑一会儿，走进套间，用托盘端出三块袁大头，放在我祖父面前，以商量的口吻说："大成大侄子，狠狠心跟四大娘断了吧，大爷求你啦！拿着这些钱，回家娶个媳妇过日子……"

　　不等"李歪脖子"说完，我祖父将托盘推到一边。"李歪脖子"怔愣一会儿，拿起托盘再次走进套间，回来时，托盘里多了三块袁大头，一共六块袁大头，"砰"一声放在桌面上，喘着粗气说："大成大侄子，这回行了吧？大爷为了续香火，把家底儿都搭上了！"我祖父摇摇头，说："不行！""李歪脖子"牙疼似的倒吸一口气，拿起托盘再往套间里走，回来时又多出三块袁大头。不等"李歪脖子"把托盘放下，我祖父冷冷地说："别拿了，再多都没用！""李歪脖子"看着我祖父，吃惊地问："你、你要啥？"我祖父说："要叶儿！要孩子！""李歪脖子"双手一抖，托盘"哐啷"落地，袁大头四处乱滚。

　　"李歪脖子"矮胖的身子也随之瘫软在地，他挣扎着爬起来，就势跪在我祖父面前，声泪俱下地说："大成大侄子，大爷知道你喜欢四大娘，放不下四大娘，

197

可大爷为了续香火，到阴曹地府见爹娘。脸面都不要了，家底儿都搭上了！大爷求你了，狠狠心跟四大娘断了吧！你的大恩大德，大爷都记下了，记你一辈子！"

"毁了，"我祖父后来说，"我一看见"李歪脖子"那样，就知道毁了……"当时，我祖父的心像被人摘走了，被刀子跺碎了。后来，我祖父失魂落魄地从李家大厅房出来，双脚一绊，摔倒了，好久没爬起来。不知什么时候，天上下起鹅毛大雪，破棉絮似的，一团团一块块，往下飘落。第二天就是大年三十，不时响起鞭炮声。我祖父迎着漫天大雪，顶着凛冽朔风，漫无目的地往外走。叶儿追到村口，扑倒在风雪中，呦呦地喊："好人！你回来……"我祖父头也不回，一直往前走，生怕一回头就动摇了。

在东北老林里，我祖父给人抬大木，后来跟人去南方做生意。那是一个伸手不见五指的夜晚，一列火车"咣当！咣当！"进站了。我祖父跟同伙跃过一截矮墙，迅速跑向火车。他们想坐不花钱的车。谁知，就在即将接近火车的时候，枪声大作。子弹有从外边向车里打的，也有从车里向外打的，在祖父头顶呼呼乱飞。吃顿饭的工夫，枪声稀落下来，车外的人呐喊着往火车上冲。我祖父受到感染，也跟着冲。车厢里的国民党兵纷纷把枪从窗口丢出来。我祖父捡了一支，背在肩上，觉得挺威风。同伙提醒说："快扔了。"我祖父说："我要当兵！"我祖父参加了八路军。

不久，我祖父跟刘邓大军雄赳赳气昂昂地渡过黄河，来到我们家乡。"李歪脖子"听说我祖父打过来了，吓得如同老狗生了钻脑虫，趔趄着跑进老黄河，一头栽倒淹死了！其实，老黄河的水并不深，人趴在里边，还没有漫过耳朵，怎么就淹死了呢？

大军攻下县城之后，继续南下。我祖父扛着那支在火车站捡来的"中正"式，走在队伍里。刚出城南门，忽听有个声音喊："哎！"看时，原来是叶儿。三年不见，叶儿瘦成干棒儿，一副弱不禁风的样子。手里吊着一个胖墩墩傻乎乎的小男孩，胆怯地直往她身后躲。

我祖父愣愣地看着娘儿俩，问："你们咋来了？"叶儿说："找你。"我祖父说："'李歪脖子'呢？"叶儿说："死了！"我祖父把枪和背包交给身边一个人，抱起小男孩（我父亲），拉着叶儿，说："咱回家！"

四

破烂不堪的茅草屋，几年不住，越发破烂了。屋顶露着天，梁椽上，墙角里，横七竖八结着蜘蛛网。一张三条腿的床，一领缺了角的席，上面落着厚厚一层土。没有被褥。锅台塌了，小铁锅生着一层黄褐色的锈，更无一粒粮……

叶儿说："俺去拿点吃的用的……"我祖父摇头说："咱不要人家的东西，叫人指脊梁。"叶儿说："那会儿你也吃了。"我祖父说："这和那会儿不一样，这是成家过日子哩！"又说："你先回去，到秋后把屋子翻盖了，摆酒席排排场场把你娘俩接过来。"叶儿不说话，定定地看我祖父一会儿，一下扑进他怀里，"呜呜"哭着说："好人，还能等到秋后吗？"

我祖父嗫嚅良久，想说点什么，可是嗓子像被软木塞堵住了，哽得说不出一句话……

叶儿回到"李歪脖子"家。我祖父为了迎接叶儿，天天带着镰刀、绳子去老黄河。初秋的老黄河充满生机，交错的河汊，蓊蓊郁郁，生长着杂草和毛柳，还有肥嫩的野菜。我祖父把杂草和毛柳割下来，背到路边摊开来晒，傍晚回家时就晒得半干了。休息的时候挖一些野菜，就是第二天的饭食了，渴了就喝老黄河积存的苦雨水。

叶儿时常来帮忙，把割下的杂草和毛柳背到路边晒上。有时候还带点吃食，当然大不如从前了，白面馍馍肉包子换成了数量不多的菜团子。"李歪脖子"死后，大婆们把叶儿看管得特别严，想往外带吃的，只有从自己嘴里省。第一碗先不吃，端到屋里留下来，等大婆们吃完第一碗，跟着去盛第二碗，可往往就没了，叶儿常是饿着肚子来帮我祖父干活。

这样的生活，却也有些情趣。我祖父吃着菜团子，忽然怪模怪样地笑起来。叶儿纳闷地问："咋了？"我祖父掰一块菜团子，塞进叶儿嘴里，煞有介事地说：

"尝尝，比油炸荷包蛋还好吃！"叶儿扑过去，双双滚倒在草丛里，嗔怒地说："没良心的，喝'摔杯酒'去吧！"然后，笑得天旋地转，蓝天草地一片混沌。笑完了，笑累了，二人依偎在一起。

我祖父信誓旦旦地说："等到秋后，把干草拉到集上卖了，换几根新梁椽，把屋子修结实。天冷了，在院里挖个地窖子，编筐编囤，一六日小集，三八日大集，拿到集上卖了，把你娘俩接过来，不敢说有大鱼大肉，一天三顿吃窝窝喝糊糊还是有的。过几年孩子大了，再盖两间新东屋，给他婆媳妇……"叶儿兴奋得两腮绯红，指住我祖父的鼻尖说："美得你！还应爷爷喽？"我祖父拍着胸脯说："那还有假，就是应爷爷！"

这天，叶儿把碗端到屋里，刚把一个菜团藏起来，大婆们一齐进来了，翻出菜团子，摔在地上踩个稀巴烂。为首的大声喊："偷大伙的东西养野汉，这日子没法过了！"另两个跟着喊："家里出了养汉贼，丢人现眼，大家干脆散了吧！"从早晨闹到日偏西，大婆们各自卷了包裹，雇了脚力，拍拍手走了。

夕阳西下，老黄河笼罩在暮霭中，莽莽苍苍无边无际。小路在杂草和毛柳间蜿蜒，时隐时现。我祖父背一捆杂草和毛柳走过来，头和身子压得很低，几乎要触到地面了。叶儿迎上去，责怪说："不会少背点儿？"我祖父仿佛没听见，依然艰难而缓慢地走着。叶儿上去抬，我祖父失去平衡，趔趄一下栽倒了，脸色蜡黄，吐出一口殷红的血……

我祖父病倒了。秋后修缮房屋、排排场场迎娶叶儿的愿望成为泡影。叶儿只好带着孩子自己过来了，住在不避风雨的破屋里。叶儿心细手巧，同是野菜，却能分得根是根茎是茎叶是叶，各有吃法。在河汉里采一些还嫩的稗籽，挤出浆液，掺上菜叶，熬制的稀粥十分清香。有时候，还能出人意料地捉几只青蛙，捞几条鱼虾，做汤给我祖父补养身子。

岁月悠悠，生活的小船艰难地行驶了一程又一程。我祖父蜡黄的脸色渐渐泛出红润。谁知，一个饥寒的春天突然而至，大食堂吃尽所有的粮食，接踵而来的即是漫长而难耐的饥饿。

一场大雪把老黄河封住，往年遗留的稗籽和等待萌芽的草根无影无踪。好在我祖父拄着棍子能下地走动了，当太阳升到树梢高的时候，便带着叶儿娘俩走进老黄河。他知道哪些地方埋藏着没有霉烂的稗籽，哪些地方孕育着正待萌芽的草根。

那是一个晴朗的上午，温风微微，白云悠悠，忽然，有鸟儿从老黄河上空掠过，留下一声婉转的鸣唱。我祖父开心地笑了，说："鸟儿唱啦，野菜就要发芽啦，苦日子就要熬到头啦！"叶儿也跟着笑了笑，笑容一闪即逝，取而代之的是微弱的叹息和梦呓般的细语："要能熬过去就好啦……"

临近中午，我祖父隐约听到一声喊，及至细听时却又没有了。老黄河一片寂静，这汪那汪散落着一些觅食的人。不远的沙丘上，小儿子挎一只条篮，拿一把铁铲，正在寻找吃的东西。孩子不会离娘太远，叶儿兴许就在沙丘下，刚才的喊声或许听错了……我祖父这样想时，忽然看见对面河汊上站着一个人。那人一边喊"大成，快过来！"一边打着手势往河汊里指。

我祖父心里"咯噔"一下，赶紧走过去。河汊里满是泥浆，一串脚印歪斜下去。在一个曾经积过水的小坑前，几块冰盖揭开了，露出几条干瘪的小鱼虾。叶儿一动不动地趴在坑边上。我祖父惊呼一声，丢掉手里的木棍，连滚带爬扑过去。

叶儿死了，手里还抓着几条带泥的鱼虾。嘴和鼻孔都是干净的，没有灌进泥水，也没有摔伤的痕迹。

五

埋葬叶儿那天，老黄河还有几家埋人的。三三两两，阵容都不大，哭声也不高。起初，天上飘着毛毛雨，后来变成雪粒儿。寒风一刮，地面和衣服结了冰。雪粒儿打在上边，哗哗啦啦地响。

我祖父本想把叶儿埋到老林上，可是肚里没有饭的人，风一刮透心冷，也不禁累。四个人用一块门板抬着瘦小的叶儿，双腿抖抖的，怎么也走不动。我祖父看一眼路边的黄土岗子，叹息一声，说："先埋这里吧，等来年过好了再起她。"

人们放下叶儿，开始挖坑。地面冻得坚硬，铁锨铲上去，发出铮铮之声，却只铲下一点土。不知歇过多少次，才挖出一个浅浅的像鱼盘子似的坑。人们实在没有力气再挖了，喘息着停下来，用征询的目光看着我祖父。我祖父迟疑良久，突然夺下一把锨，发狠地挖起来，只几下，便累得气喘吁吁，瘫倒在地⋯⋯

土块实在太少了！薄薄地盖在叶儿尸体上，还有衣角露出来，寒风中瑟瑟抖个不停。我祖父看着那突兀的一小堆，禁不住"啊呀"一声，踉跄着扑上去，张开双臂，恨不能把坟拥进怀里："他娘，我对不住你啊！"一团血雾喷出来，洒在坟头。

老黄河是残酷的，也是多情的。它宽阔的胸怀究竟蕴藏了多少爱，谁也说不清。老黄河的人，还有慕名而来的外地人，在老黄河的施舍下，终于熬过了那个饥寒的春天。然而，揪心的遗憾和愧疚，却永远留在那个春天里了。我祖父宁肯相信那是一场梦，有一天梦醒了，叶儿就回来了。有时候，我祖父等得急了，就走进老黄河，这汪那汪地寻找，一遍又一遍。有人问："割草啊？"我祖父却回答："快回来啦！"

编筐编囤，我祖父十里八乡出了名，尤其是女人用的筐子。只见枝条儿在他手里一弯一绕，一会儿便编出一朵摇摇的花儿，或是一只鸟儿，翅膀忽闪忽闪的，引得大姑娘小媳妇争着买。每个集日都是我祖父先卖完。价钱也好讲，我祖父常常挥挥手，笑着说："好说好说，相中就拿去用吧！"

每个集下来，我祖父都要清点钱数，把零钱换成整钱，元以上的钱算整钱，一点儿都不花。元以下的钱先为我买零食，再为自己买一包旱烟末。如果还有剩余，又实在饿极了，就为自己买一个烤烧饼，一碗大叶茶。如果没零钱，或者零钱不太多，我祖父就不吸烟也不吃烧饼了，只为我买零食。整钱都存起来，到底存在什么地方，只有他自己知道。

这天散集后，我祖父数过钱，为我买了零食，为自己买了一包旱烟沫，然后往家走。走到集头，忽然两腿一软瘫倒了。早晨一碗稀饭，背着条筐走十几里路，又在人群里站半天，早已耗光了。路边有家卖茶水烧饼的。我祖父走过去，掏半天也没掏出一分钱。老板会意地笑笑，把一个烧饼递过来，说："先欠着，下集还。"我祖父认真地说："记上账，别忘了。"走到避风处，才想吃烧饼，一只手从墙角伸了过来。是一个女人，蓬头垢面，衣衫褴褛，寒风中瑟瑟抖个不停。我祖父迟疑一会儿，把烧饼掰一半递给她，剩一半塞进自己嘴里，抱着扁担走了。

过一道黄土岗子时，我祖父又瘫倒了，顺势坐在路边，从腰里摸出旱烟锅，装了一锅烟末吸着。忽然，面前一暗，有人站住了。抬头看时，还是那个讨饭的女人。我祖父挥挥手，没好气地说："走吧走吧，没有吃的了！"女人双手比画着，嘴里咿咿呀呀的，原来是个哑巴。

我祖父从怀里摸出一块折叠的小方布，小心翼翼地打开，数出三张一元的钱递给她，一边比画一边说："回家吧。"回家路上，祖父心里沉甸甸的，不由想起叶儿。叶儿还不如一个哑女人，哑女人还活着，还能讨到一块烧饼三元钱，而叶儿，为了几条小鱼虾，却把自己的命搭上了……

黄昏时分，我祖父回到家，从吊在房梁的筐里拿出一个窝窝头，三口两口吞吃了。在缸里舀一碗水喝下去，往床上一趟，准备睡觉。这时候，房门被人敲响了，正自纳闷，门板"吱呀"裂开一道缝，一个人影钻进来——又是她——哑女人！

哑女人把三元钱还给我祖父，从筐里拿起一个窝窝头，大口大口地吃起来。我祖父跳下床，气呼呼地喊："你咋跟来了？走吧，快走吧！"哑女人仿佛没听见，只顾自己吃，几次差点噎住了。我祖父气急败坏地扑上去，一把夺过窝窝头，狠狠地摔在地上。哑女人从地上拾起来，也不擦上边的泥，继续吃。

我祖父的心顿时软下来，无力地坐在床沿，定定地看着哑女人。自言自语又无可奈何地说："吃吧吃吧，你随便吃吧。"哑女人吃完一个窝窝头，抬手擦一下嘴，胆怯地眼看着我祖父，向床前走过来。我祖父仿佛意识到什么，赶紧站起身，打着手势说："走吧，快走吧！"哑女人继续往前走，坐在床边不动了。我祖父拿出筐里仅有的两个窝窝头，连同那三元钱一起递给哑女人，像哄孩子似的哄着说："都给你了，快回家吧！"

哑女人眼里流出两行泪，双手比画着，好像在说家里没人了，要留下来伺候

我祖父，做饭洗衣裳，铺床叠被子。我祖父摆摆手，断然拒绝。叶儿不定哪天就回来，他不能收留哑女人！可是风高路黑，又不敢立即把她赶出去……

我祖父睡在灶间，哑女人睡在床上。第二天天刚蒙蒙亮，哑女人起床了，把一床被褥拆开，拿布面去老黄河里洗。待我祖父醒来，哑女人已经在院里拉一道绳子，把布面晾晒在绳子上。洗净的布面迎风招展，猎猎有声。我祖父有些气恼，又不好发作，颓丧地坐在灶间，由着哑女人忙活。

哑女人把棉絮铺到床上，拿一根毛柳条子用力抽打。一时间，尘土飞扬，棉絮变得松软，破洞也自动弥合了。我祖父新奇地看了一会儿，轻轻舒口气，从缸里舀出半瓢面，烙俩大锅饼，自己吃一个，给哑女人一个。待到天黑，哑女人不但套完被褥，还仔细地梳洗了自己。原来，她还很年轻，白净的圆脸上活泛地闪动着一双大眼睛。

这一夜，我祖父失眠了。和叶儿好的时候，他也曾失眠过，这些年则没有过了。我祖父想，她真能干。又想，她还很年轻。可是无论怎样想，都忘不掉叶儿，忘不掉叶儿的死。这些年，我祖父出力流汗，省吃俭用，他都是为了叶儿。我祖父不能把为叶儿积攒的钱花到别处去！天一亮，我祖父起来了，用布袋装一些粮食，加上那三元钱，站在门口，等哑女人醒来……

六

我祖父身材颀长，穿一件月白色土布褂子，一条月白色土布裤子。这形象一直印在我脑海里，以至许多年后的今天回忆起来，尚历历在目。天热的时候，我祖父便把褂子脱了，把裤腿挽到膝盖。古铜色的皮肤紧紧裹在棱角分明的骨骼上。

最令我好奇的，是他满脸的皱纹——深深的密密的皱纹。那天，我祖父在墙脚下打盹儿，我悄悄走过去，轻轻一摸，那皱纹竟像石块般粗硬，似有电击的感觉，令人既惊且惧。

有一天，我祖父带我走上黄土岗子。黄土岗子位于渡口东南方。沿河堤一直往前走，有一株老榆树，碗口般粗细，弯弯的，秃秃的，树皮一块一块，像鳞片儿。在我的记忆里，它一年四季都是光秃的，即便是春天，也生不出几片叶子。老榆树下边的坟，就是叶儿的坟。坟顶上生着几株草，经不住风雨的样子，微风吹过，就瑟瑟地抖。

我祖父蹲在坟前，从怀里掏出一叠黄草纸，慢慢点燃了。待纸片儿变成灰烬，像黑蝴蝶一样漫天飘飞，他轻轻拉住我，说："小小，快跪下，给奶奶磕头，叫奶奶收好她的钱。"我祖父不叫我的乳名或学名，却是亲昵地叫"小小"。我顺从地跪下去，对着坟头说："奶奶，收好你的钱吧，小小给你送钱来啦。"

我没见过祖母，可是很想念祖母。尤其看到别人家的祖母满头银发，和蔼可亲，十分羡慕，越发想念祖母。这会儿，我呼唤着祖母，祖母果然来了，颤巍巍的，一边张着衣襟接收自天而降的钱，一边微笑着走向我。我惊喜地跳起来，大声喊着"奶奶！"张开双臂扑上去……

我扑在坟头上，如同扑进温暖的怀抱，幸福得直打滚儿。我祖父抱住我，吃惊地问："小小，你咋啦？"

"我看见奶奶啦！"

"奶奶啥样儿？"

"白头发……"

我祖父很失望的样子，然后又释然了，自言自语地说："可不，恁大岁数了，能不白头发？"又说，"该接她回来了。等我腿一伸眼一闭，好和她在一起……"

我记事之后，经常看到那个哑女人。有一次，她还给我带来一把小酸枣。我祖父叫我喊奶奶，我不喊。我母亲隔着窗子把我叫走了。

那天，哑女人没进屋，站在院子里跟我祖父说几句话就走了。过了一会儿，我祖父从屋里走出来，腋下夹着半袋粮，经过我母亲门口时，不由加快了脚步，像个逃跑的小偷。

那天晚上下起瓢泼大雨，我祖父没有回来。我问母亲："爷爷住哪里了？"母亲冷笑着，向我父亲努一下嘴："你问他！"我父亲不说话，脸涨得通红。

我该上学了。邻家的雪雪也该上学了，我们说好一起去。父母都同意，只有我祖父不同意。我祖父说："要是玩够了，就跟我学编筐。有手艺走遍天下，无论啥年头也饿不死手艺人。编筐编篓，养活九口，学字能养家糊口吗？"我不会讲道理，只会哭，以绝食抗争。这一招还真管用。我祖父叹口气，无可奈何地说："想玩就去玩几天吧。"

第一堂课，我学会一个"人"字，而且写得"很好"（老师评语）。我颇得意，回到家写给我祖父看，意在表明我的聪明，是上学的料。谁知，我祖父看了却皱起眉头，不无怀疑地问："没忘画两只手吧？"我祖父把写字说成画字，还指点着字的两边启发我。我摇摇头，自信地说："没错！老师就这样写的，一撇一捺。"说着，用手在空中写了一个大大的瞬间即逝的"人"字。我祖父不悦地说："这老师，咋这样教？"又说，"要不上学的人越学越懒？开始就学没有手的人？没有手咋干活？"

秋收后，老黄河的人清闲下来，我祖父跟自己商量："日子就看在这几天吧？人有空，办起事来热闹。她跟我一辈子，没有热闹过，这些年积攒的钱足够热闹了！"

那些天天气很好，和暖的阳光抚摸着老黄河的沟沟坎坎、一草一木。人们的心情也很好，我祖父无论跟谁说，人家都含笑说："是该办了，定准日子说一声，我给你帮忙！"我祖父很感激，一迭声地说 "好。"

三天后，我祖父请来一位头戴毡帽，留着两撇小黄胡子的阴阳先生，看了吉日，选了墓地，沿街通知了那些要帮忙的人，然后关好门窗，从秘密的地方取钱。我祖父向来不信任我父母，说他们老算计他的钱。还骂我父亲没良心：山茬子（喜鹊）尾巴长，娶了媳妇忘了娘！

我祖父却不回避我，叫我守在门口。我很自豪地倚在两扇门板上，从门缝向外监视着。我祖父移开床，搬开最里边垫床腿的砖，一个拳头大小的圆洞出现了。那是一个小口瓦罐。我祖父蹲下身子，小心地拂净瓦罐周围的土，双手颤抖着，把瓦罐捧出来，往床上轻轻一倒，一卷一卷的钱蹦蹦跳跳地出来了，竟有那么一大堆！我祖父很激动，布满皱纹的脸上泛出红光，呼吸很急促……

迁葬仪式十分隆重，我祖父把所有沾亲带故的人都请来了。吹鼓手吹吹打打，渡口村男女老幼都出来看热闹。我祖父亲自抬棺，谁劝也不听。抬到墓地，祖父又亲自动手封起一座很大的坟，再用树枝和芦苇在坟旁搭了个庵，住下了。

　　我读高中的第二年，我祖父去世了。村里人劝我父亲："你爹一辈子不容易，好好发送一场吧。"我父亲像我祖父一样，请了所有沾亲带故的人，吹吹打打，十分热闹十分隆重地葬埋了我祖父⋯⋯